그날의 만가

輓歌

죽은 이를 위한 노래

그날의 만가 輓歌

이산 지음

密雲不雨[밀운불우]

구름이 가득한데 비가 오지 않다.

그래도 먹구름을 모으는 정성을 쌓아야 한다.

좋은땅

목 차

그날의 사건

1949년 1월

"아이고! 아이고! 내 새끼…, 불쌍해서 으짜쓰까!"
"오메, 오메! 천불나서 못살겄네!"

그날따라 비도 아니고 눈도 아닌 게 추적추적 내리고 있었고, 추녀 위로 거무스레한 하늘이나, 녹다 말고 다시 얼어 버린 마당은 대낮인데도 어둠이 가득한 느낌을 만들고 있었다. 대청 끝에서 소복을 입은 어머니는 손뼉을 치며 곡을 하고 있었다. 머리도 가위로 아무렇게나 잘랐는지 듬성듬성한 산발에 흰 머리띠를 동여매곤, 말이 소복이지 제대로 여미지도 못한 옷차림으로 실성한 듯 허공에 손을 휘저었다. 정신을 놓았다는 표현이 맞다. 펄쩍펄쩍 뛰다가, 악을 쓰며 욕을 하다가, 또 대성통곡이다. 울다 웃다, 손뼉을 치다, 기둥을 치다, 표현할 수 있는 모든 몸짓에 슬픔과 분노가 가득했다. 입가 언저리엔 말라붙은 하얀 거품이 묻어 있었고, 기둥을 치던 손은 이미 시퍼렇게 멍이 들어 있어 기둥 색깔과 별반 다르지 않았다. 시퍼런 멍 사이로 피가 범벅이 되었고, 또 그새를 못 참고 피가 터져 나와 벌건 상처 위에 또 새로운 붉은 빛을 새기고 있었다.

짧게 깎은 단발머리 어린 두 딸들이 분합문 새로 빼꼼 내다본 어머니의 모습이다. 하지만 이들은 어머니의 충격적인 모습보다 건너 큰 방에서 시선을 떼지 못하고 있다. 그 방엔 몸이 검푸른 빛으로 퉁퉁 부어 있는, 그리고 피범벅이 된 큰 오라버니가 누워 있었다. 죽은 사람도 처음이거니와, 그렇게 맘 착하던 큰 오라버니의 죽음도 이해되지 않았다. 죽음이라는 것도 믿기지 않았고, 큰오빠가 그렇게 맞아 죽었으리라곤 생각지도 못할 일, 더욱이 죽었다면 슬퍼서 울 일을 어머니는 왜 그리 소리치고 입에 버끔(거품) 물고, 정신이 나가는지도 이해되지 않았다. 아이들의 눈에 이런 일은 슬픔이 아니라 호기심일 뿐이었다. 나이 차만 있을 뿐 영락없는 쌍둥이 같은 모습의 철부지들이다.

"빨랑 문 닫으라고! 아무리 철이 없어도 그렇지!"

이제 갓 초급중학생(당시 중학교)이 된 작은오빠의 울먹이는 호통이 날아들었다. 동생들이 어머니의 광분한 모습을 보는 게, 형의 주검을 보는 게 어쩔 수 없는 일이래도 맘에 들지 않았다. 게다가 슬픔도 아닌 호기심 어린 저 밝은 눈빛이라니…, 도무지 맘에 들지 않았다.

"언제 철들꺼여?"

잔소리를 했지만, 아니 딱히 자신도 뭘 어떻게 해야 할지 도통 감이 오질 않았다. 원래 맏이가 아니었으니 대소사에 한 번도 나서 본 적이 없었는데, 믿고 따르던 형님이 돌아가신 마당에, 뭘 해야 할지 모르는 자신이 한스러웠으리라. 자신보다 힘없고 어리석은 동생들은 딱 좋은 화풀이 감이었다.

"니들은 이게 그냥 아무런 일도 아닌 것처럼 보고만 있지 말란 말여!"

매서운 오빠의 잔소리에 동생들은 얼른 문을 닫았다. 그리곤 혹시라도 들어올까 문을 걸어 잠그고는 이불을 절반쯤 선 채로 뒤집어썼다.

"조용히 하란 말 들었제? 인자 우린 인자 자는 척 하는 거여, 뿔 달린 맴생이[1]가 화나믄 우리 또 디지게 맞어!"

1 작은오빠 별명, 두상 양쪽 모서리가 유달리 뾰족한데다, 심술궂은 성미 때문에 염소라 붙였다.

"그래도 엄니는 봐야제…."

"쉿, 아부지 오시믄 그때 나가 보게!"

"아빠 오믄?"

"그려, 아부지 오시믄 지도 암 말 못할 거여!"

씩씩거리며 팔짱을 끼고 기고만장하고 있다. 꼭 다문 입술, 잔뜩 흘긴 눈, 하지만 작은 오라버니에게 이런 모습을 감히 들킬 순 없다. 어디까지나 닫힌 문이 있어 가능했을 뿐이다. 이렇게 한껏 달아오른 모습이라고 해 봐야 고작 일곱 살! 그와 똑같은 표정의 단발머리 꼬마 여자아이는 추운 날 콧물 단속도 제대로 되지 않은 고작 네댓 살일 뿐이다. 둘 다 이런 일에 대해 자세히 알 순 없었다. 단지 보고 싶은 걸 제대로 못 보게 하는 작은오빠의 처사만 미웠다. 그래도 두려움이 아주 없는 것은 아니었다. 며칠 동안 경찰들과 무서운 아저씨들이 들락날락하며 집안을 헤집었고, 그럴 때면 조용히 어머니와 숨어 있기 급급했었던 일이 있던 터였다.

"혹시 내가 순심이 꿀밤 준 것 때메 그랬으까?"

마음속 숨겨 둔 두려움이 이내 커져 버렸다. 일전에 순심이란 옆집 여자애가 하도 얄미운 짓을 하길래 꿀밤을 때렸는데, 그날 어찌나 섧게 울던지 조마조마한 밤을 보낸 적이 있었다. 그 일로 경찰이 닥쳤나 싶었었다. 동생 역시 그 일이 맞다며 야무지게 화를 내었다.

"언니가 그때 순심이 때려 가꼬…."

"쉿! 니는 암 소리도 말고 걍 있어!"

– 끼이익

그때 마침 바깥 널문 열리는 소리가 들렸다. 그 작은 소리는 작은 오라버니의 압제로부터 해방되는 소리였다. 반가운 마음에 닫았던 문을 활짝 열고 아버지를 부르고 달려가려

하였으나, 훤칠한 키에 단정한 한복 차림의 아버지의 모습이 아닌, 남의 부축에도 비틀거리는 왜소한 몸만 남은 낯선 모습을 보고 그만 얼어붙어 버렸다. 널문 밖, 부축해 온 큰 오라버니의 동무들 또한 이상하기 그지없었다. 평소엔 제집인 양 맘대로 먹고 자고 하던 오라버니들 아닌가? 문 앞에서 모자를 벗고 가슴을 치며 울고만 있지, 아무도 들어오질 못했다. 동네 사람들도 외면하며 빠르게 지나가는 게 보였다. 널문은 열렸지만, 알 수 없는 벽에 갇혔다는 생각이 몸에 오한을 만들었다. 작은 오라버니가 문을 닫으려고 하는데, 아버지가 손짓으로 내버려 두라고 하셨다. 차마 들어오지도 못하고 문밖에서 끄윽끄윽 목을 긁는 울음소리로 조문을 대신하는 큰 오라버니의 친구들에게 마지막 인사를 나눌 기회를 주신 게다.

하늘부터 땅까지 사람들 표정도 다 어둠이 짙게 드리워 있었다. 하늘은 푸르지 않았다. 잿빛 구름에 잿빛 안개, 잿빛 땅이었으며, 사람들의 얼굴도 살색을 잃어버린 잿빛이었다. 언니는 아버지를 향해 두 팔 벌려 뛰어가려는 동생을 무슨 맘에선지 제지를 했다. 발버둥 치는 동생이 그날따라 어찌나 힘이 세던지, 언니는 있는 힘껏 동생을 막았다.

"쫌만…, 쪼매만 기다려 봐! 아부지 피곤하셔!"
"아녀! 우리 아부진 내가 안아 드려야 기분이 좋아지신단 말여!"

동생의 그 말에 아버지는 알 수 없는 희미한 웃음을 지으셨지만, 막내에게 손사래만 하시곤 들어가셨고, 대신 자매들 아주 가까이에는 성난 작은 오라버니의 엄포가 놓였다.

"느그는 끼어들지 말고 여그 가만있으란 마다!"

분위기가 다시 무거워졌다. 금방이라도 울 듯한 표정으로 올려봤지만, 오빠 맴생이는 눈을 부라리는 것으로 재차의 애원도 통하지 않는다는 것을 보여 주었다. 삭발한 작은오빠의 차가운 눈빛에 아이들은 조그마한 소리로,

"치, 맴생이!"

라고 하며 입을 삐죽 내밀었고, 작은오빠가 다시 노려보자 얼른 아닌 척했다. 동생들이 무서워하는 눈빛에 미안하기라도 했는지, 작은오빠는 어머니를 부탁한다는 말만 하고 방에 들어가 문을 굳게 닫았다. 사실 동생들 입장에선 우는 어머니보다 피투성이로 누워 있는 큰 오라버니에 눈이 더 갔다. 왜 죽어야 했는지, 죽으면 또 어떻게 되는지 한참 호기심 많은 나이였다.

"힝, 나도 볼라고 했는디…."

어린 동생은 땅을 발로 쿵쿵거리며 못마땅해 했다. 그래도 나올 수 있는 게 어딘가, 아버지도 외면하신 마당에 주저앉아 우는 어머니에게로 쪼르르 달려갔다. 딸들을 끌어안자 잠시 정신이 돌아온 듯 딸들의 얼굴을 보고 얼굴을 비볐다.

"오메, 내 새끼들, 혜진이, 혜숙이…, 니들 보고 살아야제 험서도… 오메, 성균아!"

피범벅, 눈물범벅이 된 얼굴로 마구 부비는 어머니를 그냥 그리 하시도록 내버려 두었다. 동생은 제 얼굴에 뭐가 묻히는지도 모르고 엄마 품에 제 얼굴을 묻고 울기 시작했다. 이 자매의 울음도 어머니의 울음에 공명하는 것이지, 딱히 슬퍼서 나오는 눈물이 아니었다. 이때 부엌에서 정말 죽은 사람처럼 조용히 일만 하던 젊은 아낙이 뛰어나와 어머니를 껴안았다. 감히 그럴 수 없는 시어머니와 청승과부 며느리 사이였으나, 또 그럴 수밖에 없었음을 서로 잘 알고 있었다.

"어머니, 죄송해서 어쩐대요?"

새언니, 결혼한 지 5개월이나 지났을까, 배가 슬슬 나오기 시작해 다들 임신임을 알아보는 눈치가 드는 바로 그 무렵, 신랑이 딴 세상 사람이 되어 버렸으니 청승도 이런 청승이 없다. 쇠파리(청승)가 죽으니, 조문객이 쇠파리밖에 없다는 말에서 청승과부(청상과부)란 말이 나왔을까, 조객 하나 없는 청승과부 딱 그 신세였다.

"지가 시집 잘못 와서…."

청승과부의 자책, 시집 잘못 들어 남편 잡아먹은 여편네라는 비아냥이, 스스로 자기 입에서 터져 나왔다. 남들의 시선이 그럴 것이고, 자신도 역시 자신의 잘못 말고는 생각날 게 없었다. 그 자책에 입술은 말라 비틀어져 있었고, 얼굴도 송장처럼 창백했으며 나올 눈물도 모두 말라 버렸는지 꺼억, 꺼억 마른 울음만 내고 있었다. 이내 흙탕물 가득한 마당에 두 여인이 주저앉았고, 어린 두 딸들을 한 명씩 끌어안았다. 기대어 울 데가 고작 아이들뿐이었다.

어머니의 품에 안긴 혜진의 시선은 다시 동생에게로 향하였다. 동생이 태어난 후로 엄마를 동생에게 거의 빼앗겼다 싶었지만, 이날만큼은 엄마를 차지했다는 묘한 승리감이 난데없었다. 그 미안함에 다시 아버지가 들어가신 방으로 시선을 돌렸다. 그 방에는 죽어 있는 큰오빠가 있을 것이다. 그는 참으로 다정한 사람이었다.

큰오빠는 여수항 부근에서 선생님을 하고 있었다고 들었을 뿐, 자세히는 모른다. 항상 손에는 책을 들고 있었고, 혜진이 다가오면 다정하게 이야기를 해 주었던 모습이 제일 먼저 떠올랐다.

"니가 크면 그때는 사람이 멀리 떨어져 있어도 옆에 있는 것처럼 얼굴 보고 이야기하는 세상이 올 거여…."
"시방 나 놀리는 거여, 뭐여? 그기 뭔 말이여, 방구여? 옆에 없는디 옆에 있다고?"
"그럼, 그 시대는 라디오보다 더 좋은 게 나올 거여!"

"이~ 그기 뭐신디?"
"테레비라고 사람이 네모난 상자 안에서 움직인다고 하드라고…."
"오빠는 봤는가?"
"아따, 나도 듣기만 했제!"
"피, 자기도 못 봤음서…."
"니들은 이담에 커서 꼭 그거 보고 살어!"

일본에선 1926년에 텔레비전이 개발되었으나, 우리나라에서는 1954년에 처음 국내에 등장했으니, 광복이 얼마 지나지 않은 시골에선 생경하기 짝이 없었을 것이다. 하지만 큰오빠는 마치 미래에서 살아 본 것마냥 이야기를 해 주곤 했다. 동네, 아니 읍내에서도 그만큼 신식 문물에 대해 잘 알고 있는 사람은 없었을 것이다.

"아따, 거 서울서 방구 꽤나 뀌신 양반(글 좀 읽으신 양반)이고만!"
"인테리랑께!"

그 시골에서는 인테리가 정확히 무슨 뜻인지 알고 사용하는 사람도 없었다. 그저 막연히 신식 공부는 많이 했는데 일도 제대로 못하는 그런 사람을 지칭하리라 짐작 꼴에 사용했을 뿐이다. 큰아들 성균, 중학교만 나와도 감지덕지인 세상에 대학까지 다니고 있어, 동네의 기대를 한 몸에 받았지만, 느닷없이 여수까지 내려가더니, 일하느라 피곤한 사람들 모아서 밤에 가르치는 야학선생을 한다 했으니, 유명인사가 되리라 기대했던 이들에겐 실망 가득 담긴 표현이었을 것이다. 보기 드문 수재가 정치라도 할 것이지, 고작 훈장질인 게 맘에 들지 않았다. 게다가 몸도 병약해 그마저도 얼마 하지 못하고 집에 돌아왔는데, 하필 그곳에서 여순 반란 사건[2]까지 일어났으니, 환영받을 리 만무했다.

2 1948년 10월 19일 전라남도 여수·순천 지역에서 일어난 국방경비대 제14연대 소속 군인들의 반란과 여기에 호응한 좌익계열 시민들의 봉기가 유혈 진압된 사건(한국민족문화대백과사전 참조)

"여수서 왔다며?"
"워메, 그 동네 시방 난리가 났다는구먼!"

여수 사람들은 죄다 빨갱이란 소문이 나돌았으니, 같은 마을에서 자라온 성균을 보면서도 그곳에서 야학선생을 했더란 말만 듣고는 괜한 오해를 하고, 백안시하며 소문을 재생산하고 있었다.

"오메, 우리 불쌍한 내 새끼…."

어머니는 큰아들이 피투성이가 되어 거적에 아무렇게나 싸여 수레에 실려 온 어제 일이 황망하기 그지없었다. 뭐가 그리 급하다고 새벽부터 서청(서북청년단)에서 데려가더니만 저녁에 송장을 만들어 돌려보냈으니 그 지경이 될 법도 하다.

"아따, 니는 밥이라도 해 주제 그랬냐?"

어머니 입장에서는 며느리의 자책에 하나를 더 얹었고, 그 말에 며느리도 울면서 말을 잇지 못한다. 어려운 시어머니를 겨우 안아드렸지만 어머니의 차디찬 시선이 느껴졌다. 어머니의 마음을 모르는 바가 아니지만, 누군들 밥이라도 따숩게 해 먹이고 싶지 않았겠는가? 그냥 죄인이었다. 남편을 죽인 장본인이라도 된 심정이었을 것이다. 며느리의 안았던 손이 어머니에게서 떨어졌다.

"아니다, 그냥 내가 못해 줘서… 못해 줘서 해 본 말이여…."

어머니는 다시 며느리의 손을 붙잡으며 말을 돌렸다. 자식 잃은 어미나 남편 잃은 새댁이 거기서 거기라는 생각이다. 며느리 입장에선 사실 물어보지 않은 말도 아니었다. 새벽부터 청년단원 2명이 남편을 찾길래, 설마 별일이 있겠나 싶었다. 졸린 눈을 비비며,

"밥이라도 채려 드리까예?"
분명히 물어봤었다.

"산 사람 입에 풀칠하기도 어려운디, 그만 일 보소! 내 금방 다녀오리다."
그 말이 마지막이 될 줄은 몰랐다. 그 웃음 한편에 그늘이 드리워져 있다는 것을 진작 알아차렸어야 했는데, 이미 어쩔 수 없는 일이 되고야 말았다. 밥 한 끼 못 챙겨 주고 저승길로 떠나보냈으니 오죽이나 미안했으랴. 남편의 '산 사람'이라는 말에서 진작 눈치를 챘어야 하는데 알아차리지 못한 자신이 한스러웠다.

'말이라도 제대로 해 줬으면….'

푸념 같아도 이젠 어쩔 수 없다. 어머니 말마따나 이제 남은 식구들 밥걱정을 해야 한다. 아무리 슬퍼도 배 속 자식 살릴 생각으로 슬퍼할 수만은 없다. 산 사람 밥걱정도 해야 하고, 해 보지 않았던 염(殮)도 준비해야 하므로 슬플 겨를도 없었다. 그 집에서 가장 정신을 똑바로 차릴 사람은 바로 자신이었다.

어머니는 숫제 그 비를 맞으며 마당에서 또 한 차례 곡을 하고 있었다. 날이 추워 나오는 뿌연 입김이 공기를 한층 더 무겁게 만들었다.

"오메, 오메, 내 아덜! 이제 가믄 언제 보나, 아이고~ 아이고~"

어린 혜진은 어머니의 눈물이 다시 시작되는 것을 보고 고개를 흔들었다. 어머니가 그만 우셨으면 좋겠다는 생각만 들었다.

"엄니, 그만 울어, 그만 좀 울어!"

어머니에게 작은 잔소리를 해 보았지만, 다시 주저앉아 땅을 치며 곡하고 있는 어머니 귀에 들릴 리 만무했다. 할 수 없이 동생을 끌어안고 방으로 다시 들어가 문을 잠갔다. 할 수 있는 게 그것밖에 없었다. 동생 하나 책임지는 것, 그것 말곤 없었다. 동생의 시선을 끌기 위해 가장 아끼던 노리개를 꺼내 주고 동생이 어른들의 일에 방해하지 않도록 하는 것 말곤 없었다.

방으로 돌아온 아버지는 성현이 닫은 문을 다시 열고 병풍으로 문을 가렸다. 냄새 때문에라도 문을 닫을 수는 없었는데 성현은 아차 싶어 머리를 긁적였다.

'동생들이 보기 전에 먼저 가려 두는 건데….'

자신의 생각지 못한 미련함에 동생들에게 괜히 미안해졌다. 어머니의 곡소리를 뒤로 한 채, 아버지와 작은아들은 조용히 이야기를 나누었다.

"서에 다녀오셨는 게라?"
"그래, 서에서 무슨 진술서를 쓰라고, 느 형이 그리 나쁜 놈이었나?"
"전혀 아니지라! 참맬로 형처럼 착한 사람이 어딨다고…."

아버지는 아들의 말에 입술을 꼭 깨물고 부들부들 떨리는 손으로 가위를 잡아 죽은 아들의 옷을 자르고 염을 하기 시작했다. 형의 처참한 죽음 앞에 동생은 눈을 질끈 감고, 코를 손으로 붙잡았다. 구역질도 나오려고 하고, 숨쉬기도 불편해 자주 고개를 돌렸다.

"성현이 니도 다 컸응께, 눈 돌리지 말고 잘 배워 둬! 눈물 나도… 썽이 나도, 느그 형이라고 된 거 똑똑히 지켜봐, 글고 어디 가서 딴 소리 말고…."
"야, 아부지…."

그는 흐느끼면서도 분노의 마음을 다지며, 염하는 모습을 처음부터 끝까지 다 지켜보며 아버지를 도왔다.

"쑥이라도 넣는단마제…."

향이 강한 쑥을 끓인 물로 시신을 닦으려 하는데, 이제 정초라 봄 쑥은 멀고 남은 쑥은 없었다. 하필 향도 동이 났는지 읍내에도 남아 있는 게 없었다. 그래서 그냥 물만 끓여 솜이불에서 솜을 꺼내 아들의 시신을 닦아 주는데 스멀스멀 시신에게서 나오는 악취가 올라왔다. 비까지 추적추적 내린 날에야 오죽하겠는가? 이에 미안한 마음에 쑥 생각이 더욱 간절해졌던 것이다. 엉겨 붙은 피를 조심스럽게 닦고, 옷을 잘라 내고, 간간이 보이는 가시 쪼가리를 다 빼 냈다. 얼마나 잔인한 고문이었는지, 손가락 발가락 끝마다 대꼬챙이가 박혀 있었고, 다른 부위도 성한 곳이 없었다. 그냥 한 번에 죽인 게 아니라, 하루 종일 고문으로 죽였던 비정함이 느껴진다. 대나무가 많은 고장이라는 게 더 한스러웠을 정도로 온몸에 대꼬챙이가 꽂혀 있었다. 그 위로 인두로 지진 자국이며, 생니를 뽑아 낸 자리며, 너덜너덜 뜯긴 살 자국에, 다 뽑힌 손톱들, 게다가 머리 한쪽은 눈이 튀어나올 정도로 끔찍하게 함몰되었으니 어머니의 반응도 이해될 만했다.

"아침 일찍 건강하게 나간 자식이, 왜 저녁에 송장이 되어 오냔 말여!"

어머니의 곡소리가 다시 들렸다. 아버지는 자기 몸에서 빼내는 가시마냥 조심스럽게 다 빼고 정성스럽게 시신을 주무르며 닦아 주고는, 쌀도 입에 넣어 주고 마지막으로 삼베 천으로 결박까지 해서 염을 끝냈다.

"내, 내… 잊지 않으마…."

큰아들의 죽음에 담담할 부모가 어디 있을까, 잠시 후 오열하는 아버지의 입에 피가 흘렸다. 입술을 깨문 줄도 모르셨을 것이다.

1949년 1월 정초의 일이다. 비는 어느새 밤이 되자 부슬부슬 눈이 되어 온 마을을 덮었다. 지저분한 모든 일을 다 덮으라는 듯 말이다. 도무지 받아들일 수 없었다. 아버진 마당을 조용히 비로 쓸고 계셨고, 어머니는 탈진이라도 하셨는지 신음소리만 내며 앓아눕게 되었다. 그리고 자정이 되어서야 눈발도 그치게 되었다. 집안 가득 찼던 어둠도 밤이 되자 달빛을 받은 눈빛에 기세가 꺾였다. 눈빛에 반짝이는 빛이 어두운 집을 밝히고 있었던 것이다. 그날은 그렇게 밝은 대낮은 어두웠고, 늦은 밤은 밝았던 이상한 날이었다.

담양군 수북면 미산이라 부르는 작은 동네, 북서쪽으로 삼인산과 병풍산이 겨울바람을 막아 주고, 남동쪽으로는 영산강이 흐르는 평지가 펼쳐져 있는데다 햇볕까지 좋다. 동쪽으론 남원, 순창으로, 서쪽으론 광주, 나주로 이어지는 평지의 딱 중앙에 위치하는 곳이 바로 이곳이다. 현재는 풍수리로 되어 있지만, 그때는 미산(尾山)이라는 이름으로 불렸다. 사람들 말이 물고기 꼬리 산이라 했지만, 용의 꼬리라 보는 게 맞다. 장성 동현리 쪽에 용의 머리가 되는 용두산이 있고, 그 산으로 쭉 이어진 허리에 용암리, 용흥리, 용강리가 있다. 그 산세의 끝이 바로 여기에서 영산강에 닿아 있으니, 미산은 용의 꼬리, 용미산이 되는 게 맞다.

풍수를 하는 사람들이 "여의주는 용머리에 있지만, 역린(逆鱗)도 있어서 이걸 잘못 건드리면 화를 당하니, 택지로는 용의 꼬리만 한 게 없다."라고 하였다. 그 말대로 조선 태조가 꿈에 삼인산에서 계시를 받아 그 산에서 제를 올리고 조선을 개국하였다고 하였으니, 얼마나 대단한 곳인가? 또 영조 때 풍수지리로 유명한 박해언은 조선의 명당이라 이 미산, 삼인동을 왔다고 하였지만, 이 당시는 이런 풍수지리설이 하나도 맞지 않았다. 동네에선 그 집을 시작으로 여기저기 곡소리가 들리게 되었다. 살풀이춤에서 수건을 힘 있게 돌리는 동작을 용꼬리 사위라고 하는데, 격동하는 시대에 이 마을은 그 사위처럼 던져졌다.

일이 벌어지기 한 달 전인 1948년 12월, 담양읍 장터에서는 공개총살이 거행되었다. 공산당의 말로가 이렇다는 것을 보여 주기 위해 지역 사람들을 모두 불러 공개적으로 총살을 한 것이다. 마을에서도 명망 높은 학자였던 아버지 최첨식은 이런 일이 벌어지는데도 한가하게 《주역》을 보며,

"상화하택(上火下澤)이라네. 불이 밑에서 물을 끓여 줘야 하는데 거꾸로 되었으니, 물은 아래로 내려가고 불은 위로 올라가 버렸어. 사람들의 생각과 나랏일 하는 사람들의 생각이 서로 동떨어진 게야…."

혀를 차며 남의 일 보듯 말을 했다. 그 집만큼은 힘든 일제 강점기 때에도 큰 변고가 없이 지났으니, 지금까지의 일로 나중 일에도 안심하고 말았던 것이다.

"담양은 못 담(潭)에 볕 양(陽)이 깃든, 그야말로 이름조차 수화기제(水火既濟) 아니겠는가?"

수화기제는 물과 불이 모두 조화롭게 만난다는 말로, 밑에 있는 불이 위에 있는 물을 끓여 주어 만물이 조화롭게 된다는 말이다. 평소 담양을 예찬하시던 아버지의 말이었다. 정들었기도 했거니와 담양은 여간 가물어도 물이 끊이질 않는 곳이며, 햇볕까지 좋아서 다른 곳으로 떠나질 못했다. 당장 그 집만 해도 그렇다. 마을에 우물이 따로 있어도, 그 집 담 안쪽에서 샘물이 솟아 나와 담장 밖으로 나가는데, 추운 겨울에도 얼지 않았고, 여름엔 어찌나 시원하던지, 물맛도 달거니와 가족들이 씻고 쓰고 다 해도 물이 마르지 않았다. 이런 곳에 햇볕이 가득 들어오고, 대청에 오르면 담 밖으로 마을이 한눈에 다 담기니 어찌 좋아하지 않겠는가? 다른 덴 다 위험해도 그곳만은 아무 일 없을 것 같았다.

수화기제, 물과 불이 적당하다 했는데, 그리고 인자무적(仁者無敵)이라, 덕업을 쌓으면 적이 없다 했는데, 평생토록 한학을 수학했던 자부심이 그를 넘어뜨렸다. 인근에서 총살형이 거행되었음에도 남의 일이라고만 여겼는데, 이제 보니 자신의 집에 커다란 변고가 생긴 것이었다.

"어찌하여 내가 그 괘를 내 집에, 내 아들에 대보지 않았을꼬?"

제주에서 반경(反警) 시위가 일어나자, 제주도민 70%가 좌익이라 호도하며 그 후 7년 동안 근 3만 명을 죽이는 참극이 벌어졌다. 밥하다가 죽었으며, 자다가도 죽어야 했다. 당시 제주도 사람들은 한라산에서 이리저리 쫓겨 다니며 살아야 했다. 그러면 산에 올랐다고 죽였고, 올라간 자의 부모라고 죽이고, 자식이라고 죽였다. 제주도민 70%가 좌익이라는 말도 되지 않을 미군의 조사에, 우리나라는 그 수만큼 죽여서 증명해야 했다. 이 사건을 '제주 4.3 사건'[3]이라 칭하고 이들을 진압하기 위해 창설된 부대 내에서 또 반란을 일으킨 사건이 바로 '여순 사건'이다.

"전라도 다 죽여!"

당시 제주를 포함한 전라도는 눈뜨기가 무서웠고, 눈감기가 무서운 곳이 되었다. 대통령이 전라도 다 죽이라는 명령을 내렸으니 오죽했으랴? 사람들은 살기 위해 군인들을 피했고, 그러면 다시 공산당 토벌이라고 군인들이 또 내려와 무자비하게 탄압을 했다. 그래서 무장을 하고 공비가 된 사람들이 꽤 많았다. 뭐가 먼저랄 수도 없는 악순환의 연속이었다. 여태껏 잘못했던 일이 없었던 아들이 단지 여수에서 야학을 했다는 이유로 참변을 겪게 되었고, 이제 풍랑의 격동을 맞이해야 했다.

"여보적자(如保赤子)[4]라 하였건만…."

첨식은 나지막한 목소리로 대학의 구절을 읊조리며, 동네 뒤 삼인산 자락에서 조용히 아

3 1947년 3월 1일을 기점으로 하여 1948년 4월 3일에 발생한 소요사태 및 1954년 9월 21일까지 제주도에서 발생한 무력 충돌과 진압 과정에서 주민들이 희생당한 사건을 말한다.(두산백과 참조)

4 갓난아이를 품은 심정으로 백성을 다스리라는 뜻으로 《大學》에 나온다.

들의 장례를 치렀다. 품속 자식이 장성한 청년이 되었는데, 이제 땅의 품으로 돌려보내야 했다. 아직 그럴 준비가 되지 않았는데도 말이다. 언 땅을 삽질하는 게 보통 고된 게 아니었지만, 아버지 혼자 그 땅을 파 무덤을 만들었다.

"날래 날래 하시라우요!"

엄숙한 장례를 치르는 중에도 단원들은 와서 담배를 피우며 낄낄 웃고 있었고, 빨리 끝내라 재촉을 하고 있었다. 그리고 온 집안을 샅샅이 헤집어 놓고 나오는 게 없자, 침을 뱉고 욕을 퍼부었다. 그리고는 이승만 대통령 사진과 함께 진충보국(盡忠報國)이란 글이 쓰인 액자를 주고 갔다. 강제로 구매를 당한 셈이다.

"나라사랑, 진충보국… 이딴 게 다 뭔 소용이 있을까?"
"애국할 마음이 싹 사라져브렀네…."
"고작 이거 걸어 두려고 눈에 넣어도 아프지 않을 자식을 죽였당가?"

자식을 가슴에 묻었는데 애달파 할 시간조차 주지 않았다. 남은 식구들 입에 풀칠하기도 바쁜데, 낮에는 군인들이 시키는 온갖 부역에 사상교육까지 받아야 했고, 밤에는 공비들이 내려와 맘껏 약탈하도록 도와야 했다. 입에 총을 들이미는데 쌀이나 식량을 내어 주지 않고 무슨 수로 버티겠는가? 그런데도 다음날이 되면 공비들을 도왔다는 죄목을 씌워 죽였다. 좌경(左傾), 용공(容共)은 말할 것도 없고, 아무런 관련도 없는 사람들까지 누명을 쓰고 죽어야 했다. 후리가리[5], 소위 건수 올리기에 열을 올린 자들은 일제 앞잡이보다 더 잔혹하게 사람들을 옭아맸다.

5 '후리가리'는 '후리'와 '가리'로서, 통발 같은 낚시도구를 뜻하는데 실적을 위해 일반인도 잡아 죄명을 씌우는 것을 말하는 은어이다.

사건이
일어나기 전

1943년 8월

사건이 일어나기 6~7년 전 일이다.

"코노가 최쵸무식 쎈쎄이노가데쓰까?(이 집이 최첨식 선생의 집입니까?)"

8월 뙤약볕에 말끔한 양복을 입은 어떤 일본인이 양손에 꾸러미를 싸 들고 미산에 도착하더니, 약도가 그려진 쪽지를 보면서 대문 앞에 도착했다. 체구가 작지만 어느 누구에게도 밀리지 않을 기백이 보통내기가 아니었다.

"누구시오?"
"하이, 고쿠보데쓰. 오아이 데키떼 우레시이데스(예, 고쿠보라고 합니다. 만나 뵙게 되어 반갑습니다)."

기백은 좋지만 인사는 깍듯했다. 조선인에게 정중하게 모자를 벗고 인사를 하는 게 파격적이었다. 성균의 아버지 첨식은 퇴계학의 정통을 잇고 있다 하여, 담양 시골인데도 불구하고 여러 학자들의 발걸음이 끊이질 않았다. 아마 소문이 일본에까지 났었던 모양인데, 고쿠보 상이 지금의 광주 동명동 자리인 〈농장다리〉라고 부르던 곳에서 불원천리(천리를 멀다 않고)에 불치하문(아랫사람에게 물어보길 부끄러워 않고)하고 찾아온 것이다.

"나를 스승으로 맞이한다는 게 과연 이치에 맞는가 모르겠소!"

단호하게 거절하려 했다.

"아노, 아따시(제가) 고오고끄(황국) 닝겐(사람)이어서 배우고 시포도 배울 수 없스므니까?"

이내 그의 간절한 얼굴에 땀이 흘렀고, 그 딱한 표정 뒤로 아이들의 입에 뭔가 오물거리는 게 보였다. 한 손으론 입을 가리고 웃고 있지만, 다른 손은 등 뒤로 뭔가를 숨기는 게 제대로 보였다. 부엌으로 들어갔다가 나오는 부인의 표정도 심상치 않았다. 이미 집에 들어올 때부터 육포를 아이들 입에 넣어 주었고, 쌀과 굴비는 부엌으로 들어간 뒤였다는 것은 집요하리만큼 철저한 계산이었다.

"못 먹고 못 살아도 사람이라면 예의를 지켜야지, 어딜 묻지도 않고…."

잠시 손님 앞이란 사실을 망각하고 아이들을 훈계하려 했는데, 아차! 싶었다. 멀리서 찾아온 손님을 가르치기 싫다고 그냥 돌려보내는 것부터 예의가 아니었다. 하지만 고쿠보는 예의라는 말을 듣자마자 또 다른 관점에서 무섭게 끼어들었다.

"히토와(사람은) 스베카라쿠(모름지기) 레이기(예의)를 배워야 하므니다."

겉으로는 웃고 있지만 고쿠보는 간절했다. 신민(臣民), 조센징으로 폄하했던 사람들에게 머리를 숙이며 철저히 낮추고 있었다. 자신을 가르쳐서 사람을 만들어 달란 이야기까지 하는 것이었다. 본국으로 돌아가기 전까지 꼭 배우고 돌아가겠단 의지다. 이쯤 되니 첨식은 마지못해 허락했고, 고쿠보는 여러 번 절을 하며 예를 갖추었다. 올 때마다 먹거리와 신학문의 책을 가지고 오길래 그만 가져와도 된다고 했으나, 한사코 사양하며 선물을 건넸다.

"고우씨(공자)니므도 주교료(수업료)를 콘나니 우케나캇타데스카(이렇게 받지 않았습니까?)"

참 편안한 웃음이다. 얼굴은 시종일관 웃고 있으면서 자세는 무릎을 꿇고 있다. 그런데도 단정한 매무새가 흐트러지지 않았다는 것은 오랜 세월 그런 예절이 잘 배어 있다는 것이다. 어쩌면 우리나라 사람보다 더 열심히 배우려 한 그의 모습에 기분이 좋아졌음은 사실이나 마음 놓고 웃을 순 없었다. 아직은 낯선 이방인을 경계하는 이목도 있었고, 자신의 편견도 놓질 못했다.

"아따, 무슨 일본 놈이 자꾸 찾아온다요?"

마을 사람들도 처음엔 낯선 일본인의 등장에 모두 피했다. 껄끄러운 일본 사람, 아마 고위 관료 차림인 그의 등장에 마을은 이미 수군대고 있었다. 그러나 그것도 얼마 지나지 않아 진정이 되었다.

"내가 봉께, 순사들도 쩔쩔매던 것 같은디?"

확실히 그가 다녀간 후로 순사들이 찾아오는 일이 눈에 띄게 줄었다. 순사들마저 꼼짝 못하는데, 게다가 마을 사람들 어느 누구를 만나도 겸손하게 인사를 하고 지나갔을 정도이니 달리 할 말은 없었다. 더군다나 내로라하는 마을, 아니 담양 인근 최고의 지성인 최첨식 영감님 댁 일이지 않은가? 나쁜 일 한 번 해 본 적 없고, 늘 꿋꿋하게 마을 대소사를 주관하였던 어르신의 일이라 그런 줄만 알고 있었다. 어쩌면 마을의 자랑이기도 했다.

"우리 어르신이 월매나 유명허믄 일본군 장교까지 와서 인사하고 가냔 말여!"

사람들이 모두 반기는데 딱 한 집은 예외였다.

"니기럴, 워째 먹고 살 만해징께, 순사님들이 고만하라고 헌지 모르겄어!"

곰 같은 몸집에 대충 자른 단발, 눈은 매섭게 찢어진 남자가 자다 깬 사내아이 둘을 꿇어앉게 하고 술을 마시면서 하는 말이다. 등불도 켜지 않고 달빛을 안주 삼아 시라타카, 백응(白鷹)이라고 쓰인 술을 마시고 있었다.

"아리가토 고자이마스!(감사합니다!)"

혼자서 술을 한 잔 따르고 마실 때마다 하는 소리다. 뼛속까지 신민이 되고 싶었던 사람이다. 술병은 어디선가 주워 온 일본 것이긴 하나, 그 속은 막걸리였을 뿐인데도 그렇게 무릎 꿇고 상대(上對)하는 독특한 술버릇에, 자식들에게도 일본어만 배우도록 강요하기까지 했다. 아니 개가 되어도 일본 사람의 개가 되길 원했을지 모른다. 잠자리 머리맡에 몽둥이와 함께 잘 개켜 있는 완장, 그는 잠자리에 들고 일어날 때마다 그 완장에 대고 절을 하며 살았다. 순사 앞잡이로 마을 사람들로부터 개 취급받던 최상갑이라는 자다.

"우리같이 일자무식시런 부녀자들 취업시켜 주고, 의식주도 군인들이 다 해 준다고 헌디, 우리도 황국의 뜻에 동참해야 되지 않겄소?"

일본인 두어 명과 함께 마을 처녀들을 모집하고 다니기까지, 행실이 몹시 좋지 않았던 터다. 그런데 고쿠보가 마을에 등장하며, 순사들이 쩔쩔매게 되었고, 최상갑에도 가만있으란 지시가 떨어지자, 자식들에게 행패를 부리고 있던 중이었다. 작은 아이 봉식은 그런 아비만 보면 얼마나 무서웠는지 오줌을 싸곤 했다. 또 그럴 때마다 똥오줌도 못 가리냐며 야단을 쳤다. 형 봉철은 제법 준수한 편이지만, 동생은 동네에서 반푼이라 불렸다. 칠푼이, 팔푼이도 아니고 사오 푼쯤 된다는 뜻이다. 소문에 어머니도 맞다 못해 도망갔다는 말도 돌았다.

"니는 니 동생만은 반드시 챙겨야 혀!"

꿇려 놓고 자식들에게 위엄 있는 척하지만, 자신의 능력으로는 둘째를 키울 수 없다는 뜻을 내비치고 있었다. 그러면서 곱게 부탁하는 것도 아니다.

"알아듣겄냐?"

늘 귀를 잡아당기다가 쥐어박으며 이 말을 하니, 봉철이 동생을 고분고분 데리고 다녔을 리 없다. 서너 걸음에 발길질 한 번꼴이다. 그래도 동생 주변 어딘가에는 항상 형이 있었다. 자기는 괴롭힘이 일상이면서 다른 이들이 혹시나 동생을 괴롭히려 하면 어느 누가 되었든 달려들었다. 어른들도 못 말릴 정도로 악다구니를 썼으니,

"갸는 나이가 어려도 아조 매섭드랑께…."

마을 사람들이 고작 10살짜리 봉철을 두고 하는 말이었다. 그는 그런 일만 없으면 조용했다. 마을 어느 누구와도 말을 하지 않았나. 마을 사람들 앞에서는 고개를 숙이다가도 뒤에서는 항상 노려보듯 보고 있었다는 게 사람들이 하는 말이었다. 그래도 애들 속이야 다 거기서 거기지, 속내 모를 양반은 따로 있었다.

고쿠보는 배움에 있어서만큼은 늘 정성을 다했지만, 광주 농장다리 옆 형무소에서 꽤 높은 직분으로 악명이 높았다는 게 광복 후에야 뒤늦게 알려졌다. 그를 제자로 받아들였던 첨식은 입을 꾹 다물고 아무런 말도 할 수 없었다. 마을 사람들 역시 마찬가지였다.

"참, 사람 속은 알다가도 모르겄네…."

처음부터 자신의 직업을 말하지 않았고, 첨식 역시 직업을 묻지 않았다. 직업이 사람됨

을 말해 주지 않는다는 게 그의 지론이었다.

“진짜 사람 된 이에게 고개를 숙이는 것이 중요해. 어떤 사람들은 벼슬이 높고, 돈 많은 사람에게만 고개를 숙이고 살지. 한데 벼슬과 돈이 사람의 전부를 말하는 게 아니잖은가? 아무리 낮은 사람도 존경할 수 있다면 고개를 숙여야 한다네. 고쿠보 상 자네는 그런 점에서 참 대단해! 이런 촌로(村老)한테까지 찾아오는 걸 보면 말야.”

“이츠비(과찬)이므니다.”

“옳음 앞에서 고개를 숙이고, 그름 앞에서 고개를 돌려야 사람이 되는 게야. 그게 도덕인데, 도덕이 무너지면 권력 앞에 고개를 숙이게 되겠지. 앞으로의 세상은 도덕이 무너지고 이익만 찾을 세상이 올 거란 말일세….”

“모오사아(맹자) 얀헤토(양혜왕)에 나온 상하교정리(上下交征利)[6]군요. 무카시(옛날)부터 변하질 않아요, 도오토쿠(도덕)를 갖추는 게 얼마나 중요한데….”

고쿠보 역시 학자이자 장교로 본국에 돌아가면 요직에 오를 그였지만, 학자인 자신을 가장 좋아했다. 직업적으로는 냉혹했지만, 인간적으로는 따뜻했다. 그리고 그게 최선의 삶이라고 믿고 있었다.

“고레와(이것은)… 신가쿠모노(新學問) 수세끼(書籍)이므니다.”

그는 시간 나는 대로 성균, 성현 두 아들에게 신학문을 가르쳐 주었다. 미국, 중국, 일본 등의 강대국들의 역사와 함께 여러 신기한 문물에 대한 이야기였다. 통치 법도로서의 일벌백계와 종용(慫慂)[7]만 강조했던 그가 조선인에게 그런 친절을 베풀게 되리라곤 생각해 본 적이 없었지만, 스승의 집에만큼은 최선을 다했다. 에도시대부터 중급무사로 대대로 지내

6 윗사람, 아랫사람 할 것 없이 오직 사적인 이익에만 사로잡혀 싸우고 죽인다는 내용

7 잘 구슬리다.

왔던 그의 출신은 스승에 대한 복종이 관습처럼 내려왔기 때문이다.

최첨식에게 배우면서 딱 한 번 의견 충돌이 있었을 뿐, 늘 배우는 자세도 적극적이었다.

"오늘은 시구(鳲鳩)편[8]을 강(講)하겠네. 한 번 읊어 보시겠나?"

"뻐꾸기가 뽕나무에 있으니 그 새끼가 일곱이로다.
어진 군자여, 그 위의가 한결같도다.
그 위의가 한결같으니 마음이 맺은 것 같도다.

뻐꾸기가 뽕나무에 있으니 그 새끼는 매화나무에 있도다.
어진 군자여, 그 띠가 흰 실이로다.
그 띠가 흰 실이니 그 고깔은 아롱지도다.

뻐꾸기가 뽕나무에 있으니 그 새끼는 가시나무에 있도다.
어진 군자여, 그 거동이 어긋나지 않도다.
그 거동이 어긋나지 아니하니, 이 사방의 나라를 바루리로다.

뻐꾸기가 뽕나무에 있으니 그 새끼는 개암나무에 있도다.
어진 군자여, 이 나라 사람들을 바루리로다.
이 나라 사람들을 바루니 어찌 만년을 아니하리오.

8 시경-111 국풍 / 조풍(曹風) 제3편 시구4장(鳲鳩四章)
鳲鳩在桑하니 其子七兮로다 淑人君子ㅣ여 其儀一兮로다 其儀一兮하니 心如結兮로다
鳲鳩在桑하니 其子在梅로다 淑人君子ㅣ여 其帶伊絲ㅣ로다 其帶伊絲ㅣ니 其弁伊騏로다
鳲鳩在桑하니 其子在棘이로다 淑人君子ㅣ여 其儀不忒이로다 其儀不忒하니 正是四國이로다
鳲鳩在桑하니 其子在榛이로다 淑人君子ㅣ여 正是國人이로다 正是國人하니 胡不萬年이리오

군자는 거동이 어긋나지 않아야 사람들을 잘 통치할 수 있고, 그런 나라여야 만년을 갈 것이므니다. 참고로 제가 제일 좋아하는 시입니다."

"뻐꾸기가 그렇게 군자 같던가?"

"하이, 보쿠기노 소리도 크고 늘 위멘(위엄) 있게 앉아 있스므니다."

"뻐꾸기는 자식을 키우질 않는다네, 대신 몸집도 작은 박새 둥지에 알을 낳고 멀지 않은 곳에서 지켜보고 잘 키우라고 그렇게 울어대는 게야. 그 새끼도 얼마나 잔인한지, 나머지 알들과 박새 새끼들을 다 둥지 밖으로 밀어내 죽여 버리지. 혹여 박새가 잘못 키우는가 싶으면 뻐꾸기는 즉시 박새를 죽여 버린다네. 박새는 키우고 싶은 제 새끼는 못 키우고 원수 새끼를 키워야 하는 것일세. 이 시는 군자를 노래한 게 아닐세."

"난다요(뭐라구요)? 카이샤쿠가 아야맛테이마스(해석이 잘못되었습니다)!"

"코이샤쿠노 소위다(해석은 서로 다를 수 있지만), 이것은 풍(풍자편)에 들어 있으니 이 해석이 맞네! 일본이 약한 조선을 식민지로 삼아 제 나라 사람들을 살리려는 게 바로 뻐꾸기 같은 짓 아니겠는가?"

고쿠보는 경계의 눈빛을 보냈다. 위험한 발언이 이어질 것 같은 예감이 들었기 때문이다. 일본의 식민지배에 반항을 보이는 스승의 발언을 멈춰야 했다. 그는 조용히 밖의 인기척을 살폈다. 자신이 듣기에도 거북한데 이를 다른 사람들이 들으면 어떻게 될지 모르는 곤란한 상황이었다.

그러나 첨식은 계속 말을 이어갔다.

"자식들은 다 여린 박새들에게 맡겨 두고 나라를 바루겠다고 하니 말이 된다 생각하시는가?"

고쿠보는 밖을 보던 고개를 돌려 정면으로 차갑게 그의 얼굴을 바라보았다. 첨식 역시 눈을 돌리지 않았다. 잘못된 게 아니라, 잘못된 것을 바로잡으려는 것이다. 찻잔에서 나오는 김조차 차갑게 얼어붙을 지경인지라, 옆에서 같이 공부를 하고 있던 성균 역시 얼굴이 굳었다.

"의(義)를 무엇이라 생각하시는가?"
"불편부당(不偏不黨), 가리가요끄(사리사욕)로 치우치지 않는 것이 기(의)이므이다."
"지금 황국(일본)과 조선의 관계도 의라고 생각하시는가? 가리가요끄가 아닌가 말일세!"

감히 해서는 안 될 질문이었지만, 고쿠보는 냉정하게 답을 했다.

"조세이노(조선의) 힘이 유약크(유약)해서 소나따(그렇게 되었습니다). 자강불식(自强不息), 스스로 강해져야 하고, 늘 강했어야 하는데 조선은 그렇질 못했스니다. 황국(일본)은 시중(時中), 때에 알맞게 (메이지)유신을 했기 때문에 강할 수 있었스므이다."
"온통 무장을 하고 죽더라도 싫증나지 않을(衽金革 死而不厭) 강함은 바른 강함이 아닐세."
"난데스까? 그 강함이노 아니면 화이불류(和而不流)도, 중립이불의(中立而不依)[9]도 할 수 없지요? 황국은 막히는 데 없이 끝까지 뻗어 나가니(不變塞焉), 진짜 의라 하겠스므이다."

'그게 용기는 있으나 예가 없으므로 난리를 일으키는 것(勇而無禮則亂)이야!'

첨식은 꼭 이 말을 하고 싶었다. 입 밖까지 나오면 무슨 일이 생길 수 있었음을 알고 있다. 그러자 재빨리 고쿠보가 고개를 숙이며,

9 화이불류(和而不流), 중립이불의(中立而不依)는 《중용(中庸)》에 나온 말로 군자는 다른 사람들과 어울리되 휩쓸리지 않고, 든든히 자리를 지키고 있어 남에게 기대지 않는다는 말인데, 여기에서는 식민지로 지배를 받지 않아도 된다는 의미로 썼다.

"요이시(좋습니다), 센세이므노 말씀을 삼가 받들겠스므이다."

첨식의 말을 웃음으로 가로챘다. 아무래도 국가의 일보다 사제의 정을 지키고 싶은 마음이 더 강했던 모양이다. 시경에 나온 구절로 화두를 시작해 일본의 잘못됨을 꾸짖고 싶었지만 고쿠보의 학문 실력 역시 지지 않을 만큼 상당했다. 정의(正義)에 대한 정의(定意)가 달랐다. 그가 생각하는 정의는 잔인했다. 인정(人情)이 없는 정의(正義), 사랑 빠진 공의였고, 첨식이 생각하는 정의는 다분히 정(情)적이었다.

"주신나히토(純真な人)!"

그가 본국으로 귀국했을 때, 스승에 대해 누군가 물어보면 얼굴에 미소는 가득하지만 약간의 쓴웃음을 지으며 순진한 사람이라고만 정의했다. 나쁜 표현은 아니다. 악의도 없이 순수한 학문으로 온전하게 살아가는 모습은 충분히 스승으로는 모시겠지만, 제자로 두기엔 두들겨 패서라도 강한 마음을 가지게 하고 싶었을 것이다. 첨식 역시 마찬가지다. 그런 위험한 자를 제자니까 받아 줄 수 있었지, 스승으로는 아무리 학문이 높아도 만나려 하지 않았을 것이다.

"머리 공부, 몸 공부 다 좋은데…, 마음 공부가 빠졌어…. 그 마음을 가르치는 건 쉽지 않았지."

고쿠보에 대한 첨식의 평가였다. 이런 점만 빼면 아니, 이런 점 때문에 완벽한 사제지간이었다. 누가 먼저랄 것도 없이 질문하고, 대답을 들으면 감탄하는 경지였으니, 만나기 전 그리웠고, 헤어지면 다시 그리워질 정도였다. 사실 고쿠보 입장에서 대동아전쟁만 아니라면 이런 사람들과 지내고 싶었을 것이고, 또 그런 사람이 되고 싶었을지 모른다.

하지만 시간이 야속하게 빨리 지나갔다. 본국에서의 호출을 받고 떠나야 할 시간이 온 것이다. 1944년 12월, 고쿠보는 꼭 필요한 것만 챙기고 세간살이 대부분을 첨식의 집에 보냈다. 게다가 가족들과 일본 전통 의상을 입고 첨식의 가족에게 절을 하였다. 이 파격에 따라왔던 군인들조차 놀랐을 정도였다.

"이제 떠나야 할 시간입니다. 여기 제 처와 자식들입니다. 아이들에게 덕담 한마디 해 주십시오."

낯선, 게다가 조선인에게 덕담이라니…, 기분이 나빠 쭈뼛거리며 걸어 나오지만 자꾸 엄한 아버지의 눈치를 보고 나오는 아이들에게 상선약수(上善若水)라는 말을 적어 주었다.

"가장 강한 게 무엇이라고 생각하지?"
"닛폰도(日本の刀)데쓰!"

일본인의 정신이 깃든 칼이라고 대답을 한 자신에 한껏 도취되어 칼만큼이나 날카로운 미소를 지어 보이곤, 또다시 얼른 아버지의 눈치를 보는데, 아버지의 얼굴이 굳어 있어 머뭇거렸다. 강한 고쿠보 밑에서 자라난 아들들은 아버지만큼 강하지 못했기 때문이다. 강해 보이고 싶은 마음은 가득한데, 속마음이 유약했다.

"세상에 가장 강한 것을 깨뜨리는 게 바로 물이란다. 물이 없으면 칼을 만들 수도 없어. 부드러움이 억센 것을 이기는 법이야…, 물은 지는 것 같아도 언젠가는 이기고야 말지. 제군들도 강한 것을 대할 땐 부드러움으로 이겨 나가길 바란다."

노자가 말한 상선약수는 겸손하게 낮은 곳으로 흐르는 물이라는 해석이어야 한다. 그런데 뭔가 잘못되었다. 아들들은 이를 받아들이지 못해 대들 듯 따졌다. 해석만 그런 게 아니라 부드러움으로 강한 것을 이기고 싶은 마음도 없었고, 아니 어쩌면 그럴 자신이 없었는지도 모른다.

"카이샤쿠가 아야맛테이마스(해석이 잘못되었습니다)!"
"요쿠 카미시메테 키키나사이(잘 새겨들거라)!"
그의 아버지가 엄한 소리로 말렸다. 말리는 순간, 자신이 스승에게 했던 말과 똑같았음을 알았다. 그때도 분명 강함에 대해 이야기가 오고 갔었다.

"물론이지, 그래야 고쿠보의 아들이지…. 나중에 크면 무슨 말인지 이해할 수 있을 게다."

이 말에 놀란 건 고쿠보였다. 아들들을 강하게 키우려고 모든 일에 엄격하게 대했지만, 아들들은 강한 척할 뿐, 언제나 아버지의 눈치를 보는 유약한 마음이 늘 거슬렸다. 강한 일본 칼을 만들기 위해서 아버지는 강함이 아니라 물이 되어야 했다. 결국 내려가는 게 맞았다.

'내가 내려가야 아들들이 올라가는구나!'

고쿠보는 바로 고개를 숙여 감사의 뜻을 전했다.

"오늘은 제가 일본식 다도로 대접하겠습니다."
"그대의 나라에서는 어떤지 나도 좀 보세!"

복잡한 절차, 무슨 차 마시는데 절도와 예법이 이리 복잡한지, 하지만 남의 나라 문화를 존중해 주려고 최선을 다해 그가 하는 모든 행동을 따라 했다.

"이제 떠날 시간입니다. 더 배우고 싶지만 본국으로 돌아가게 되어 안타깝스니다."
"아쉬우이…, 자네 같은 이가 조선에 몇 명이라도 있었더라면…, 여기 주역을 풀이한 건 자네에게 줌세!"
"아리가… 아니 참 고맙스므이다. 제가 도울 일이 있으면 말씀해 주시지요."

평생 남에게 부탁 같은 걸 해 본 적도 없지만, 꺼내야 할 말이 있었다.

"실은…"

마을 사람들이 고쿠보의 영향력을 알고 여러 차례 상의해 왔던 일이다. 기회를 더 미룰 순 없었다. 순사 앞잡이 최상갑을 죽이려는데 순사들이 묵인해 주었으면 하는 일이었다.

"부하들에게 시키면 될 일인데… 굳이 그리 하시겠다면 사고사로 처리하도록 하겠스므니다."

마지막으로 떠나기 전, 고쿠보는 첨식의 아들들을 만나,

"우리 가쿠세(학생)들은 다이가쿠(대학)엘 가야 많은 일을 할 수 있지, 성균 상은 몸이 더 강해져야 하고, 성현 상은 공부를 더 열심히 하길 바란다. 내가 땅에 떨어진 박새 새끼들을 키워야지…."
하며 두 형제에게 대학에 갈 돈을 건넸다.

"도꾜로 올 수 있으면 와라! 내 기꺼이 키워 주마. 아버지에겐 내 떠난 후 말하면 된다. 그게 주는 이와 받는 이의 예의이다. 이곳에 와서 직무상 원치 않은 일을 많이 했는데, 그래도 공부할 수 있어서 다이스키데쓰(좋았다)."

인사는 간략했다. 마을 사람들도 모두 나와 그 가족을 배웅했다. 강압이 아니라 진심이었다. 고쿠보는 차에 내려 다시 마을을 향해 공손히 인사를 하고 떠났다. 그제야 고쿠보의 아들들은 첨식의 말을 이해했다. 부드러움이 강함을 이긴다는 '상선약수'말이다. 아버지에게서 칼보다 더 강한 부드러움을 볼 수 있었다. 동시에 자신들은 강함을 흉내 냈을 뿐 잔뜩 긴장되고 경직되었던 것밖에 없었음을 볼 수 있었다.

그리고 밤이 되자 마을 사람들은 봉철의 집에 모였다. 다 같이 날카로운 죽창과 횃불을 들은 채로 말이다.

"상갑이 자네 게 있는가?"
"아니 머헌디 이 밤에…?"

봉식이는 세상모르고 자고 있었지만, 봉철이와 그의 아버지는 마을 사람들이 위세 등등하게 들어온 것을 보고 깜짝 놀랐다.

"내 육시럴 놈을 그냥!"

상갑은 서둘러 완장과 몽둥이를 챙기며 악을 썼지만, 여남은 명의 장정 힘을 이길 순 없었다. 사람들은 그를 방구석으로 몰아 죽창으로 여기저기 찔렀다.

"으아악!"
"안 돼요! 하지 마세요!"

말을 잘 꺼내지 않았던 봉철이지만 그 순간만은 악을 쓰며 반항했다. 동네 사람들은 그를 결박하여 끌고 갔다. 말이 결박이지 몸 여기저기 죽창에 꿰여 끌려간 것이다. 봉철이가 아무리 달려들어 막아 보려 했지만 힘이 없었다.

"안 돼요! 하지 마세요! 하지 말랑께요!"
"느그 아부지는 죽어도 싸!"
"세상에 누구 목숨은 중허고, 우리 아부지 목숨은 싸다니 그런 법이 어딨소? 누나들 데꼬 간 거도 순사님들이 다 시켜서 한 일이랑께요!"

이윽고 마을 사람들은 마을 한가운데 모여 너 나 할 것 없이 상갑을 죽창으로 여기저기 찔렀다. 봉철이 악을 쓰고 울어 봤자 허사였다.

"너 이 새끼, 인자 니는 디져야 써!"
"어디서 앞잽이 노릇을 혀?"

최상갑은 이미 목을 찔려 아무 말도 할 수 없었다. 뭔가 말을 하려고 입을 벌리면 피가 자꾸만 입을 막았다. 땅에 쓰러진 그를 사람들은 빈틈없이 죽창으로 찔렀다. 머슴 출신으로 순사 앞잡이가 되어, 출세까지는 아니어도 마을에서 마음대로 할 수 있는 게 좋았는데 이젠 그 약한 그들에 의해 명을 달리해야 했다. 그렇게 죽는 아비를 봉철은 억센 손에 잡혀 땅에 얼굴을 밟힌 채로 보아야 했다.

"이번엔 자식 놈의 새끼들도 죽여브러야제!"
"옳소!"

피를 보기 시작한 마을 사람들은 더 흥분해 의기투합하여 후환을 없애기로 했다. 그러나 뒤에서 보고만 있던 첨식이 이를 막았다.

"이제 그만들 허시게, 아버지의 죄로 자식들까지 죽여야 한다면 이건 금수만도 못한 짓이야!"
"아니 어르신, 그래도 후환을 없애야…."
"내가 키움세! 내가 사람을 만들 것일세!"

더 이상 반박할 수 없었다. 일단 이렇게 죽이고도 사고사로 처리하게 해 준 것만도 어딘가? 마을 사람들은 산으로 올라가 낭떠러지 아래 대밭으로 그의 시신을 던졌다. 어차피 죽창에 이미 죽은 몸, 대밭에 떨어졌다고 구멍이나 더 날 뿐, 달라질 것은 없었다. 그는 죽기 전부터 그렇게 실족사로 죽었다고 기록되어 있었으니, 순사들도 사건 현장까지 갈 일도 없었으며, 시체는 마을에서 거적에 말아 삼인산 오르는 길에 평토장하는 것으로 끝이 났다.

아버지의 죽음조차 제대로 인지하지 못하는 봉식의 헤헤거리는 짓이야 변함없었지만, 일주일도 지나지 않아 말없던 봉철이 갑자기 수다스러워졌다. 동네 사람들 누굴 만나도 인사를 꾸벅했고, 살갑게 다가갔다. 동네 사람들은 의아했지만, 어르신의 덕택이라 믿고, 봉철 형제가 올 때마다 먹을 것을 나눠 주곤 했다.

"없는 살림에 이거라도 먹고 살자!"
"고맙네유, 지들 힘 필요한 거 있으면 언제든지 불러 주셔요, 잉!"

일은 그렇게 마무리가 되는 것 같았다. 봉철은 성균을 주인어른 모시듯 깍듯했지만, 성균은 그를 늘 아우로 대했다. 남을 하인 부리듯 할 인격이 아니었다. 함께 공부하는 것도 더 열심히 하길 바랐지만, 봉철은 한사코 공부에 있어서는 손사래를 쳤다.

"자네도 공부를 해야 하지 않겠는가?"
"지가 무슨 공부를 혀요? 지들은 그냥 놉이나 받고 살믄 되아라!"
"그래도 명석한 머리 그냥 썩히긴 아깝네 그려."
"아녀라, 공부헌다고 동생 못 보믄 안 되지라. 그저 형님이나 성공하셔서 지들 거둬 주시믄 감지덕지 허겄구만요."
"그러면 하루하루 생각나는 게 있으면 여기에 적게나! 일기라도 적으면서 살아야지!"
수첩과 만년필 하나를 봉철에게 건넸다. 이후 그는 생각나는 대로 뭔가를 적는 습관이 생겼다.

성균은 인근 동네 동갑 친구 3명과 의기투합했다. 모두 책 읽기를 좋아했고, 어릴 때부터 함께하지 않은 일이 없을 정도의 죽마고우였다. 성균은 이들과 고쿠보에게서 받았던 책을 나눠 읽으며 밤새 토론하곤 했다. 딱 학자의 집안 맏아들다웠다. 친구를 사귀는 것이나 아랫사람 대하는 것, 공부하는 것 모두 마을 사람들이 다 부러워할 만큼 준수했다.

첨식은 봉철을 불러 소학이라도 가르치려 했다. 당시엔 한문만 잘 읽고 써도 읍내 사무소에서도 일할 수 있는 시기였으니 말이다. 봉철의 입장에선 배우고 싶은 것은 신학문이었는데 배우게 된 것은 늘 한학뿐이었다. 배우려고만 한다면 성균에게 배울 수도 있었겠지만 그렇게는 하지 않고 어르신에게서 한학을 익혔다. 그렇다고 썩 많이 배우려고 하는 것도 아니었다. 묘한 자격지심 때문에 성균에게서 배우는 걸 꺼리게 되었고, 그와는 전혀 다른 길을 가려는 마음이 생겼던 까닭이다.

"퇴계께서 글을 읽었으면 뜻을 깊이 읽어 심성을 변화시켜야지, 책을 읽었는데 아무런 진전이 없으면 안 된다고 말씀하셨다."

'아따, 쇤네들은 머리도 안 됭께, 공부할 되련님이나 열심히 시키셔요.'

고단한 일과를 마치고 수업을 듣는 중, 손바닥에 박힌 굳은살을 떼어내다 무심결에 그 말이 나올 뻔했다. 그때만 해도 아무 욕심도 없이, 머슴이길 자처했던 봉철이었다. 그저 아버지가 전에 하셨던 대로 머슴처럼, 돌처럼 살면 되리라 생각했었을 것이다. 한데 자꾸 마을 사람들이 농담처럼 하는 말이 그의 마음을 흔들었다.

"어르신, 그란디 참말로 울 엄니 기생이였어라우?"

"그건…."

첨식은 잠시 뜸을 들였다.

"사실인가 보네유…, 지는 기첩의 아들로 노비로나 살아야 허는 기 지 운명인가 보네유…."

“이보게, 역(易)이란 게 원래 바뀌는 게야…. 자네 허물도 아니잖은가? 세상 만물이 고정된 건 없다네. 자네도 열심히 노력하면 대성할 수 있지, 암….”

그러나 봉철은 고개를 저으며 집으로 돌아갔다.

“즈그 아비 안 닮고 잘 컸네! 저라고 힘도 씨고 일도 잘햐….”

마을에서는 아버지 닮지 않게 잘 컸다고들 했다.

“아버지 안 닮았으믄 엄닌 닮은 것인디, 엄니가 기생인께 나도 커서 기생처럼 살겄구마! 그라고 고작 머슴이 잘 큰 거여? 우리 아버지도 머슴허다 돌아가시고, 나도 머슴허다 죽겄네…. 빌어먹을 놈의 세상!”

봉철은 혼잣말로 중얼거렸다. 마을 사람들의 칭찬이 귀에는 쓰디썼다. 심사가 이리 뒤틀리니 돌아오는 길에 히죽거리는 동생이 꼴 보기 싫어 마구잡이로 팼다. 화를 풀 방법이 없었다.

“니헌테는 이게 아무 일도 아닌 겨?”
“아프다… 나 때리지 마라!”

사실 봉식이 기분 좋은 것은 다른 이유가 있었다.

“얼레리 꼴레리, 혜진이는 봉식이랑 결혼한대요~”

말 같지도 않은 소릴 진담으로 받아들여 기분이 좋아진 탓이다. 어느 누구와도 어울리지 못하는 그를 혜진이 종종 챙겨 주곤 했었는데, 아이들 눈엔 그게 또 좋은 놀림감이 되었으니 말이다.

"봉식이도 데려가야제…!"
"니는 봉식이 그만 좀 챙겨야, 뭔 좋은 일 있다고 그리 챙겨쌌냐? 시집갈라고 그냐?"

아이들이 그렇게 놀렸어도 혜진인 크게 부담을 가지지 않았다. 콧방귀나 낄 소리임이 분명했다.

"나는 울 큰오빠 같은 사람헌티 시집 갈랑께, 니나 봉식이헌티 시집가라!"

혜진인 동네에서 그 또래들 사이에선 제일 똑똑했다. 아버지의 영향이기도 했지만 큰오빠로부터 들었던 이야기는 일곱 배나 부풀려서 맛깔나게 이야기할 줄 아는 아이였다. 아이들은 학교에서 배우는 것보다 그녀에게 들었던 게 재밌고 유익했을 것이다. 그녀의 가르침은 못난 봉식에게도 마찬가지였다. 둘 배우기 전에 하나 반을 잊었던 그는 그녀의 교육법이 맞았는지, 한글은 겨우 뗄 수 있었다. 그녀는 팔을 구부려 이마에 대고,

"이게 기역이여, 기역! 따라해 봐!"
"기… 기억…."
"아니 기억이 아니고 기역!"
"기, 기… 기역…."
"그려, 이거이 간다 할 때 기역이여!"
"기역이 왜 가는 거여?"
"아따, 참말로… 그냥 '그~' 소리 난다고 알아 두믄 뒤야…."
"그~"

그녀는 봉식이가 멍청하다고 짜증 내진 않았다. 가르치길 좋아하는 것은 오빠보다 더했

다. 하지만 그도 만만친 않았다. 언제나 반만 듣고, 반은 귀에 들어오지도 않았다. 하루 배운 게 이틀을 넘어가지 않았고, 둘을 배우기 무섭게 하나를 잊어버렸다. 잠들기 전에 그녀는 반드시 봉식이를 가르치겠다는 다짐을 하곤 했다. 마을 사람들도 보고 있기 답답했던지,

"어따, 봉식이도 엥간해야제…."
혀를 끌끌 찼다.

그런 봉식이가 어느 날엔가는 혜진이에게 아끼고 아끼던 비오리 사탕을 줬다. 놀랄 일이었다. 아이들 보는 앞에서 그녀에게 사탕을 준 것이었다. 봉식이는 뭔가를 누구에게 줘 본 적이 없는 아이였다. 무서운 형으로부터 누구에게 주지 말란 소리부터 들으면서 먹었던 까닭이다. 그 형에게 두들겨 맞을 걸 알면서도 그렇게 했다.

"자…, 이거 먹어, 셔… 셔… 슨물이여."
"말 더듬지 말고 말해 봐, 선! 물!"
"선무울!"
"잘했어, 인자 아이들헌티도 나눠 줘!"
"알았어, 근디 나 더 읎다!"

봉식이는 무서운 형보다 어린 혜진이의 말을 더 잘 들었다. 봉철은 언젠가부터 다시 무서워졌지만, 봉식은 늘 그대로였다. 마을은 별로 달라지는 게 없었지만, 세상은 달라지고 있었다.

1945년 8월

15일, 날도 아침부터 더웠던 그날은 정말 새벽부터 정신없었다. 아버지를 비롯한 모든 식구들이 마당에 모여 서성거리고 있는데, 초조한 표정들이 역력하다. 금줄에 매달려 있는 고추가 그 이유를 설명하고 있다. 이윽고 아이의 울음소리가 들리고, 금줄 안에서 "계집이오!"란 소리가 들렸다. 그날은 혜진의 동생 혜숙이 태어난 날이었다.

"아들이면 형석이라 부르려 했는데…."

아버지는 기껏 작명해 두었던 이름을 포기해야 했다. 그의 떨떠름한 표정에 아들이면 좋았겠다는 생각이 잔뜩 묻어 있다. 어느 날엔가 빛날 형(炯)에 밝을 석(晳), 형석이란 이름을 계시라도 받은 듯 꿈에서 보고 돌림자도 무시하고 작명을 해 두었는데, 이제 그 이름을 부르기 어렵게 된 까닭이다.

'이젠 아들을 더 기대하기도 어렵겠네….'

자신의 나이야 그렇다 치더라도 부인의 나이가, 건강이 만만치 않다. 두 아들과 혜진이 사이에 자식이 이미 두 명이 더 있었으나 모두 유산되었으니, 형석이는 그때부터 못 지은 이름이었고, 혜진이를 지나 이번에도 혜숙이란 다른 이름으로 불러야 했다.

"인자 고거이 우리 손주 이름이 되어야제…."

체념하려던 찰나, 순사들이 바쁘게 돌아다니며 정오 라디오를 들으라고 했다. 마을 사람들은 정오를 기하여 중대 발표가 있다 하여, 라디오가 있는 첨식의 집에 모여들었다. 이윽고 기미가요가 울린 후 천황의 방송이 시작되었는데 알아듣기 어려웠기 때문에, 모두들 그의 입만 바라보고 있었다. 그때의 분위기는 정말 침 삼키는 소리도 들려서는 안 될 정도였다.

"에.. 히로히토 천황이… 거 뭐시냐, 폭탄이 터져서 재난이 어쩌고 허는데, 신민(臣民)은 잘 받들라고? 대체 이게…?"
"어따, 어르신도 모르믄 누가 안다요?"

평소보다 잡음은 더했고, 일반인들은 사용하지도 않는 황족어를 썼으며, 내용도 난해하기 짝이 없었다. 해방이나 자유란 단어는 나오지도 않았으며, 미안하다는 말도 없이, "그대들 신민은 짐의 뜻을 받들라."라는 말로 끝났으니, '우리 없어도 너희들은 말 잘 듣고 있으란 소리'였다. 항복문서가 아닌 종전조서이며, 우리나라에 대한 어떠한 사과나 반성도 없었다. 사람들은 이딴 방송을 듣고 어찌해야 좋을지 몰랐지만, 다행히 다음 라디오에서 해방이란 말이 나오자, 그제야 안도의 한숨을 쉬며 거리로 나와 웃을 수 있었다. 미산에서 읍내까지 꽤 먼 거리임에도 사람들이 넘쳤다.

"인자 광복이여! 광복!"
"대한 독립 만세!"

사람들이 좋다고 거리로 나오니 봉식이도 즐거워 열심히 춤추고 있다. 광복이 뭔지도 모를 봉식이 뭐가 기분이 좋은지 신들린 듯 춤추는데 묘하게 박자가 맞다. 사람들은 좋다고 박수를 치니 기분이 더 좋아져 담장까지 올라 춤을 췄다.

"칙쇼! 젠인 카이산(모두 해산)!"

하지만, 거리로 나온 사람들은 다시 한번 순사들의 해산 명령을 듣고 집으로 돌아가야 했다. 반항도 생각하지 못했고, 그들의 명령을 따라야 했다. 그들은 9월까지도 계속 칼을 차고 다녔으며, 마을 사람들에게 계속 엄포를 놓고 다녔다. 해방이 되었다고 너무 들뜨진 말란 식이었다. 건준(조선건국준비위원회)의 명의로 된 삐라가 여기저기 비행기로 뿌려진 내용에도 경거망동하지 말란 소리였다. 해방이 아니었음을 건준 역시 인정한 셈이다.

"그러니까 일본이 패망은 혔지만서도 우리가 해방된 건 아니니…, 우리는 가만히 있으라고 허네…."

"참, 웃을 때 못 웃게 허는 건 또 뭐여?"

"이랄 때나 맘 놓고 웃어 보제, 니기럴…."

"어따, 나는 좋아 가꼬 물만 마셔도 취해브네!"

사람들은 그래도 광복이라는 말에 조심스럽게 웃었다. 아이들만 광복이라고 하루 종일 동네를 돌아다니며 목이 터져라 외치고 다녔지만, 어른들은 아직도 순사들의 총칼을 겁냈다. 처음 경험한 낯선 분위기에 다들 그렇게 한참 동안 적응하지 못했다. 그러면서 사람들은 이제 일본이 물러가고 모든 게 잘될 것이라 믿고 있었다.

"이번에 미국이 일본에다가 원자폭탄을 던져브러가지고…, 일본이 싹 다 그냥…."

"인자 일본 놈들 물러가믄 우리도 소작 안 하고 살 꺼구먼!"

"지긋지긋헌 놈의 소작!"

"이게 다 친일파 놈들이 그런 거 아녀? 다 잡아 죽여브러야제!"

마을에서는 간만에 여기저기서 잔칫상을 벌여 취할 때까지 마시면서 다들 행복했지만, 첨식은 뭔가 꺼림칙했다.

"광복은 독립도 아니고, 해방도 아녀…! 맛있게 먹었는데 속이 아픈 것처럼 꼭 그런단 마시!"
"아따, 어르신도 참…, 이 좋은 날 그래 초를 치시고 그라요?"

그는 일본이 졌다고 우리가 이긴 게 아니란 사실에 마냥 좋을 순 없었다. 아니나 다를까, 사람들이 누렸던 행복도 얼마 가지 못했다. 봄을 준비했는데 겨울이 온 것처럼 정세는 급변했다. 9월 7일, 맥아더의 방송[10]으로 미군정이 시작되었다.

"미군 포고령 보믄, 영어 써야 허고, 일제 재산 보호하라 글고, 명령을 위반하면 죽인다고 되았단디요…."

성균뿐만 아니라 그 당시 그 글을 보았던 사람들의 심정이 그랬다. 아니 어찌할 방도를 찾지 못했다. 마을 사람들도 모두 첨식의 집으로 달려와 하소연들이었다. 의견도 다양했다.

"어르신, 대체 어찌 될랑가 모르겄네요."
"우리 편이었으믄 우리 땅을 가르진 않았겄죠! 왜 우리 땅을 가르고 난리당가요?"
"그래도 미국이 어떤 나란디? 우리나라 도와줄라고 하는 것잉께, 가만히들 있어 봐! 어르신도 가만있는디…."

첨식은 눈을 감고 가만히 읊조렸다.

"산지 박(山地 剝) 괘[11]일세. 산이 풍파에 깎여나는 괘야. 산에 나무도 없고 산마저도 바람에 파여 위태로워 어디 피할 곳도 없다네. 소인이 득세한다는데 친일했던 자들이 다시

10 맥아더 포고령 "일본천황과 일본국 정부의 명령과 이를 돕기 위해 그리고 일본 대본영의 명령과 이를 돕기 위해 조인된 항복문서 내용에 따라 나의 지휘하에 있는 승리에 빛나는 군대는 금일 북위 38도 이남의 조선영토를 점령한다.(이하 생략)"

11 《주역》 23괘

득세할까 걱정이야…. 일본이 전쟁에 지고도 무슨 수를 써서 그렇게 되았는지는 모르겠는데, 우리의 원대로 나라가 돌아가진 않겠지…. 어쨌거나 미국과 쏘련이 우리나라를 반으로 가르는 동안 우리가 국력을 쌓는 게 중요한데, 이 작은 나라가 두 쪽으로 갈라진 게 아니라, 산사태가 나 큰 산이 자갈이 될 정도로 갈라져 버릴 모양이야….”

말을 하는 사람이나 듣는 사람 모두 힘이 빠졌다.

“북녘에 진출한 쏘련의 포고령[12]은 엄청나게 다르더구만요. 거기는 해방이 왔다고 시방 엄청나게 좋다고 합니다.”

잔뜩 볼멘소리로 성균이 아버지에게 말을 전했다.

“쏘련 말이 맞을지도 몰라요. 해방이 중요허제, 어찌 또 친일파들을 군경으로 복직시켜 또 작도리를 한다요? 워메….”

성균은 한숨을 쉬었으나, 아버지는 사식의 한숨 소리가 듣기 싫어,

“젊은 놈이 한숨은 무슨… 세상 혼탁할 때도 군자는 자기 수양을 게을리 해서는 안 되는 법이야, 이번에 성균관에서 대학을 세웠다니, 대학에 진학해서 학업을 정진하도록 힘써 보거라!”

“근디…, 이런 시상에 공부혀서 참말로 덕을 베풀고 살 수 있을랑가 싶네요.”

“쏘련이라고 좋을 것 같으냐? 총칼을 들면 누구라도 악인이 되는 것이지, 총칼을 붓으로 이길 생각을 해라!”

12 북한 점령 치스차코프 대장의 포고문 “조선 인민들에게! 조선 인민들이여! 붉은 군대와 연합국 군대들은 조선에서 일본 약탈자들을 구축(驅逐)했다. 조선은 자유국이 되었다. (중략) 해방된 조선 인민 만세!”

공부 더 하라는 말로 에두르긴 했어도 역시 자식의 생각과 다르진 않았다. 나라가 암울했다. 이런 세상에 자식에게 출세하라는 것은 양심을 저버리라는 말과 다를 게 없었다.

“그래도 공부하는 게 잘못된 건 아녀, 입신양명(立身揚名)이라 했는디, 몸을 바르게 세우는 게 아니라 정신을 바르게 세우는 입신(立神)이어야 하고, 이름을 알리는 게 아니라 밝음을 알리는 양명(揚明)이 되어야 할 것이야!”
“아버진….”

성균은 말끝을 흐렸다. 언제나 옳은 말씀만 하시지만 고쿠보가 말했던 대로 너무 순진한 생각을 하고 계신 게 불만이었다. 정치판이 얼마나 난장판이 되었는지 아버지는 모르실 거란 생각 때문이다.

‘아버진 지금이 조선인 줄 아시는 모양이야!’

어디 조선이라고 그만 안 했을까만, 그 작은 나라에 정당 수만 해도 50을 헤아릴 정도였으니, 정당을 이루지 못하고 사라진 수까지 포함하자면 근 100은 될 것이고, 그 정당이라고 주장하는 모임마다 돈과 술과 목숨이 오고 갔으니, 당시의 정치 상황을 똥밭 투견장이라고 해도 될 것이다. 성균은 이런 곳보다는 모든 국민이 글을 읽고 쓸 줄 알아야 한다는 계몽주의에 관심이 컸다.

아버지의 뜻을 따라 성균관 대학으로 진학했으나, 2년 동안의 서울 생활에서 얻은 폐렴 때문에 요양도 할 겸 잠시 내려오려고 하던 차에, 우연히 학산 윤윤기[13]를 만나 그의 교육

13 학산 윤윤 (1900~1950) 전남 보성 출생. 전남공립사범학교 강습과를 졸업하고 한글과 국사를 가르치는 민족교육에 힘썼다. 안양공립보통학교, 천포간이학교를 거쳐 보성군 회천면 봉강리에 사설학교인 양정원을 세웠다. 월사금을 받지 않았음에도 학용품을 학생들에게 제공했으며 신사참배와 창씨개명 등 일본의 황민화 정책에 적극 반대했다. 그리고 일제 강점기 말기 유일한 지하 독립운동 단체였던 건국동맹에 가담해 독립운동 자금도 지원했

철학에 감명을 받아 보성의 양정원(사설학교)에 들어가 교사 생활을 시작했다. 그러나 이도 잠시, 양정원 운영이 어렵게 되고, 학산이 정치적으로 바빠져 얼마 못 가 폐교의 위기에 처해, 성균 역시 그곳을 떠날 수밖에 없었다. 그렇게 다시 서울로 올라가려고 짐을 꾸리고 있는데,

"자네, 여수 한번 가서 양정원처럼 야학 한번 해 보지 않겠는가? 숙식은 우리 집에서 해결해 줄 터이니…."

양정원에서 함께 야학 교사를 하고 있던 친구가 다시 야학을 권유하는 것이었다. 그 친구는 원래 부산이 고향이었으나, 여수항 부근에서 인부 몇 명을 데리고 공장을 운영하고 있던 차였다. 그럭저럭 공장도 경영하고 포목점도 운영하며 괜찮게 사는 집안이었다.

"그럼세!"

성균은 흔쾌히 동의했지만, 대답을 듣고 돌아서는 친구에겐 다른 속내가 있었다. 이미 여수 공장에서 그의 똑똑한 여동생 금선이 야학을 시작해 주변 사람들은 벌써 한글이나 일본어, 심지어는 영어도 어느 정도는 읽던 차였으니, 대학생씩이나 되는 성균을 야학 교사로 쓰기엔 정말 닭 잡는 데 소 잡는 칼을 쓰는 격이었지만, 그녀에게 어울릴 사람으로 그만한 이가 없었다는 게 친구의 판단이었다. 역시나 둘은 인사를 나눌 때부터 심상치 않은 붉은 기운이 감돌았다는 게 훗날 친구의 증언이었다. 금선은 학문이 부족한 게 아니지만, 처음 배우는 공부인 척 아무것도 모르는 순진한 얼굴로 불쑥불쑥 찾아와 열심히 영어를 배우

다. 해방 이후 건국준비위원회에 활동하기도 하였고, 해방정국에는 독립운동가 여운형의 정치노선을 지지하였고 단독정부 수립운동·단독정부 노선에 반대하며 좌우합작운동에 투신했으나, 1947년 7월 19일 여운형이 암살되고 다음 해 남한 내 단독정부가 들어서자 윤윤기는 정치에서 손을 떼었다. 이후 고향으로 낙향해 살고 있었는데, 1950년 한국전쟁이 터지자 경찰은 그를 경찰서로 소환했고, 고문 끝에 사망했다. 7월 21일 예재 고갯길에서 철사 줄에 묶인 주검이 발견됐다.(위키 백과 참조)

려 했으니, 정말 친구 말만 믿고 따라와 야학 교사를 하려던 순진한 성균은 당할 수밖에 없었고, 당하면서도 기분이 좋을 수밖에 없었다.

"이건 어떻게 읽어요?"
"이건 레몬이요, 레몬!"

입술을 동그랗게 말고 레몬을 발음하는 성균의 입술을 금선은 귀엽다는 듯 웃으며 바라보았고, 성균은 잔뜩 긴장한 얼굴로 쩔쩔매며 가르치고 있었다.

"그럼, 이건요?"
"그… 그… 그건 키…쓰라고 읽소."

그녀는 어디선가 kiss란 단어를 가져와 물어보았고, 그게 무슨 뜻인지 뻔히 알면서도 또 아무것도 모르는 척 물어보았다.

"그건 무슨 뜻일까요?"

그녀의 붉은 입술이 요-에서 끝난 그 모양대로 동그랗게 말린 채 성균의 코앞까지 바짝 왔다.

"그, 나도… 잘… 모르오."
"그럼 해 봐야 알겠네요. 알아야 가르칠 수 있다고요!"

그렇게 연애라는 것이 시작되었다. 책에서만 읽어 봤던 연애 말이다. 사주도 묻지 않고, 집안도 묻지 않는 서구식 그대로다. 어른들의 지정이 아니라, 젊은 청춘끼리의 강렬한 만남이 부러웠던 차였다. 아버지께 어찌 말하나 걱정도 되었지만, 이미 결심이 굳었다.

"이제 우리는 금선이 혼인시키면 이곳 생활을 접고 고향으로 들어가려 하네! 자네가 너무 맘에 들어 무례하게 이리 혼인시키려 했으니 서운타 마시게나!"

친구의 술 한잔에 성균은 얼굴에 웃음이 가득 찼다.

"내가 고마우이!"
"사주가 맞지 않다 걱정하실까 내도 걱정이야! 납폐도 안 하고, 양반 가문에 시집보내는 게 맞나 싶으이…, 이제라도 사주단자라도 보낼까 하여 준비는 해 두었네."
"그 점은 걱정 마시게! 사람 보고 혼인하는 것이지, 사주 보고 혼인해야 하나? 괘념치 마시게나! 내 직접 금선 씨 데리고 신식으로 인사드리겠네."
"그래도 되겠는가?"
"내 해 보겠네!"

양력 8월 말 작전이 시작되었다. 기별도 하지 않고 여수 일가족이 차를 몰고 담양 최첨식의 집으로 갔다. 동네 사람들 모두 갑작스런 공격에 놀라 벌어진 입을 다물 수 없었다. 어머니 역시 당황해 어쩔 줄 몰라 성균을 불러 그의 등을 때리며,

"아, 이놈아! 말이라도 하제, 기별도 없이 무슨!"
하셨지만 맘이 급했다. 얼른 손님 맞을 준비를 하려 했지만, 그 정도야 금선의 집에서 다 해 와서 따로 할 게 없었다. 금선의 어머니는 주인이 바뀐 듯, 성균의 어머니에게 치장을 해드리더니, 남자들만 있는 방으로 들어가 함께 앉았다. 금선 역시 얼른 어머니를 따라 들어와 버렸다. 그럴 수 없는 자리였으나, 그래야 할 자리였다.

"아드님이 귀하고 듬직한 게 정말 부모님을 꼭 빼닮았어요!"

금선 어머니의 한마디에 빽빽한 방 안의 공기가 갑자기 밝아졌다. 남자들의 이야기에 여

자가 끼어드는 예의 없는 처사였음에도, 첨식은 아무런 말이 없었다.

"이기 신식이라 하드라예! 우리는예, 여수 살림을 끝내고 마, 부산으로 갈라 했심더. 그래서 스엉균이 지가 먼저 말하드라예! 혼인도 여기서 양가 부모 모시고 하는 걸로 하자고…."

담양에선 듣기 힘든 낯선 경상도 사투리에, 격식이라고는 전혀 없이 호탕한 바닷가 말투에도, 아버지는 아무런 내색도 하지 않으시고, 이전부터 나무를 정성으로 깎아 만든 기러기 한 쌍을 내어 주시며,

"추석 전 음력 초하룻날 하면 되겠습니다."
"부인은…, 사랑방에 손님 거처를 마련하는 게 어떻소?"
처음으로 부탁이란 것을 하였다. 어머니는 이런 자리에 있어 본 적이 없어 당황하였지만,

"그랍시더, 내 얼른 자리를 마련해드릴랍니다."
하며 불편한 자리를 피했다. 금선은 재빨리 성균의 아버지에게 인사를 드리며 어머니를 따라 나와 팔짱을 끼니, 또 어쩔 줄 모르고 당황했지만,

'우리 성균이 공부만 해 정이 없었는데, 며느리가 잘 맞춰 주겠구나!'
생각이 들어 금선의 손을 꼭 잡아 주었다.

방 안은 또 침묵이 흘렀다. 아버지 입장에서 무슨 말이 나와야 하는데, 아무런 말씀이 없으시니 성균이 먼저 말을 꺼냈다.

"아버지, 사주는 보지 않으려고 합니다. 사주 때문에 소중한 연을 끊을 순 없습니다."

아버지는 끝내 이 일에 대해서 언급하지 않으셨지만, 동네 사람들에게는 끝까지 성균의 선택을 지지하여 주셨다. 자식에 대한 사랑은 며느릿감을 구해 주기까지로 알고 있던 지극히 옛날 사람이었던 첨식은 자식의 섣부른 결정이 서운하기도 하고, 걱정도 되었으며, 한편으론 옛날식을 버리지 못하는 자신에 대한 질책도 하고 있었을 것이다. 이 많은 복잡한 감정을 표현하기엔 그저,

"그게 신식이여!"
딱 한마디 말로 모든 동네 사람들의 의혹을 정리했고, 자신의 생각 역시 매듭지었다.

양력 9월 3일(음력 초하루), 담양 집에서 양가 부모님 모두 보는 자리에서 그나마 사모관대 차림으로 혼인식을 하였고, 헛간을 개조해서 따로 거처를 마련해 신접살림을 시작했다. 신식답게 사진까지 찍으며 한 혼인이었다. 처가에서 결혼해 시집으로 들어와야 할 이런 망측한 결혼이 어디 있겠나? 즐거운 잔칫집에 아이들만 신났을 뿐, 어른들은 모두 혀를 찼다.

"아니, 그렇게 똑똑하담서 신식 결혼을 햐! 너무 똑똑해도 탈이당께!"

최첨식의 집이라 하면, 담양 아니 일본까지 소문이 날 정도의 뼈대 있는 집이 아니던가? 이런 집에서 전통을 깼다는 것은 입이 싼 사람들에게 좋은 소재가 되어 버렸다. 최첨식은 당장 지역 유림들로부터 사문난적이란 소리까지 들어야 했고, 아들 성균은 무성한 소문과 억측에 혀를 내둘렀다.

"혼례가 아이들 장난도 아니고…."
"아니 여수에서 왔답디다?"
"거기 난리란디?"
"허! 거시기 야학도 해브렀다든만?"

"야학이믄 예전에 브나로든[14]가 뭔가 하는 거 아녀?"

따지고 보면 전혀 잘못한 게 없는데, 마을 사람들은 그 부부에 대한 소문을 악화시켜 갔다. 혼인 후 한 달이 지난 10월에 일어난 여순 사건이 어디 그들 잘못이었겠는가만, 알 것 다 아는 금선에게 알파벳 단어 좀 알려줬던 실상은 온데간데없어지고, 소문에 들러붙은 살은 검푸른 빛으로 계속 몸집을 키워 가고 있었다.

"야학해서 노동자들을 선동시켜서 반탁이랑, 거시기 그런 거 했다고?"
"성균이 그 놈 똑똑헌 줄 알았더니만 순 악질이구마이…."

성균은 이런 담양에서 돌고 도는 소문에 예전처럼 농사도 하고 책도 보았지만, 이듬해에 대학에 복학하면 꼭 처를 데리고 상경하리라 다짐하고 있었다.

"소문과 싸우려면 동네 사람들 다 붙잡고 하소연을 해도 안 되는 것이여!"

본인은 시원하다고 지은 웃음이지만, 그의 웃음에 아픔이 서려 있었던 건 아무도 보지 못하고 있었다. 동네 사람들이 다 비난하고 있는데, 봉철은 그들의 말을 듣고도 아무런 반응도 하지 않았다. 금선이 처음 온 날 잔치에도 오지 않았던 것을 아무도 몰랐다. 봉식이만 잔칫집에서 신이 나 춤을 췄다고 했을 뿐이다. 금선의 가족이 처음 온 날부터 어쩐 일인지 주변에서 먼 곳으로만 맴돌고 있었다.

이들의 잘못된 결혼이 정말 문제가 많았을까? 사주도 안보고 들인 결혼에 악수(惡數)라도 있었을까? 나라가 흉흉해지기 시작했다. 손에 잡힐 만한 어둠이었을까, 퀴퀴한 냄새가

14 V-narod는 '농민 속으로'라는 러시아어로, 동아일보사가 1931년부터 1934년까지 4회에 걸쳐 전국 규모의 문맹퇴치운동을 진행했는데, 당시 조선총독부의 금지조치가 내려졌다.

가득 찬 어둠이었을까, 빛이 돌아온다던 광복은 멀어지고 저 먼 남쪽부터 요란스럽더니 여수에서 다시 반란이 일어났단 소식이 들렸다.

사람들은 마을 밖으로 돌아다니지도 못하고, 집에서도 조용히 지내야만 하던 그 여순 사건이 일어난 지 사흘쯤 지난 어느 밤, 봉철의 집에 누가 찾아왔다.

“아이, 봉철아…, 봉철이 게 있냐?”
“누… 누구…? 어, 엄니여? 참말로 엄니여?”
“쉿, 조용허고 잠깐만 들어가자. 추워서 잠깐 몸만 뎁히고 금방 나오께….”

죽은 줄만 알았던 어머니가 밤중에 얼굴을 다 가리는 두건에, 손도 보이지 않게 가려진 낡고 더러운 붕대 차림을 하고서 봉철이를 찾아왔다. 이게 꿈인지 생신지, 산 사람인지, 귀신인지 구분도 안 되는 상황에 눈만 껌뻑이고 있었지만, 목소리가 영락없었기에 허겁지겁 방으로 모셨다. 어머니는 방에 들어와서도 구석에 돌아 앉아 벽만 바라보고, 말을 꺼냈다.

“봉철아…, 아이고, 봉철아! 어찌 안 죽고 살아 있었냐?”
“엄니!”

어머니는 봉철이가 안기자 당황하며 한사코 밀쳐 내며, 입을 가리고 이야기를 했다.

“아따, 오지마야! 문둥병 옮어!”
“문둥병 옮겨도 괜찮당께요! 이 징헌 세상 엄니랑 같이 살라요!”
“아녀, 그래도 옮으믄 큰일낭께, 그냥 거기 있어! 내가 아들까지 이 천벌을 감당하게 하믄 난 그냥 죽는 게 낫응께….”

손과 발까지 저어가며 계속되는 어머니의 만류에 봉철이 멈추었다.

"그라믄 이라고 보고만 있으께라!"
"나가 염치는 없는디 어디 먹을 것 쫌 없냐? 아부지는?"
"아… 아버지는…."

봉철은 어디서 먹다 만 무 하나 꺼내면서 경황없이 이야기를 했다. 그는 무를 건네며 어머니가 손가락도 없는 두 손으로 무를 받아 드는 것을 보았다. 그리고 울면서 말을 했다.

"동네 사람들헌티 맞아 죽어브렀서라! 엉엉!"
"어쩌다가… 어쩌다가…? 그 불쌍한 사람이…."
"마을 사람들이 밤에 찾아와서 죽창으로…."

배는 허기져서 곧 죽게 생겼는데 봉철의 말을 들으니 더 먹을 순 없었다. 그렇다고 동네 사람들 들을까 무서워 소리 내어 울 수도 없다. 문득 어머니의 얼굴을 보는데 고운 얼굴이 온데간데없이 사라져 있었다. 고운 얼굴, 그 고운 얼굴이 말이다.

"기생질허다가 노인네 첩으로 들어갔는디, 하필 그때 휵첩제[15]가 없어져붕께로 쫓겨난 거 아녀? 그래 가꼬 어찌어찌 이 동네 왔는디 최상갑이랑 눈이 맞았제!"

봉철은 어렸을 적, 자기 고운 어머니를 두고 이딴 말이나 하는 마을 어른을 두고 볼 수 없어서, 인정사정없이 달려가 짐승처럼 뒷목을 물었던 적이 있었다.

"우리 엄마 욕허지 말랑께!"
"에라이, 미친놈아!"

15 축첩제: 본처 이외에 첩을 두어 자식을 두도록 하던 제도로 1915년에 폐지되었다. 축畜은 휵으로 발음하기도 했다.

봉철은 강력히 부인했지만 모두 사실이었다. 예쁘장한 얼굴로 기생으로 살았던 그녀가 무엇이 부족해 시골 머슴의 아내가 되었겠는가? 마을 어른들의 말이 딱 맞았다. 하지만 잘못된 만남이라고 해야 할지, 상갑은 그녀를 먹여 살리느라 정신이 나갈 지경이었다. 그녀는 머슴의 아내로 살기엔 단맛을 너무 많이 보고 살았기 때문이다.

"쌀밥 좀 먹어 봤으면…. 아니, 오늘은 뜨뜻한 온천에 몸이라도 담가 봤으면…."

상갑이 한 번도 꿈꿔 보지 못했던 생각들이 거침없이 쏟아져 나왔다. 거기다 아들 둘을 낳자 성실만으로는 감당할 수 없어, 그때부터 포악한 성질로 변했다. 마을 사람들에게도 행패를 부렸고, 여기저기 들쑤시고 다니기 시작했다. 마을 사람들도 뒤에서 고개를 절레절레 흔들었을 정도다.

"이그, 저러다 천벌받지!"

봉철이 5살이나 되었을까, 부인은 그렇게 신세 한탄만 하던 차에 느닷없이 한센병을 얻게 되었다.

"이런 미친!"

처음엔 손만 가렵다고 했다. 그러더니 몸 여기저기 반점이 생겨 덜컥 겁이 났다. 병도 무섭지만, 당시 천형(天刑)이라던 그 병이 발각되면 당장 그곳을 떠나야 했기 때문이다. 가까이 저기 광주천 건너 봉선리(봉선동)라면 그래도 괜찮겠지만, 병이 심해지면 소록도까지 가야 할 수도 있다. 그는 소록도로 끌려갔던 형이 그곳으로 가서 어떤 고생을 했는지 대강은 아는지라, 그때부터 몸 여기저기 멍이 들도록 해서 사람들의 의심을 제게로 돌렸다.

"상갑이 자네 왜 그라고 부인을 때린가?"

"아, 여자는 맞아야 쓴담서요? 그라고 우리 집 일에 관심 끄쇼!"
"에끼 이 사람! 울 집에서 놉 줌서 자네 식구 다 먹고 살았는디 뭔 소리당가?"
"고작 두어 푼 줌서 생색 좀 내지 마쇼!"

사람들의 관심도 받지 말아야 했기에, 그때부터 그는 순사 앞잡이로 행세하며 마을 사람들과 원수가 되었던 것이다.

'순사 앞잡이로 이 동네를 들쑤시고 다니믄, 암도 우리 집에 얼씬거리지도 못헐 거구먼!'

하다 보니 일에 재미를 붙였다. 일본 순사들 편에서 그들이 시키는 대로 하는 게 훨씬 더 좋았다. 완장과 몽둥이에 쩔쩔매는 마을 사람들을 보니, 정말 뭐라도 된 듯했고, 마을 사람들은 뭐라도 된 듯 벌벌 떨었다. 고함 한 번이면 술상이 차려지고, 동네 처자를 건드려도 꼼짝 못하는 것을 보고 더 기세가 등등해졌다. 자신의 잘못은 잘못이 아니라고 여기는 그때부터 사람이 무섭게 바뀌었다. 아내 병수발 들기도 귀찮아졌다.

"어디 애양원이라도 갈랑가? 내 듣자 허니 여수 가믄 거가 나병 환자들 자알 돌봐 준다더구먼…. 아무래도 소록도보담 나을 거여!"
"지가 가야 남은 식구들이 맘이라도 편하겄구먼요."

상감이 독하게 변한 것도 모르고 그 맘이 전보다 덜해진 것도 전혀 몰랐다. 그저 자기 때문에 식구들이 같은 병으로 몰릴까 그것만 걱정이었으니 말이다. 한센병인 게 알려지면 가족 모두 같은 취급을 당했으니, 남편의 폭력을 피해 야반도주를 한 것처럼 꾸몄다는 게 어머니의 기억이었다. 그냥 무서웠던 아버지의 그런 면을 어머니로부터 들으니 꾹 참고 있었던 뭔가가 배꼽에서부터 끓어올라 목구멍까지 차오른 느낌이었다.

"그래 거가 있었는디, 죽을 때라도 되았능가, 자꾸 느그들이 보고 싶었단 말여! 그래서 나오다 그만 진창 논두렁에 빠져 브렀시야, 그래 가꼬 기나올라고 몸부림을 친디 손가락이 다 떨어져 블드랑께….”

어머니의 손에 남은 손가락이 없었다. 걸레만도 못한 광목천으로 감고 여기까지 온 것만도 기적이었다.

“거그가 난리가 나가꼬, 모다(모두 다) 소록도로 들어간단디, 마지막으로라도 느그 얼굴 보고 죽을라고 왔제….”

여순 사건은 애양원마저도 위태롭게 만들었다. 1948년 10월, 두 아들을 죽인 자를 양자로 입양했던 애양원 손양원 목사의 일화도 이 시절의 기록이다.

‘마지막으로 남편 얼굴이라도 보고 죽었으믄….’

아이들보다 먼저 생각난 게 남편이었다. 이제 얼굴도 성한 곳이 없을 정도여도 죽기 전에 남편한테 꼭 할 말이 있었다. 천신만고도 이런 친신만고가 또 있으랴, 사람이라도 지나면 죽은 척하고 있다가 벌벌 기어서 고향까지 왔다. 송장 같은 몰골로 말이다.

“느그 아버진…, 기생퇴물 같은 날 받아 주기꺼지 했는디, 내가 참말로 해 준 게 읍다.”

그러나 남편은 없었다. 이제 여수로도 돌아갈 수 없다. 기력도 없고 마음도 없었다. 그저 죽을 날만 기다리자 하고 눌러앉았다.

한편 봉철의 입장에선 어머니의 병도 숨겨야 했고, 여수에서 온 것도 숨겨야 했다. 아니 어머니가 살아 계시단 소리도 전혀 없어야 했다. 문제는 봉식이다. 이놈의 입은 절대 막을 수 없다는 것을 알고 있었다.

"니 오늘부터 며칠간 저그 혜진이 집에 가 있그라…."

봉식이에게는 어머니가 어디서 주워 온 사탕을 쥐어 주고는, 사랑방 한쪽에 급히 벽을 만들었다. 사람 한 명 겨우 들어갈 틈에 판자를 대어 놓고 어머니를 그 안에 모셨다.

"어찌 되았든 편하게는 못 모셔도 어떻게든 해 볼랑께요…."

이부자리와 요강을 넣고 얼른 판자를 닫았다. 방 안에는 이것저것 닥치는 대로 주워 와 잔뜩 넣어 두고는 아무도 들어가지 못하게 판자로 막았다. 그는 초조함에 입술이 마를 정도로 간절해졌다. 하지만 그 간절함은 사악함을 만들어 냈다. 그의 아버지가 그랬듯 말이다. 자신은 그렇게 똥줄이 타들어 가는데, 성균이 신식 결혼을 한다는 것이다. 먼발치에서 보는데, 농사만 하던 동네 여자들과는 달리 새하얀 피부를 가지고 있었다.

"우리 엄니도 저리 고왔는디…."

처음엔 고운 얼굴에서 어머니의 모습을 찾는가 싶더니, 눈을 감으나 뜨나 떠오르는 얼굴이 되었고, 성균에 대한 자신의 열등감이 한없이 커지는가 싶더니, 어느 샌가 증오로 바뀌었다. 맘이 그런데 어디 가까이 할 수 있었겠나? 그래서 그를 피해 멀리 갔다가도 인적이 드문 시간이 되면 다시 그 집에 가까이 가 있었다.

"동생 볼라고 왔어유!"

누군가 물어보면 그냥 나오는 소리였지만, 동생은 형과 있을 때보다 오히려 더 잘 지내고 있었다. 그곳에 있으면서 드디어 한글을 어느 정도 읽고 쓸 줄 알게 되었는데 봉철은 그런 동생을 보고 있는 게 아니었다. 그의 눈은 언제나 성균의 처에 가 있었다.

“벌써 배가 부르드라고!”

마을 사람들의 수군거림에서 그녀의 임신을 알았다.

“애양원서 안 있다냐? 눈꺼정 멀었던 환자가 갓난아이 하나 쐚아 묵고 깨끗허니 나았다든만… 아녀, 그런 일이 어서 있겄어? 관심 두지 말어… 걍 해 본 소링께.”

어머니뿐만 아니라 당시 소문에 문둥이(한센병 환자)가 갓난아기를 먹으면 아이처럼 깨끗한 피부를 가지게 된다는 말이 떠올랐다. 봉철도 모르는 바가 아니었지만, 어머니가 그리 되신 걸 보니 점점 마음이 옮겨 갔다. 반신반의를 지나 확신으로 바뀌는 것도 얼마 걸리지 않았다.

‘이거시 효도 아니겄어? 아이야 또 낳으믄 되는 것이고!’

봉철은 자신 속에 있는 악마성을 그럴싸하게 포장했다.

“선한 마음은 지키려고 안 허믄 그냥 날라가브러야, 나쁜 마음은 안 할라고 애를 써도 들어온디, 긍께 얼마나 덕과 선을 쌓아야 쓰겄냐?”[16]

그때부터 그는 글공부가 귀에 들어오질 않았다. 대신 그의 아비가 했던 것과 똑같이 강한 자들의 편에 서서 약한 자들을 짓밟는 짓을 하기 시작했다.

“저기… 지가 빨갱이 새끼들 다 잡아 가꼬 올랑께요, 지 좀 여그 넣어 주시오!”

16 一日不念善 諸惡皆自起.《명심보감》

그는 북녘에서 온 서북청년단의 단원이 되기 위해 애를 쓰고 다녔다. 출신이 다른 그가 인정받는 길은 그들보다 더 악독해지는 것뿐이었다. 학도병 정도 되는 나이에, 없던 직함에 완장까지 만들고 다니며 부지런히 움직였다. 그리고 동생은 첩식의 집에서 다른 집으로 거처를 옮겼다.

동네 아이들도 이들이 나타나면 울음을 그친다던 서청(서북청년단)[17]은 해방 후 북녘에서 친일매국과 지주층들에 대해 단속과 숙청이 시행되자, 그 일을 피해 월남한 사람들이 결성한 단체이다. 태극기와 이승만 대통령의 사진을 비싼 값에 파는 일 말고도 정부의 비호를 받으며 정치 깡패 노릇을 하고 다녔다. 공산주의에 대한 적개심은 이 정권과 마음이 딱 맞았다. 이들은 앞서 제주 4.3 사건이 일어나자 제주도에 내려가 거의 사냥하듯 사람들을 죽이고 다닌 이외에도 정치적으로 백범 암살 같은 일도 서슴지 않았다.

그런데 이런 서청보다 더 표독스러웠던 이가 바로 나이 어린 봉철이란 이야기다. 그는 서청 단원이 가는 길마다 앞서 나가 갖은 만행을 먼저 저질렀고, 단원들보다 훨씬 더 잔혹하게 저질렀다. 그가 저지른 수법은 뻔하다. 빨간책이라 알려진 공산주의 서적을 몰래 한 집에 숨겨 두고, 서청단원들과 그 집에 들어가 그 책을 찾아내어 책 주인을 사상범으로 몰아가는 식이었다. 가족들로부터는 살려 줄 수 있다며 뒷돈을 받아 챙기고, 돌아서서 가차

17 서북청년회는 이북에서 월남해 남한에서 아무 연고도 없는 청년들을 적극적으로 포섭해 합숙소에서 공동생활을 하면서 공산주의에 대한 그들의 적대감을 활용해 좌익공격에 앞장서게 했다. 서북청년회는 좌우갈등이 심해지는 가운데 우익 정치인과 친일 기업가들에게서 자금을 받으면서 좌익 계열 단체의 사무실이나 신문사에 대한 습격을 비롯해 좌익계열 노동운동이 활발한 회사에 회원을 입사시켜 노동운동을 파괴하기도 했다. 또한 남한 전역에서 대한독립촉성국민회 등 우익 계열 조직과 협조하면서 인민위원회를 비롯한 각 지역의 좌익 계열 조직들을 공격하는 데 주력했다. 특히 제주도에서는 좌익 탄압의 큰 계기가 된 1947년 3·1사건 이후 들어간 서북청년회 회원들로 인해 민심이 악화되어 남로당이 봉기를 결심하게 되는 한 원인이 되었다. 또한 본격적인 초토화작전이 진행되면서 경찰과 국방경비대 측의 요청으로 서북청년회 회원들이 대거 경찰과 국방경비대에 입대해 토벌작전에 종사했다. 1948년 5·10선거 때는 이승만을 무투표 당선시키기 위해 같은 선거구에서 출마하려던 최능진의 후보등록을 방해하는 역할을 맡기도 했다.(한국민족문화대백과 사전 참조)

없이 살육을 저질렀다. 단원들이 할 일이라고는 모든 일이 끝나면 이승만 대통령 사진과 진충보국 등의 액자나 파는 정도였다. 고문으로 쥐어짜 낸 동조자들을 명단까지 이미 두툼한 책 한 권을 만들 정도였으니, 기세가 제 아비보다 더했다. 나고 자랐던 미산, 자기 마을에조차 인정사정 두지 않았다.

"나으리님들! 여간 급한 게 아닌 게라, 우리 마을에도 수상헌 사람이 있어라우! 여수에서 무슨 야학을 험서 사람들헌티 공산주의 어쩌고 허더니만, 이 책도 거기서 나온 것이제라."

"날래 출동하라!"

마침내 1949년 1월, 그들은 반란사건을 계기로 여수에서 돌아와 신혼 생활을 하던 성균을 붙잡았다.

"최성균! 당신이 이 책을 본 거 맞디?"

지난날에 고쿠보 상이 줬던 책들 사이에 본 것 같은 기억이 났다. 무슨 책인 줄은 알았지만, 읽기 거북해 버린 책이다. 성품상 그런 과격한 공산주의 사상과는 어울리지도 않았다.

"내 읽다 버렸소만…."

그렇다. 성균이 읽다 버린 책을 가져간 이가 봉철이었다. 성균의 집에서 나온 여러 불온 서적들로 이 마을, 저 마을 쑤시고 다닌 것이다.

"끌고 오라!"

처음에는 조사한다는 명목으로 며칠 동안 고문도 없이 진행했다. 밑도 끝도 없는 배후자가 누구냐는 질문이었다. 그렇다고 고쿠보 상의 이름을 들먹일 순 없었다. 이름을 말한다

하더라도 이미 일본에 돌아간 이에게 무슨 일이 일어날 것도 아니지만, 은혜를 이런 식으로 욕되게 할 순 없었다. 금선이 여수 사람이란 것조차 밝히지 않으려고 애를 썼다.

"내… 여수에서 공인(工人)들 글공부 시키다 온 것뿐이오. 공산당이라니…?"

마을 사람들이 하고 다닌 소문을 제 입으로 하지 않으면 안 될 것 같았다. 자기 혼자 다쳐야지, 자칫 잘못하면 가족들이 위험해진다.

"오호, 그러니까 지금 여수에서 글공부를 한다는 핑계로 사상교육을 하고 왔구만 기래, 그래서 그곳에서 반란사건이 일어났고, 이 동무 안 되겠구만!"
"내가 가르친 내용은 고작 한글과 영어가 전부요! 낫 놓고 기역자도 모르는 사람들에게 무슨 사상을 가르친다고 합니까?"
"한글 교재는 무엇이오? 이런 공산당 책이오? 여기도 영어가 있구만 기래."
"그건 쏘련 말이오!"
"아니, 이기 쏘련 말인 걸 알면 이미 공산당 맞구만!"
"아니, 영어로는 읽히지 않아 쏘련 말이라고 한 것이고, 내 평생 공산당과는 일면식도 없소!"
"아니 여순지 웬순지 누구래 빨갱이 아이갔소? 우리 고향에 얼마나 많은 공산당이 득세를 해서 마적질을 하고, 또 이녘도 보도연맹들 다 잡아 가두는 판국에, 동무가 모른다? 이 아새끼도 보도연맹으로 보내야 하지 않캈소?"

당시 보도연맹에 대한 소문은 흉흉하기 그지없었다. 애고 어른이고 할 것 없이 잡혀 들어가면 총살이라는 소문이었다.

"그러지 말고 배후 3명만, 딱 3명만 찝어 주기오!"
"내는 모르는 일이오. 나도 모르는 일에 배후는 있을 수 없소이다."

"알았소. 내일 또 봅시다."

그리고는 거의 매일 시도 때도 없이 서에 오라고 하질 않나, 감시가 따라붙어 다니질 않나 하더니, 그날은 새벽부터 출두 명령이 떨어졌다. 그날은 모든 게 달랐다. 서청 사무실이 아니라 경찰서로 들어갔는데 그곳 고문실에 익숙한 얼굴이 보였다.

"나으리, 지가 반드시 기필코 입을 열겄습니다요!"

봉철이었다. 그러나 반가워할 처지가 아니었다. 보는 순간부터 싸늘했다.

"워따, 행님도 좋은 집에서 그간 편히 사셨소? 공부가 그리 좋아 그런 못된 책도 수집허고 다니요?"

대답도 듣지 않고 자기 말 끝내기가 무섭게 채찍질을 했다. 대나무는 가는 것은 가는 것대로, 굵은 것은 굵은 것대로 처절한 고통을 만들 수 있다. 철사같이 가는 대꼬챙이로 피부를 뚫고 여기저기 후비다가 굵은 왕대로는 가는 뼈들을 다 으스러뜨렸다. 물론 묶어둔 오른손은 가만 놔둔 상태다. 다른 날보다 잔인한 고문에 악랄하다는 서청단원들도 보기에 끔찍했던지 슬쩍 말리려다가 나가 버렸다.

"봉철이…, 자네 헉… 헉… 왜 그란가?"
"몰라서 묻소? 형님들 편허게 공부헐 때, 지는 소처럼 일만 혔어라!"

글공부 같이 하자 해도 뛰쳐나간 건 그쪽이 아니던가, 성균은 기가 막혔다.

"그거 아요? 우리 아부질 어르신이 죽이라 혔소. 당신 잘난 아부지가! 우리 아부진 딴 놈은 다 건드려도 어르신만은 손 하나 깜짝 안 했는디, 우리 아부질! 그 어르신이!"

"그건…."

맞는 이야기와 맞지 않는 이야기가 뒤섞여 있다. 자신의 기억에 마을 사람들의 부탁으로 시작했고, 봉철이 아버지 역시 그럴 만했다고 생각했기 때문이다.

"울 아부지처럼 좋은 사람 없어라, 시상에 우리 살릴라고 얼매나 고생한 줄 아요?"
"그래서 일제 때 동네 아가씨들 끌고 공납한 것인가?"
"허, 울 아부지가 아니어도 그럴 사람 많았을 거요, 안 그요?"
"그 사람들이 잘못을 저지를까 봐, 자네 아버지가 잘못을 먼저 저지른다는 게 말이나 되는가?"
"에잇, 이 육시럴 놈이!"

봉철은 말문이 막히면 더 잔인하게 고문했다.

"이 빨간 책 어디서 나왔는지만 말허믄… 장차 우리 조카헌티도 좋을 것이고, 우리 아버님, 어머님, 성현이랑 모두 다 같이 잘 살 것인디… 딱 3명만 갑시다! 형님 친구들 이름 세 명만 대믄 어느 정도 선에서 풀려나게 해 주께!"
"아니, 그렇게 벗을 팔고도 발 뻗고 잘 살 수 있당가?"
"아이 그라고 공부해 가꼬도 모르요? 시방 시상은 벗들 다 필요 없고, 그냥 연줄 잘 대는 게 최고랑께…."
"양심을 두려워허지 않으믄 고거이 금수여!"
"에라이!"

봉철이는 가지고 있던 철퇴로 그의 머리를 내리쳤다. 진저리나게 들었던 첨식 어르신의 잔소리에 더 참을 수 없었나 보다. 쓰러진 그의 입에서 의미 없는 가쁜 입김이 나왔다. 봉철은 서류를 가지고 와서 묶어둔 성균의 오른손 지장을 찍는 것으로 모든 고문을 다 마치고 거적에 둘둘 말아 시신을 수습해 구르마에 싣고 온 것이었다.

그렇게 죽이기 이틀 전, 봉철이가 찾아와 아버지를 만났었다.

"어따, 우리 아버님도… 우리 투사님들 목도 축이시게 좀 허고 그라시제, 참말로…."
"봉철이 자네가 그곳 사람들과 친분이 있는가? 울 아들, 울 아들 좀 봐주시게!"
"야, 지가 힘 좀 써 볼랍니더… 근디 아버님 이번 책이 솔찬히 문제가 커서 말이여라잉, 그런 불온서적은 소지만 해도 난리가 난단 말입니다…."

무슨 말인지 알 것 같았다. 아버지는 얼른 뛰어가 돈을 마련해 왔다. 고쿠보에게서 받았던 돈 전부와 집과 밭문서였다. 사실상 가지고 있는 전부였다.

"이 돈이믄… 걍 사상교육 받고 부역하는 걸로다가 지가 힘 좀 써 볼랍니더."

봉철이가 이미 죽이기로 작정한 줄도 모르고, 아버지는 봉철이 말만 믿고 아들이 풀려나기만 기다렸다. 한 며칠 조사받을 것이란 말만 들었는데, 그날 저녁에 수레에 실려 송장으로 돌아온 것이다. 청천벽력이었다. 포승줄에 매였지만 말쑥한 양복 차림으로 나갔는데, 이제는 거적에 싸인 채 송장으로 돌아온 모습을 보고 동네 사람들 모두 아무 말도 할 수 없었다. 그렇게 악소문을 낼 땐 언제고, 이제 와선 아무 소리도 하지 못했다. 일부 몇 명은 아직도 며느리 잘못 들어와 이 사달이 난 것처럼 이야기하지만 다 헛소리였을 뿐, 그들 모두 두려움에 아무런 말도 하지 못했던 것이다.

"아부지예, 지가 투사(반공투사=서북청년단)님들헌티 식사도 험서 돈도 전부 건네 주었는디라… 고만 안타깝게 되부씸니더…."
"…."
"그래도 지 입장 봐서 이라고 시체라도 찾아왔심더…, 저번 읍내에서 빨갱이 공개 총살한 것 아시지라? 거그들은 그냥 그 자리에 매장해브써라!”

처음부터 일을 만들고 직접 죽여 놓고, 송장을 만들어 실어 온 봉철이의 말이었다. 그의 눈에서 나온 눈물을 보고 순진한 아버지는 또 굳게 믿었다.

“고마우이… 이리… 시체라도 집에 데꼬 왔단 말여….”
“아녀라, 지가 아부지헌티 먹고 산 게 얼만디….”

봉철은 첨식의 눈빛을 확인하고선 자기 거짓말이 들키지 않은 게 신기한 듯, 한술 더 떴다.

“워메 시장헌그… 밥 잔 있소?”
“아가… 그… 밥…, 밥 좀 챙겨 줘라.”

아니, 송장으로 만들어 놓고 밥 타령을 하는데, 아버지는 그 자식을 죽인 살인자를 위해, 남편 잃은 며느리에게 밥을 주라 명하셨다. 슬픔도 시작되기 전, 믿지 못할 소식에 기둥만 붙잡고 부들부들 떨고 있는 젊은 새댁은 시아버지의 명령에, 남편 돌아오면 주려고 남겼던 밥을 그 남편을 죽인 살인자에게 주었다. 능글맞은 봉철의 얼굴에 홍조가 띠었다.

“워메, 형수 미안허요. 내 힘 좀 더 썼어야 된디….”

이제 막 남편을 죽이고 그 젊은 부인의 뒷모습을 음흉하게 쳐다보며 하는 말이다. 그 눈빛을 모를 리 없다. 이곳에 처음 올 때부터 위험한 인간임을 직감했던 터였다. 이후로도 틈만 나면 그 집에 들어가 밥을 얻어먹고, 형수에게 농을 건네고 다녔다.

봉철의 입장에서는 이제 머지않아 갓난아이가 태어날 것이고, 그 아이만 어떤 식으로든 채 가면 그만이었다. 아니 형수를 파혼시키고 자기 집으로 데려와야 하지 않을까 나름 행복한 상상을 하고 있던 게 맞다. 그의 꿍꿍이에는 남에 대한 배려라는 게 먼지만큼도 없었다. 성균을 제물로 삼은 것도 다 그런 이유에서였을 것이다. 그리고는 다른 사람들에게는 공공연히 거짓말로 이간질을 하고 다녔다.

"워메, 성균 성님이 그라고 다 불어브렀드랑께…."

한 달도 채 되지 않아 공산주의와는 아무 관련도 없는 마을 청년 3명을 송장으로 만들고 나서 한 말이다. 날마다 제집 드나들 듯 오던 성균의 가장 친한 친구들, 문상도 못 들어오고 밖에서 통곡을 하던 이들이었다. 다 죽은 송장에서 지문을 거짓으로 묻혀 놓고, 성균에게 모든 책임을 돌렸다. 이 일로 처음에는 성균의 집 식구들이 곤욕을 치르게 되었다.

"워메, 어르신 큰아들이 참말로 우리 아들을 그라고 밀고를 했다고라? 우리 아들이 뭔 잘못을 했간디…."
"댁의 아들이 잘못을 하지 않은 건 내 알지, 내 아들이 잘못하지 않았다는 것도 자네도 알지 않은가? 이건 최봉철, 그놈 짓일세!"

마을 사람들 역시 봉철의 꼬락서니를 보아하니 아무래도 봉철의 소행임이 틀림없었다. 그렇더라도 서청의 힘을 입은 그의 힘은 마을 사람 모두가 어찌할 도리가 없었다.

"텐찌에 민나 교산또데쓰다!(천지에 모두 공산당이다!)"

술만 마시면 여지없이 질러대는 소리다. 이 말 한마디면 동네 사람들 모두 문을 닫고 불을 껐다. 자기 아버지가 남정네들은 부역 보내 놓고 동네에 들어와 부녀자 성희롱하던 그 모습 그대로 그의 일상이 되었다.

"아따, 세상 겁나 살기 좋소, 잉…."

여러 명의 빨갱이 색출이란 공을 세웠다 하여 나라에서 포상도 나오고, 구장이란 직분도 얻었다. 마을에 닭 한 마리쯤 그냥 자기 집에서 꺼내듯 집어 가도 뭐라 할 사람이 없었다. 이쯤 되니 마을 사람들이 모이기만 해도 봉철이 욕하기 바빴다. 그래도 아무것도 할 수 없이 당하기만 했다. 일제 식민지가 끝나도 똑같았고, 아니 더 비참해지기까지 한 자신들의 신세 한탄하기만 바빴다.

"그랑께, 뭐헌다고 용머리를 자르냔 말여!"

일제 강점기 때 치도사업이라고 하면서 길을 내는데 귀히 여기는 용머리를 자르며 길을 내니 장차 큰 난리가 날 것이라는 마을 무당의 예언이 어쩌다 생각났나 보다. 봉철이 탓은 하지 않고 되레 용머리 자른 탓만 하고 있었다. 미신이 현실이 되고, 현실이 다시 미신이 되는 딱 그만한 수준이었다.

"이기 다, 용신께서 노하신 거여!"

마을 사람 모두 병풍산 용흥사까지 올라가 그 앞 느티나무에서 온갖 치성을 다 드렸지만, 변하는 게 없었다. 무당도 그 많은 돈을 받고 두어 번 굿을 하더니만 어디론가 사라지고 말았다.

"죽은 용이 살아나는 것도 아니고, 이기 뭐허는 짓이여? 그냥 이참에 남로당에 가입합시다!"

공산당이 뭔진 아직 잘 모르지만, 가만히 앉아 당하고만 있을 수는 없기에 공산당이 되는 게 가장 나을 것이란 기대 때문이었다. 위험한 소리, 큰일 날 소리였다.

"아니, 영석이 고놈이 날 때부터 백친 건 모르는 것도 아닐 틴디, 몸에 나 있는 구멍마다 대꼬챙이로 쭈셔브러 가꼬 죽였다고… 시상에… 아, 글고 이번엔 대낮에 장성댁꺼지 끌고 가서 겁탈했다고 허드구만요."

"참말로 고 새끼 때메, 임병헐 동네 여자들 씨 말라블겄소…."

"우짜쓰까 모르겄어요."

"즈그 애비가 허던 거 똑같이 허구먼…."

"아따, 오도시(공갈)도 겁나게 치요…."

"인자 곧 천지가 개벽헐 것이구만!"

"암 그래야제, 억울허니 죽어간 우리 자식들을 위해서라도 그래야 되지 않겄는가?"

그러다 엄청난 이야기가 나오고야 말았던 것이다.

"내 실은 얼마 전에 광주를 댕개왔는디, 먼 요상한 이야기를 합디다? 쏘련이 가만 안 있을 거란 말이 안 나오요?"

"저그 38선은 계속 싸우고 있다 안 그요?"

"아니 조만간에 뭔가 사달이 나겄드만…."

"나가 그래 가꼬 이참에 쏘련이 내려오믄, 저그 봉철이 주게블라고 요새 누구 좀 만나요."

그 시절 낮에는 경찰이 사람들을 잡고, 밤에는 빨갱이들이 사람들을 잡는 세상이라 흉흉한 판에 곧 전쟁이 날 것이라는 소문도 제법 돌고 있었다.

"우리 대통령님도 날마다 북찐 북찐헌디, 김일성 그짝도 안 글겄소? 남찐, 남찐하제?"

"근디 참말로 전쟁 인나믄, 봉철이 그 새끼 죽일 수 있다요?"

"당신은 가만있어 보시오."

최첨식 부인이 끼어들어 물어보았지만, 남편은 이내 말문을 막았다. 그래도 분위기상 다들 그게 목적이었다. 공산주의에 대한 사상적인 거대 담론이 아니라, 그저 어떻게 하면 최상갑 때처럼 봉철을 죽일 수 있나 하는 자질구레한 이유가 공산당 가입의 목적이었다. 저쪽 만주에서야 공산주의를 중국과 소련을 통해 알았지, 자본주의도 모르는 시골 농민에게서 무슨 공산주의를 얼마나 알겠는가? 그저 들어본 가락으로 흥얼거리는 노래만도 아는 게 없었다. 뭔 뜻인지도 모르고 썼던 인테리라는 말처럼 공산당에 대해서도 아는 바 없었다.

"암, 그라지요. 고것이 참다운 해방 아니겄소? 이거이 뭔 놈의 해방이다요, 일제나 미제나 우리는 맨날 이라고 살고 있는디, 북쪽에서는 친일했던 놈덜 벌써 다 잡아 죽여브렀당께요!"

그 모임은 봉철의 만행에 대해 쑥덕거리는 것으로 시작하더니, 남로당에 가입해 그곳에서 새로운 이야기를 들은 이들은 반란군의 입장을 지지하고 있었다. 여순 사건에 대해서도 다른 이야기가 나왔다.

"제주에서 사람들 죽이라고, 군인들헌티 말했는디, 군인들이 차마 그랄 수 없다고 싸운 거라믄서요."
"긍께, 무담시 사람들을 다 공산당이라고…. 아, 성균이도 그라고 죽인 거 아녀?"

그들의 귀에는 계엄령이건 무엇이건 중요한 게 없었다. 더러는 공산주의 이념에 동조되었던 이들도 있었겠지만, 믿었던 정부에 당했던 사람들이 많았단 이야기다.

아이들의 표정만 밝았다. 매일 모여 웃고 떠드는 게 일상이었다. 그런데 혜진이의 모습이 보이지 않았다. 봉식도 의아해 하루 종일 동네를 돌아다니며 혜진을 찾았지만, 그날 저녁까지 나타나질 않았다. 부모 역시 크게 마음을 쓰고 있진 않았다. 일에 치이고 밤엔 또 모여서 의논을 나누느라 정작 아이들 크는 것은 그리 신경을 쓰질 않았다.

위험한 산길, 빨치산이 나온다는 삼인산 오름길이다. 동네에서 두 시간 떨어진 산에 가쁜 숨을 쉬며 그녀가 걸어가고 있었다. 그녀의 손에는 삼베 천이 한 조각 들려 있었다. 숨차게 오르니 만든 지 얼마 되지 않은 무덤에 올라, 공손히 절을 하고서는 무덤 한쪽 귀퉁이 언 땅을 돌로 긁어 팠다. 그리고 그 천 조각을 넣고는 다시 묻었다.

"큰 오라버니, 혜진이어요. 지헌티 조은 이야기 마이 해 줘서 참말로 고마워요. 헐 수만 있다믄 죽은 사람과도 통화할 수 있는 날이 오믄 좋겄구만요. 인자 시상은 봄인디, 날이 마이 추워요. 그짝 추운 것만 하랴만 이짝도 얼마 추운가 몰라요. 시상이 어째 그랑가 모르겄어요. 다 같이 사이좋게 지내야 쓸 것인디, 우쨌든 담 시상은 좀 따뜻해졌으면 좋겄어요. 그라고 이쁜 아들 못 보고 가서 우짠대요? 지가 잘 데꼬 있을랑께, 염려는 마시오!"

어린 나이에 만가(輓歌)를 알 리 없었지만, 혜진은 그렇게 편지를 써 주고 싶어 무덤 한쪽에 그리했다. 죽은 이를 위한 노래, 입관 때에 함께 넣기도 하지만, 혜진은 그렇게 할 순 없었고, 대신 큰 오라버니와의 생전에 좋았던 일이 떠오를 때면 그렇게 무덤 주변을 파서 천 조각을 넣어 놓아두고 오는 게 일이 되었다.

그날 이후

1949년 3월

담양경찰서에 새벽부터 난리가 났다.

– 뚜우, 뚜우

“긴급 상황! 긴급 상황!”
“여그는 담양서, 말하라 오바!”
“여긴 월산 지서, 긴급 상황!”

– 치익, 치익

담양에서 장성으로 넘어가는 가파른 언덕을 바심재라 부르는데, 그 아래가 바로 월산이다. 그 월산 지서에서 새벽 3시경 담양경찰서로 다급한 연락이 들어갔다.

“상황 보고! 상황 보고 바람!”
“월산면 죽림에 무장 공비 2명 출현! 도주 중! 지원 요청 바람!”
“지원 가능, 동태 파악 바람! 이상!”

바심재를 오르는 길에서 좌편으로 걸어가면 한 시간 거리에 용흥사라는 유명한 절이 있다. 그 유명했던 절이 빨치산 소굴이 된 지 오래지만, 여러 차례의 소탕 작전이 모두 실패

한 것은 지리적 형세가 까다롭기 때문이었다. 산 밑에서는 절이 가려 보이질 않는데, 절에서 보면 저 밑 계곡까지 훤히 보이는 요새가 된다. 게다가 물도 풍부하고 피할 곳이 널렸으니, 닭 쫓던 개 신세랄까, 그들을 잡을 마땅한 방법이 없었다. 그러나 용흥사를 벗어나 아래 월산 마을로 내려왔다면 바심재로 몰아 포획까지 가능하다. 때문에 새벽부터 2명을 잡기 위해 35명이 무장한 채로 모여 군청 소속의 GM 트럭에 올랐다.

"2명만 있진 않겄제?"
"인자 잡아 불자고!"

용흥사에서 마을로 내려왔던 빨치산은 다급해졌다. 먼저 내려갔던 2명의 선발 대원이 쫓겨 오자, 뒤를 따르던 모두는 죽을힘을 다해 뛰어야 했다.

"언능 피하시오! 경찰이 오요!"
"여 바심재 넘어 장성으로 들어가! 용흥사 가지 말고!"

바심재.

숨이 턱에서 꼴딱꼴딱 넘어가도 그 고개는 넘어야 한다. 용흥사로 방향을 틀면 나머지 전우들까지 걸리게 되니 죽을힘을 다해 그 고개는 넘어 장성으로 가야 한다. 그곳은 트럭조차 오르기 힘든 곳이고, 옆으로는 낭떠러지이다.

"헉, 헉"

달리던 이들의 숨이 가빠지고 뛰는 게 걷는 것과 별반 다를 게 없어지자, 뒤로 트럭 소리가 더 커지고 있었다. 도망가던 자들은 쿠르릉거리면서 힘겹게 뒤에서 쫓아오는 차 소리에 꼼짝없이 죽을 것이라 생각했다.

– 탕, 탕!

어디선가 총소리가 났다. 차에 올라타 반쯤은 자고 가던 경찰들은 황급히 몸을 수그렸다. 하지만 트럭이 고개를 오르다 말고 시동이 꺼지나 싶더니 이내 뒤로 가기 시작했다.

“뭐하는 거야? 빨리 브레끼 잡아!”
“브레끼! 브레끼!”

트럭 뒤에서는 아우성이 났지만, 앞에서는 들리지 않았다. 운전기사의 머리에 총알 한 방이 박혀 있었기 때문이다.

“차… 차 멈춰!”
“도라꾸! 도라꾸!(트럭)”

알 턱이 없는 경찰들은 어수선하게 외쳤지만 차는 멈추지 않았고, 맨 뒤 서너 명만 용케도 바로 뛰어내려 배수로로 몸을 숨겼을 뿐, 차는 바심재 옆 절벽으로 떨어지고 말았다.

– 쿵

낭떠러지에 떨어져 차량이 반파되자 쓰러진 경찰들을 향해,

“크하핫! 아새끼들…!”
가지고 있는 총알이 다 떨어질 때까지 난사했다. 흡사 남자들이 파리를 향해 소변이라도 보듯, 움직이는 조짐만 보이면 난사를 하며 웃고 있었다. 공식적으로 31명의 사망이었고, 1정의 기관총과 35정의 소총, 그리고 수천 발의 실탄을 노획당한 사건이었다. 먼저 뛰어내렸던 4명만 몸을 숨겼다가 총성이 멈춘 뒤 겨우 내려와 사건의 전말을 보고했다.

성균의 동생 성현이 손에 총을 들고 얼떨떨하게 서 있었다. 난생 처음 쏴 보는 총이었다. 누구를 맞추겠다고 쏜 것도 아니고 도라꾸(트럭)가 눈에 보여 총을 쏘았는데, 차가 멈추는가 싶더니 뒤로 빠꾸(back)하는 게 아닌가?

'내가 총으로 도라꾸를 잡다니!'

얼떨떨하던 그에게,

"동무! 잘했어!"

다들 등을 두드리며 칭찬을 하더니 언덕으로 내려가 시끄러운 총성이 산을 가득 메우도록 쏘아 댔다. 믿기지도 않았고, 그렇게 웃고 있는 게 무섭기도 했다. 성현은 총 두 방 쏘았을 뿐인데 일어설 힘도 없다. 트럭에 올라탄 사람들을 죽였단 사실을 감당할 자신이 없는데, 다들 잘했다는 칭찬 일색이었다.

"이야, 우리 어린 성현 동지가…!"

그 밤에 빨치산들의 은거지인 용흥사에서는 떠들썩한 잔치가 벌어졌다. 나이 어린 학도병이 경찰에 쫓기던 사람들을 구해 내고 총과 탄환까지 노획할 수 있게 한 것이다. 들어온 지 하루, 총 쏘는 방법만 익혀 봤던 터에 일으킨 사건이었다. 이 일로 공비들의 사기는 더욱 등등해졌으며, 경찰들은 치욕스러운 패배로 이를 갈게 되었다. 그러나 가장 안타까운 것은 당한 경찰들이 아니었다. 힘없는 농민들이었다.

"때를 봐 주기나 허간?"
"우리도 먹을 거 없는디 다 털어 간당께!"
"워메, 줬다간 또 줬다고 닦달을 한디 워쩌란 말여?"

춘궁기에 먹을 걸 안 주면 죽이겠다는 공비나, 공비들에게 먹을 걸 주었다고 용공이라 덮어씌워 죽이려는 자들 역시 지역 사람들에겐 다 지옥 같았다. 게다가 무슨 사상교육이며 훈련이 많은지…, 담양에도 동청년단, 민족청년단 별의별 청년단이 조직되어 새벽 다섯 시에 소집해서 죽창 들고 찌르기 훈련을 하고, 돌아오면 또 울력[18]을 나가야 하고, 교량 설치에 동원이 되고, 수시로 인주[19]를 세웠다. 농사지을 틈도 없고, 있던 양식은 공비들이 모조리 수탈해 갔다. 게다가 이웃끼리도 서로 죽일 듯한 원수가 되었다. 일제가 갈라놓은 민심을 이념이 또 갈라놓은 것이다. 하루하루가 사는 게 사는 게 아니었고, 죽지 못해 살아 있는 것뿐이었다. 그 와중에 이나 벼룩은 왜 그리 많은지 아무리 막으려 애를 써도 어쩔 수 없었고, 봉철이의 악행은 날로 더 심해졌다. 남녀노소 막론하고 지나가면 시비를 걸고, 지나가지 않은 일로 시비를 걸었다.

"즈그 애비도 이라고는 안 했는디…."

그때 최상갑을 죽이지 않았더라면, 아니 최상갑을 죽일 때 자식들도 다 죽였더라면, 말린 사람을 원망했고, 다 죽이지 못했던 사람들을 원망했다. 하지만 이마저도 큰 소리로 하지 못했다. 봉철의 귀에라도 들어가는 날엔 큰 사달이 날 게 뻔했기 때문이다. 마을 사람들은 장고(長考) 끝에 성현을 택했다.

"니가 나이가 어리고 그랑께 봉철이 그눔이 별로 신경은 안 쓸 거여!"
"느그 형 죽였응께, 니도 월매나 죽이고 싶겄어?"
"우리 어르신 듣기 거북하시겄지만서도, 그때 그 자식들을 죽이지 못하게 말리셨응께, 지금 어르신이 할 수는 없는 일이기도 허니, 성현이 제법 재빠르지 않습디여?"
"그려, 내가 서울로 심부름 보낸 걸로 하고 그쪽에 보내는 걸로 험세…."

18 공동으로 일을 하는 것

19 파수꾼

실제로 첨식의 도움을 원하는 정치가도 있어 마을까지 내려온 터이기도 했다. 상경을 핑계로 바심재를 지나 용흥사로 들어가면 될 일이고, 용흥사에서도 지난 바심재 사건도 있고 하니, 성현을 마을 정보나 식량을 얻어 오는 역할로 자유롭게 오갈 수 있게 하였다. 사정이 이러하다 보니, 이 마을은 빨치산이 내려오는 일도 없고, 내려오질 않으니 군경들이 이 마을 사람들을 좌경, 용공으로 몰아세울 일도 줄어들게 되었다. 마을에서 알 만한 사람들은 다 알고 있는 일, 하지만 봉철만 모르고 있는 일이었다.

그날도 그렇게 산에 다녀오는 길이었다. 무사히 집에 도착했는데, 동생들만 놀고 있고, 형수님이 보이시질 않았다.

'어디 가신 겨?'

밥하고 기영치는(설거지하는) 일이나 했지, 만삭의 며느리더러 농사까진 시키진 않는 걸 알고 있다. 원래 농사지어 본 적도 없는 형수님 아니신가? 슬쩍 걱정도 되었거니와 옷을 갈아입고 동네 어르신들께 인사드릴 생각에 동네를 돌기 시작했다.

아니나 다를까, 우려하던 일이 눈앞에 벌어졌다. 봉철의 집 앞에서 형수님이 한참을 망설이다가 그 집으로 슬그머니 들어가는 것을 보고 만 것이다. 성현은 집으로 돌아와 낫을 챙기고 다시 쫓아갔다. 집 앞에 이르러 숨을 잠시 고르려고 하는데,

"아따 우리 형수도 참, 죽은 양반은 냅두고 거그 김두식 투사님이나 잘 모시믄, 좋은 일 있지 않겄어?"
"그라믄 우리 시댁만은 제발…!"
"아따 당연히 그래야제!"

산달이 얼마 남지도 않은 여인을 이런 협박으로 피할 곳 없이 집요하게 물고 늘어졌던

모양이다.

“어르신이 뭔 일을 꾸미는 거 맞제? 내 눈치가 월매 빠른디….”
“아니 그것이 아니고…, 그냥 서울에서 정치하는 사람들과….”
“그것땀시 우리 투사님들이 두 분 다 잡아갈라고 근단 말여!”
“그럼 우짠다요? 지는 괜찮응께, 지발 가족들은….”
“우리 투사님들 나라를 위해 저리도 힘쓰신디, 아랫도리도 한 번 거시기하게 해 줘야제!”
“인자 아가 나올 날도 얼마 안 남은 지가 뭔 볼 일 있다고 그란다요?”
“아녀, 아녀! 그런 소릴 말어! 나라에 대한 애국충정으로다가….”

더 듣고 있을 순 없었다. 생각 같아선 바심재에서처럼 총이라도 갈기고 싶었지만 그럴 순 없었다. 우선 잡히는 돌로 방에 들어가는 사람의 머리를 냅다 꽂았다. 낫도 들고 있었지만, 돌로 먼저 저 놈을 찍고 낫으로 봉철이를 죽일 계산이었다.

“으악!”

한 놈이 머리를 움켜쥐고 쓰러지자, 소리를 듣고 뒷문으로 도망치는 봉철이를 잡으러 낫을 들고 뛰어갔다.

“너 이 새끼 이리 와!”

머리를 맞은 사람이 쓰러지고 형수님이 비명을 지르는 게 언뜻 느껴졌지만, 그게 중요한 게 아니었다. 눈엔 봉철이만 보였다.

“이 개눔의 시키를….”

봉철은 성현을 피해 엉뚱하게 그의 집으로 들어갔다. 마침 점심 준비로 밭에서 다들 돌아오는 시간이었다.

"아부지, 지 쪼까 살려주시오, 성현이가 애매허게…, 헉헉…!"

가증스럽게도 온갖 불쌍한 표정을 짓고 있었다. 뒤늦게 달려온 성현을 아버지가 가로막았다.

"저 새끼가…!"

"니가 시방 이라믄 쓰겄냐?"

아버지는 되레 성현의 뺨을 때렸다. 성현은 아버지를 원망스런 눈길로 쳐다보았다. 봉철은 괜히 멋쩍은 듯 머리를 긁으며,

"아야, 성현이 니 그라는 거 아이다, 내가 니 얼매나 이뻐했는디, 오해 말고…, 워메 징헌그…."

"아이고 아버님, 시방은 지가 급헌 일이 있어서 먼저 가고, 난중에 사정 말씀드릴랍니더!"

"그러시게."

봉철은 머리를 긁으며 바쁜 걸음으로 도망갔고, 성현은 아직 그 자리에 서 있었다. 아버진 성현을 끌어안았다. 때린 것도 처음이고, 안아 준 것도 커서는 처음이었다.

"이눔아, 빨치산이 죽여야지, 니가 사람 죽이믄 안 된다! 천벌받어!"

"아부진 소문 못 들으셨는갑네요! 이미 바심재서두 지가 했당께요!"

"그래도 이눔아! 이제 니가 우리 집 대를 이어야지! 너꺼정 그리 되믄 안 된다!"

"지가 무슨 대를 이어요? 나라가 이 지경이라 언제 죽을지도 모른디!"

"그런 소리 마라! 니 사주는 죽을 고비가 많아도 끝까지 살아남을 팔자란 말이다."
"사주가 그라믄 그냥 맘 놓고 죽일 놈 죽여도 되지 않은가요?"
"그게 지 명줄 깎아먹고, 자손들에게 화를 미칠 짓인 게야!"
"아뇨, 지는 장개(장가)도 안 가고 아이도 안 낳고 살랍니다!"
"그기 무슨 소리냐? 장가도 안 간다니?"
"다들 자기 몸 하나 아끼고 자기 집 하나 아끼다가 이러지도 저러지도 못할 지경까지 온 게 아니겠어요? 전 죽어도 괜찮단게요!"
"내 안다, 아직은 웅크릴 때라고 하지 않았느냐? 아직은 때가 아니다."
"지금 아니믄 언제 한다요! 저것들이 형수님을…."

성현은 지금 당장이 아니면 다시는 기회가 없을 것이라 여겼지만, 아버지는 아니었다. 기고만장한 상대를 힘없는 우리로는 어쩔 수 없다 여겼다.

"새아기는 걱정 마라! 내 사주는 몰라도 그 기운이 보통이 아니니, 굳세게 살 거다!"

금신은 다친 사람을 뒤로 하고 바로 나왔지만 집에 바로 들어갈 순 없어, 한참을 산에서 방황했다. 갈 곳이라고 해 봐야 남편 무덤 말고 있겠는가? 미안한 마음에 원 없이 엎드려 울다 한밤중이 되어서야 집에 몰래 들어왔다가 이것저것 조용히 챙기더니, 다시 몰래 집을 빠져나왔다. 나오기 전 시부모님이 계신 방문 앞에서 한참을 엎드려 숨죽여 울고 있었다.

"아버님, 어머님! 시방은 지가 욕보인 몸으로 뵐 면목이 없응께요, 이기 다 지 업보라믄 업보지라…. 여그로 시집도 와서 참말로 좋았어라. 서방님이 먼저 가신 게 지 팔자 때문인가 싶을 때도 있고 혀서, 어떻게든 부모님과 도련님, 그리고 배 속에 아가 형석이만큼은 지켜드릴라고 했는디, 요라고 욕보여 가꼬 살기 힘들게 되아브러서, 두 분 부모님께 이렇게 인사 올리고 지가 나갈랍니다. 지가 있는 거이 부모님께 더 해가 되고 가문에 누가 되믄 지가 떠나야지라…. 그간 고맙다는 말씀 올리요. 언제 살아 있으믄 또 보겄지라…. 성현 도련님도 지 너무 미워 말고 학문에 힘쓰셨으면 하고, 우리 어린 아가씨들도 곱게 자라서 더런 꼴 안 보고 살았으면 합니다. 장손은 지 목숨 걸고서라도 지켜드릴랍니다. 아버님께서 손수 만들어 주신 비녀와 귀이개로 난중에 보여드리믄 손주다 여기시믄 되겠어라. 그라고 지가 시집올 때 들고 온 피리는 여기 맡겨 두고 갈랍니다. 부디 건강히….”

울며 어두운 방 앞에서 쓰느라 알아보기 어렵지만, 그렇게 그녀는 절을 여러 차례 하더니 떠났다.

“살아 있으믄 보겄제, 몸 성히 잘 있고…, 손주도 못 보고 우짠다냐…?”

어쩌면 그 밤에 다 듣고 있었는지 모른다. 동네방네 소문나느니, 또 봉철이에게 당하느니 차라리 친정으로 가는 게 나았으리라 생각도 했을 것이다. 그들은 한참 동안 편지를 붙들고 울었다. 울음에 섞인 분노가 탄식이 되었다.

“이놈의 한숨은 언제나 끝날랑가요?”
“죽든지 죽이든지 해야 끝나는 거 아니겄어? 한숨도 달게 여겨야지!”

한편 성현의 집에서 나온 봉철은 다친 두식에게 된장을 발라 주고, 단원들에게 데려다주고 돌아왔다. 봉철은 길길이 날뛰었다

“이 성현이 개새끼, 당장 죽여브러야제, 봐준께 안 되겄구만요!”
“낚시할 때 입질 온다고 바로 올리믄 고기 입만 터지는 거지, 지금 당장 낚으려 하지 말고, 아주 천천히, 죽을 때까지 괴롭히는 게 복수라는 거야!”
“형님은 무슨 복수도 즐기면서 하는 것 같소, 잉!”
“그 집 남은 가족들, 스스로 죽고 싶게 만드는 게 진짜 복수지, 이 말 잊지 말고…, 담에 보세!”

봉철이 불만 붙이면 확 타오르는 화약이라면, 두식은 천천히 끓어올라 죽을 때까지 타오르는 용암 같았다. 화내는 것도 그렇고, 말하는 것도 그렇다. 이 둘은 그래서 잘 어울렸고 그렇게 잘 어울리며 천하의 못된 짓은 다 하고 다니게 된다.

두식을 데려다주고 돌아오는 길에 봉철은 여러 가지 일을 생각하고 있었다.

"그라제, 형님 말이 백 번 옳제! 기가 막혀블구만! 인자 기분이 쬐까 풀린당께, 복수는 즐기는 거제, 암! 인자 미친 짓 한 번 시작해 보끄나?"

"금선아! 금선 씨!"

뻔히 그 집 앞에서 조용히 부를 일을, 그것도 엄연한 남의 집 과부 이름을, 한밤중에 일부러 동네 먼 곳부터 고래고래 소리치며 다녔다. 때로는 화난 듯, 때로는 사랑하는 연인 이름 부르듯 하는 갈피조차 잡기 어려운 그의 미친 짓에 마을 사람들은 공포에 질렸으면서도, 동네 창피하다는 둥, 불쌍하다는 식으로 중얼거리다 이불속으로 파고들었다. 그런데 그게 금선에겐 차라리 다행이었다. 봉철의 노선과는 반대로 도망갈 수 있어서였다. 집을 나오면서 들리기 시작했던 그놈 목소리를 피해 말이다. 봉철은 낫을 들고 첨식의 집으로 들어갔다.

"금선아! 허금선!"
"아니, 밤중에 대체 무슨 일인가?"
"아니, 조사할 게 있어서 왔지라! 금선 씨! 쪼까 나와 보시오! 여수에서 온 허금선 씨!"
"없네!"
"아따, 어르신! 그라고 숨긴다고 내 못 찾을 거 같소?"

봉철이 집 여기저기를 다 뒤지는데 흔적도 없자, 점점 미쳐 가기 시작했다.

"이 집에 있는 사람들 빨랑 모여!"

첨식으로부터 제일 막내 혜숙이까지, 그리고 집에서 기생하는 봉식이까지, 한 줄로 세워 놓고 거만하게 남의 집 대청마루에 한 다리 올리고, 낫을 휘저으며 겁박을 하고 있었다.

"빨랑 부르란 말요!"

봉식이가 멀뚱멀뚱 쳐다보더니만,

"아짐은 아까, 저기… 갔는디?"

봉철은 한심하다는 듯 봉식이를 노려보다 주먹질에 발길질을 섞으며 쓰러질 때까지 때렸다. 그리고는 낫을 집어 들더니 성현이 앞으로 갔다.

"네 이놈!"

부모가 말리지만 그 힘을 감당할 수가 없어 바닥에 나뒹굴었다.

"얌전히 있어, 얌전히! 좋은 말로 할 때!"

봉철은 성현의 얼굴에 낫을 그었다. 눈꼬리부터 턱선까지 쭉 그었더니, 피가 흐르지만 울 수도 없을 정도로 겁이 났다.

'이게 아까 아버지께서 말씀하신 힘의 차이구나!'

"이 집 식구들은!"

봉철은 다시 식구들을 일렬로 세우며 말을 꺼냈다.

"내일 아침 날 밝을 때꺼정 거기 그대로 있으시오! 나 이따 와 볼랑께!"

하고 집을 나섰다. 집에 돌아가자마자 술을 꺼내 자기 아버지처럼 마시고는, 정신병이라도 걸린 양 광분했다.

"젠장! 고년 아기 낳을 때 다 되았는디, 잡아 가꼬 엄니 해드릴라고 했는디! 아니 그거 말고 잉, 그냥 다 죽여 가꼬 애기 집 꺼내 가꼬 쌂는 게 안나스까?"

그는 어머니에게 갓난아이와 태까지 삶아 드릴 작정이었다. 극악한 폭력과 살인도 효도라는 거창한 말로 포장했다.

"이거이 효도제! 아가야 또 낳으믄 되고, 죽어 가는 엄니 목숨 살리는디…."

봉철의 성질에 어디 못 구해 왔으랴만, 어머니의 병세엔 차도가 없었고, 첨식의 집에서의 수탈은 더 심해져 갔다.

어느덧 겨울까지 오고야 말았다. 춘궁기도 무섭지만 겨울은 겨울대로 무서운 계절이다. 그렇게 살기도 바쁜 마당에 죽창을 들고 마을 앞으로 집결해야 했다. 반공교육과 함께 밤새 공비가 훑고 지나간 곳에 좌경이나 용공이 있었는지 색출하고는 구호에 맞춰서 죽창 연습을 했다.

"자, 다 같이 지 구호에 맞춰서 팍허니 찔러 보이시더!"

"멸~ 공!"

"멸~ 공!"

마을 사람들을 다 모아 두고 허구한 날 죽창 찌르는 연습이다. 내심 불만이 많다. 일제강점기 때보다 더 심한 곤욕이다. 이 일이 끝나면 또 광주까지 신작로를 내러 나가야 한다.

"지난밤에도 저짝 마을에 공비가 출현했다 안 혀요! 우리가 그라고 안일허게 찌르믄 죽도 안 해라!"
"거그 최 씨 아제! 밥도 안 먹고 나왔소? 자꾸 그라고 헝께 빨갱이들이 자꾸 우리를 넘보는 거 아녀?"
"에~ 거슥, 오늘은 특별히 읍내 장에서 보도연맹 놈덜 공개처형이 있다고 야그 안 혔소? 모두 시간 되믄 그짝 가 가꼬 육시럴 놈들 꼬라지 좀 보이시더!"

뒤숭숭하다. 공개 총살형을 한다는 말에 가슴이 조마조마하다. 입도 뻥긋할 수 없다. 다들 알 만한 이들이 보도연맹으로 몰려 총살당하는 마당에 쥐 죽은 듯 있지 않으면 언제 그 꼴이 날지 알 수 없다.

"빌어먹을 놈의 세상…, 나이도 어린놈이 무슨 구장이라고…."

그러다 11월 엄동설한에 담양 지역 전체 주민을 읍내 추성경기장에 벤또(도시락)와 죽창, 도끼 등을 챙겨 와 집결하란 명령이 떨어졌다.

"에~ 다들 지난 바심재 사건에서도 목도하셨듯, 공비들이 이 산에 잔뜩 숨어서 우리의 소중한 식량과 재산을 탐닉하고 에~ 또, 거시기…."

누군가 추운 아침부터 일장 연설을 길게 늘어놓았다.

"으따, 추워 디지겄는디 이거이 뭐시여 시방?"
"긍께 말이시, 눈이나 안 내리믄…!"

모인 수만 해도 5~6천 명 정도, 이 많은 인원이 경기장에 모여 월산 죽림부터 시작해 용흥사를 치고, 병풍산 능선으로 훑고 내려오는 작전을 하게 되었다. 그냥 오르기도 힘든 산, 날씨도 그날따라 하필 하얀 눈이 무릎 아래까지 쌓였는데 산을 오르라는 것이었다.

"우린 지난 바심재 수모를 반드시 갚아 주어야 합니다!"

경찰과 구장들은 도망가지 못하게 마을 사람들을 앞세워 나갔다.

"모두 좌우 옆 사람들과 열 걸음 정도 유지하고 오르셔야 헙니다잉!"

1949년 11~12월 용흥사 토벌작전은 그렇게 시작되었다. 공비들의 일망타진이 목적이었다. 성현이도 꼼짝없이 죽을 목숨이었을 것이다. 그러나 이 일이 있기 전 성현의 아버지가 11월 20일경 밤하늘을 보더니 뜬금없이,

"백기경천(白氣經天)이야! 또 무슨 난리를 대비해야 해!"

소리쳤다. 큰아들이 죽은 후로 잠이 오지 않으면 늘 천기(天氣)를 살피며 조심하고 있었는데 그날따라 혜성이라니, 달갑지 않은 소식이 있을 게 분명하다. 놀란 그는 서둘러서 아들에게 기별을 전했다.

"아무래도 큰 사달이 날 것 같구나, 어여 피신하거라!"
"아따 아부지도 참, 인자 혁명이 시작될 것이구먼 어디로 피해라우?"
"숙종 때도 백기가 나타나 한파가 시작된 거여! 글고 느그 형을 생각해 봐라, 인자 니가 장남인디 니라도 저기…, 서울 가서 이 편지 좀 전해 주고 오거라!"

성현은 불안해하시는 아버지의 뜻을 거역할 수 없어서 용흥사를 떠나 서울로 올라갔고,

그로부터 한 달 후 용흥사 토벌 작전이 시작되었던 것이었다. 올라간 사람들은 발이 얼거나 말거나, 쌓인 눈으로 배를 채우고, 목마름도 해결해야 했다.

"여그 이라고 이상허니 생긴 구녁(구멍)이 있으믄 가차 없이 창으로 마구 쭈셔브쇼! 불로 태워블고…!"

비밀 아지트의 준말, 비트를 그렇게 설명했다. 엄동설한에도 비트에 숨어 있던 빨치산들이 힘도 제대로 쓰지 못하고 죽고 말았다. 도망갈 곳이 없었다. 비트를 나와 도망을 치건, 총으로 싸우건 그 많은 수를 상대하긴 어려웠다. 그러나 그때도 다 죽은 것만은 아니었다. 일부 주민들은 자신들이 먹을 게 없으면서도 일부러 주먹밥을 한 덩어리씩 놓고 가곤 했다.

"아니, 자넨 뭐허는 짓인가?"
"암 말도 말어! 우리 아들은 경찰들이 죽였어!"
"아따메, 우리 아들은 공비들이 죽였는디!"

그들 내부에서도 균열은 많이 있었다.

"이 빨갱이들만 없었으믄 이라고 고생도 안 허제!"
"말 말어! 민주주의라고 다 좋간?"
"어따, 이 양반 끌려갈라고 지랄하네! 어이 순사 양반! 빨갱이 여그 있소!"

서로 피해자이면서 서로 미움만 가득한 곳이 되었다. 얼굴 보고 살았던 사람들이 이젠 반목하고 살기로 작정한 듯 눈을 흘기고 산을 올랐다. 뜨뜻한 아랫목에 몸 지지고 누울 그날만 생각하며 이윽고 저녁 무렵 용흥사까지 이르렀다.

"자, 여그 절에 허벌나게 숨어 있을 것인디, 싹 다 꼬실라불제!"

"안 뒤야! 이 절을 우째 태운당가? 천벌받을라고…."
"여그 공비 새끼들 싸그리 안 죽이믄 부처님이 진노하실 것이네!"
"공비들이 태웠다고 소문내믄 되지 않겄는가베?"

마지막 말은 봉철이었다. 죽창에 공비의 옷을 둘둘 말아 불을 붙여 절에 던졌다. 말릴 새도 없었다. 시초가 결성되자 여기저기서 불을 머금은 죽창이 절로 던져졌다. 용흥사까지 올라와 여기저기 숨은 공비들이 겨우 절간에 숨어 마지막 공격을 하려는데, 불화살이 날아오니 이제 꼼짝없이 타 죽든지 아니면 나와서 총을 맞을 수밖에 없었다. 이렇게 죽은 빨치산이 대략 60여명이라 기록되어 있다.

삼국시대에 축조되어, 영조대왕까지 태어났으니 마을 사람들이 얼마나 아껴 왔던 절이겠는가? 이 절이 그날 불에 완전히 전소되었다. 아직도 남아 있는 절 앞의 느티나무는 마을 사람들이 무당을 불러 흉한 기운을 몰아내기 위해 치성을 드렸던 나무인데, 묘하게도 그 나무만 남고 모조리 전소되고 말았다.

민심은 겨울철 엄동설한보다 더 얼어붙었다. 기어이 산 하나를 다 훑고 내려오니 꼬박 8일이 지났고, 다들 기진맥진해 마을로 내려갔지만, 문들은 더욱 굳게 닫혔다. 이 작전은 1950년 2월 하순까지 계속되었다. 겨울 한 철이 지긋지긋하게 끝이 났다.

서울로 편지를 전해 주고 얼마간 머물렀던 성현은 3월에나 돌아와 다행히 화를 면할 수 있었다. 편지의 부탁이 봄에나 돌아오게 하라는 것이었으니 말이다. 그렇게 돌아온 성현은 아버지로부터 용흥사 소식을 듣고 오열했다.

"그간 봉철이 빨치산 되븐 거 아니냐고 몇 번이나 널 찾으려고 했었는디, 서울에 갔다고만 해 왔응께…."

성현은 아버지 덕에 살아남았지만, 용흥사 전우들 60여 명이 몰살당했는데 한가롭게 잘도 살았다는 죄책감에 어쩔 줄 몰랐다.

"그래도 니꺼정 안 보내서 얼매나…."

"아뇨, 지는 맘이 아파서 견딜 수가 없어요. 봉철이 그놈은 못 죽이고 엉뚱허게…."

"웅크릴 때가 있어야 뛰어오르는 때도 있는 법이여, 시방은 우리가 이래도 호랭이처럼 뛰어오르는 날이 올 것이구만!"

부모님의 말씀에 성현은 그래도 살아 있는 책임을 져야겠다 다짐을 했다.

"내 꼭 봉철이 그놈은 내 손으로 죽이고 말 것잉께…."

1950년 6월

아무도 몰랐다. 그도 그럴 것이 38선 인근에서는 툭하면 다투었기 때문에 전쟁이 났다고 해도 크게 생각할 사람도 없었고, 언제든 북녘을 이길 준비가 되어 있다 방송으로 떠들던 정부를 믿고 있었기 때문이다.

"호외요! 호외!"

사람들이 받아 든 호외에서만 괴뢰군들이 새벽 4시를 기해 불법 남침을 했다고 했을 뿐이다. 그것도 서울이나 그 정도 호외라도 받았지, 담양에서는 전쟁 난 줄도 모르고 있었다. 27일 라디오에서도 이승만은 조금도 동요하지 말라는 말로 국민을 안심시키고 있었지만, 정작 본인은 이미 서울을 떠난 후였고, 신문들은 그 난리에도 적의 전면전 패주라는 둥, 해주까지 탈환했다는 오보를 냈다.[20] 돌이켜 보면 임진왜란 당시 선조의 도주와 비슷했다. 용기가 없었고, 솔직하지 못했으며, 치밀하지도 못했다. 북쪽의 치밀함에 남쪽은 너무 안일했다.

그러면서 그토록 믿었던 미군은 노근리를 비롯한 여러 곳에서 일반인들을 전혀 구분하지 않고 거침없이 총살하였고, 국군 역시 함평이나 북면, 순창 등지에서 무고한 양민들을 사살했다. 좌파들의 전향을 목적으로 만든 보도연맹의 피해는 더 심했다. 딱히 좌파도 아닌 사

20 김성칠, 《역사 앞에서》 한 사학자의 6.25 일기

람들을 숫자 채우기 위해 보도연맹이라 하고 사상교육만 받고 나오라 하더니, 모조리 시체로 만들어 버렸다. 북한과 맞서 싸워야 할 정부는 도망가기 급급했고, 도리어 민간인들을 상대로 전쟁을 하고 있었다. 정부는 공산당 미워할 줄만 알았지, 자기 국민을 돌볼 줄 몰랐다. 언급했었던 학산 윤윤기도 고문으로 죽어야 했고, 독립운동과 노동운동으로 담양군수까지 올랐던 정경인도 중풍에 걸려 인사불성임에도 공산당이라며 총살당하고야 말았다.

그렇다고 미군과 국군은 잘못했고 인민군이 잘했다는 이야기는 절대 아니다. 그들도 마을마다 인민재판을 열어 반동이란 말만 나오면 여지없이 총살이었다. 노동자가 아닌 예술가나 학자는 모두 범죄자로 지목되어 처형당해야 했다. 조선의 간디로 불렸던 고당 조만식 선생도 이들에 의해 처형당하고야 말았다.

"그 공산주의라는 게 무엇이오?"

"쿄오산수키(공산주의)는 돈 없는 사람들이 돈 많은 사람들을 죽이자는 운동이라 하겠스므니다."

"아니, 정말 이익 때문에 위아래가 치고 박고 싸우는 것이로고!"

"앗테이마스다(맞습니다)! 그러면서 주나라 정전법을 주장하므니다."

"그러면 공동으로 생산해서 공동으로 나누자는 것인가?"

"하이, 소오데쓰(그렇습니다)."

"그렇다면 공산주의자들은 돈 많은 사람들을 왜 죽이려 한다지?"

"돈을 쥐고 놔 주지 않는다고 생각하는 모양입니다. 실제로 서구에서는 가난한 사람들을 착취했습니다."

"참으로 소탐대실(小貪大失)이로구먼…. 겨우 이익 몇 푼 때문에 사람을 죽인단 말야?"

"권력의 중심에 도(道)가 없스므니다."

"그러면 공산주의 반대는 무엇이라 하는가?"

"자본주의라 하므니다. 자본을 신처럼 생각하므니다."

"사람이 주인이고, 하늘이 주인이어야 할 텐데…, 돈보고 주인 돼라 하는구만…. 다 맘에 안 드네! 사람 목숨이 파리 목숨 같겠어!"
"그래서 텐사이(전쟁)가 벌어지므니다."
"상하교정리(上下交征利: 윗사람과 아랫사람이 이익 때문에 싸움이 남)인데, 사람을 아끼는 정책은 없는 겐가?"
"없을 겁니다. 초우센(조선)도 안 되지 않았습니까?"
"그럼 황국은 어떤가?"
"황국은… 사람보다 귀한 게 있습니다."
"씁쓸하네…."

몇 년 전 첨식과 고쿠보의 대화 내용이다. 그때만 해도 이런 식의 이데올로기는 첨식의 관심에도 들지 못했다. 그런데 그딴 이데올로기가 사람 목숨을 우습게 만들었다. 아니 좀 더 정확히 말하자면, 이데올로기는 문제가 아니었는지 모른다. 권력과 권력을 둘러싼 이들의 오만과 편견, 그리고 잘난 이기심이 피아를 구분하고, 적을 만들어 전쟁을 만들었고, 사람을 죽이는 데 아무렇지 않게 된 것이다.

전쟁 발발 후 겨우 한 달 만에 담양에 인민군이 도착했다. 전쟁 난 지 한 달 만에 국토의 2/3가 인민군의 차지가 된 셈이다. 그들이 내려오기만 바랐던 자들은 말할 것도 없고, 대부분의 사람들은 모두 얼떨결에 빨갱이가 되었다. 빨갱이가 되지 않으면 죽어야 했기 때문이다. 인민군이 내려오는 거리마다 곳곳에 '조선인민공화국 만세!'라는 피켓을 들고 환영을 했다.

"인민공화국 만세!"
"이승만 정권 타도!"

결과적으론 무혈입성이었다. 포성 대신에 함성만 가득했다. 그토록 공산당 소탕을 바랐던 정부로서는 할 말이 없을 정도로 말이다. 빨치산으로 활약했던 이들은 인민군복을 차려

입고 환영하는 인파에 앞장서서 나갔고, 그들에 의해 인민통행증이 별도로 발급되었다. 봉철이네를 제외한 미산 마을 사람들도 모두 손에 인공기를 들고 환영하러 나갔다. 흥분한 사람들 틈에서 첨식은 사람들의 외침을 살폈다.

"친일파 숙청!"
"남북한 단일 정부 만세!"

들뜬 사람들은 정말 그들이 자신들의 해방을 위해 내려온 줄로만 알고 있었다.

"이제야 해방된 거 같소!"
"에라, 디질 놈들은 다 디져브러야제!"

그리고 환영식이 끝나자 마을 사람들은 봉철을 죽이려고 여기저기 찾아다녔다.

"죽창 하나씩 들고 오시오!"

그 아비를 죽일 때와 같이 사람들은 힘을 모았지만 그를 찾을 순 없었다. 동네 구석구석 다 뒤지고도 가까운 동네는 벌써 다 돌아다녔는데 도통 그의 모습은 보이지 않았다. 그도 그럴 것이, 꼬박 걸어서 5시간이나 걸리는 무등산 자락 남면까지 벌써 도망가 버린 후였다. 그곳에서 그는 어디에서 났는지 인민군 통행증을 만들어, 인공기를 들고 인민군 편에 붙어 군경의 정보를 비열하게 넘기며 목숨을 보전하고 있었다.

"도대체 어디로 내뺀 겨?"
"아무리 찾아도 없네…."
"근디 한 번씩 집에는 찾아오는 거 같든마는…."
"자, 내일부터는 봉철의 집 앞에다가 인주(보초)를 돌아가면서 서도록 합시다."

집 앞에 보초 설 것을 또 어떻게 알았는지 이제 막 서기로 한 그날 24일 새벽에 봉철은 아무도 몰래 피난 짐을 꾸리려 집에 돌아왔다. 봉철이는 봉식이 몰래 어머니에게 물과 감자, 주먹밥을 잔뜩 넣어 드렸다. 그때까지도 사람들이 눈치를 채지 못한 게 신기할 정도였다.

"엄니, 전쟁이 나가꼬 지가 뜨메가꼬라도 가야쓴디…. 우짜믄 좋으께라? 마을 사람들이 질 죽일라고 염병들 한다고 해싸소!"

"내…, 걱정 마고…."

어머니는 팔을 들고 손이라도 뻗어 잡고 싶었지만 그럴 힘조차 없을 정도로 임종이 가까워졌다. 봉철 역시 좁은 입구에서 손을 뻗었지만 닿지 못했다. 이제는 아무 생각 없는 봉식이를 데리고 떠나야 했다. 봉식인 그때도 혜진을 못 볼까 그게 가장 걱정되어 자꾸만 뒤를 돌아봤다.

"서둘러라, 뭐 아무것도 챙기지 말고, 언능 돈만 챙겨 가꼬 나온나!"

모든 집문서, 땅문서는 진즉 마당을 파서 숨겨 두었으니 몸만 떠나면 될 일이지만, 봉식이 자꾸 지체하다, 날 밝을 때쯤 겨우 산으로 올라가기 시작했다.

그때였다.

"저기다! 저기 봉철이가 간다. 어이, 동네 사람들 다 나와 보시오! 언능 좀 나와 보시오!"

차마 제 혼자는 두 형제에게 덤빌 수 없는지 마을 사람들을 불러 모았다. 사람들은 다들 쟁기며 낫을 들고 쫓아갔다. 하지만 거리가 좁혀지지 않고 있다.

"에라! 이 죽일 놈아!"

누군가의 낫이 날아와 봉식이 종아리에 찍혔다.

"으악!"

허둥거리며 뒤처진 봉식이가 형 옷자락을 잡자,

"이거 좀 놔, 내가 난중에 찾아올랑께… 기필코…."

동생을 밀쳤다. 봉식은 올라가던 산 밑으로 굴러떨어졌다.

"저 빌어먹을 놈이 동생을 버리고 가네!"

사람들은 봉철이를 따라갈 수 없어서 대신 봉식이만 잡아 왔다. 마을 어귀 나무에 봉식은 결박당한 채 웃고 있었고, 사람들은 인민재판을 하기 위해 인민군을 부르러 가려고 준비하고 있었다.

"아프다. 나 여기가 아프다…, 혜진아! 호~ 해 주라!"
"니 시방 진짜로 아픈 거 맞어? 왜 그렇게 웃고만 있어?"
"몰라, 형이 맨날 때림서 웃으라고 했어! 아파도 웃으라고…."

혜진이 급하게 좇아가 인민재판을 하러 가는 사람들 앞을 막았다.

"죽일 짓은 봉철이 오빠가 했단디, 왜 봉식일 죽일라고 한대요?"

야무진 그녀의 질문에 사람들은 비키라고만 했다.

“아이, 니가 뭘 안다고 그냐? 비켜라!”
“접때 무당 할머니가 그리 치성을 드려도 앙꾸또(아무것도) 달라진 게 없었단 말요…. 저런 바보 천치 하나 죽인다고 달라질 것 있다요?”

어리다고 무시할 말은 아니었다. 죽이려고 낫을 얼굴에 들이밀어도 봉식은 웃기만 하는데 죄를 물어볼 수도 없었다.

“뭘 알아야 죽이제….”

전에 첨식이 봉철이 형제를 구해 준 것처럼, 이번엔 그의 딸이 사람들을 죽자고 말렸다. 아버지도 듣고 있다가,

“혜진이 말이 맞네. 혜진이를 말로 이길 수 있는 사람 나와서 끌고 가시게! 그리고 봉식이가 살아 있어야 그놈도 또 올 것 아닌갑서!”

사람들은 어쩌질 못하고 그냥 봉철이가 살았던 집에 불을 지르기로 했다. 물론 그곳에 사람이 아직 남아 있다는 사실을 알 리 없었다. 봉철이만 산 위에 올라가서 불이 나는 것을 보고 고함을 쳤다. 그러나 마을 사람들이 듣기엔 또 너무 멀었다. 그리고 봉철의 어머니 역시 작은 신음 소리와 함께 숨을 거뒀지만, 이 역시 사람들 귀에 들리지 않았다.

“오메 이렇게라도 한께 속이 씨원허네!”
“인자 봉철이 그놈 잡히는 것은 시간문제 아니겄어?”
“고놈이 저 삼인산으로 올라갔응께, 몇 명 추래 가꼬 대방골로 가서 기다립시다!”
“그라제 자네랑 나랑 둘이 거그서 기다리믄 딱 오겄구만!”

사람들은 봉철을 잡을 생각에 기분이 들떴다.

“진짜 간만에 웃어 보구만요!”
“인민군 만세네 그랴….”
“그랑께 말이시, 인자 저짝 부산 낙동강만 건너믄 해방군 차지 아니겄어?”

사람들은 아직도 공산주의가 얼마나 위험한 것인지 알진 못했다. 못된 봉철이만 잡으면 그걸로 되었다고 생각했다. 사람들 사이에서 성현이 끼어들었다.

“지는 이번에 전남도당 박영발 위원장님과도 만날 것이구만요!”

성현은 이미 인민군복을 꺼내 입고 완장을 찼다. 학도병이지만 이미 공로를 세웠기 때문에 계급장도 달려 있었다. 이튿날,

“읍내 가서 인민위원회 좀 갔다 와 볼라니까, 집 보고 있으시게!”

아버지는 오래간만에 말끔하게 갓을 쓰고 의기양양하게 행차를 하셨으나, 이내 얼굴이 사색이 되어 돌아왔다.

“뭔 일 있으시다요?”

궁금한 어머니가 물어보시니 굳은 표정을 지으시면서,

“아무래도 우리가 잘못 생각한 것 같아. 무슨 사람들을 그리 죽인단 말야….”
“아따, 토지개혁도 하고, 농민들을 위해서 거시기하느라 안 그요?”
“아니, 무슨 인민재판을 한다더니, 건넛마을 김 씨네 식구들을 다 세워 놓고 총살을 하지 뭐야, 그것도 그집 하인들이 완장을 차고선 말이지….”
“허긴 그리 싸그리 죽이면서 뭔 혁명을 한다고….”

"어진 사람은 천하에 적이 없는 법이야, 어진 사람으로 어질지 못한 이를 징벌하는데 어찌 피가 강처럼 흘러 절굿공이가 떠다니게 한단 말이야…."[21]

부모님은 안타까움을 금치 못하였으나, 성현은 달랐다. 그는 공산당선언 전문을 다 외우고 있을 만큼 철저한 공산주의자가 되어 있었다. 아버지가 미처 말릴 겨를도 없이 뛰어나가 인민군에 합류해 작전을 감행했다. 그가 속한 부대는 무등산으로 향하였고, 얼마 전에 보도연맹을 총살했던 신○○ 경감 일행을 추적했다.

부대원들은 꼬막재에서 곧장 정상 쪽으로 오르려 했으나, 성현은 신선대를 거쳐 인계리로 내려갔을 수도 있다 생각하여 혼자 길을 돌렸다. 열심히 추격하니 길 끝에 가쁜 걸음으로 도망가는 사람이 성현의 눈에 띄었다. 총은 있지만 총알은 없던 성현은 그의 앞길을 가로막았다.

"헉… 헉…!"

숨이 턱에까지 차오른 경감은 이내 가슴을 움켜쥐고 쓰러졌다. 이미 숨이 끊어질 듯 도망치는데 인민군복을 앞에서 보니 그만 심장마비로 쓰러진 것이다.

"여기 있습니다!"

성현은 인민군들을 불러 더 이상 추격하지 않아도 된다고 알렸다. 뒤늦게 도착해, 총소리도 나지 않았는데 쓰러져 죽은 경감을 본 빨치산들은 기가 찼다.

21 《孟子》盡心章句 下 第三章 … 仁人無敵於天下, 以至仁伐至不仁, 而何其血之流杵也 어진 사람은 천하에 적이 없다. 어짊으로 어질지 못한 이를 벌하는데, 어찌 피가 흘러 절굿공이가 흘러가겠는가?

"이야, 우리 어린 동지가 실력이 엄청나구만 기레…, 총 한 방 쏘지도 않고, 야!"

"민족 해방의…."

"그래 그래, 죽인 걸로 되았다. 이 아새끼는 동지들을 그리 죽이고도 지 혼자 살아 볼라고 그리 도망갔단 말이제!"

"하여간 전에는 총으로 도라꾸를 잡더니만, 사람 하나쯤은 총칼 없어도 잡아븐당께…, 도사구먼!"

성현은 그곳에서 전남도당 박영발 위원장을 만나게 되었다. 이미 바심재 사건으로 유명한 성현은 인민 영웅 대접을 받았다.

"그래, 우리 사령관 동지도 만나러 가자고!"

그는 성현을 얼싸안으며 기뻐했고, 학도병에서 정식 인민군 간부로 승격시켰다. 하지만 이미 10월에 담양은 국군에 의해 수복되었고, 한 번 더 세상이 바뀌게 되었다. 인민군을 환영했던 사람들은 언제 그랬냐는 듯 태극기를 들어 환호해야 했다. 첨식의 가족만 집에 남아 다시 한번 통곡을 했다.

"워메, 아직 끝내지도 못했는디…."

어머니는 입을 막고 우시기만 했다. 자식 죽은 후로 한 번도 풀지 않던 머리띠를 붙잡고 우셨다. 그 머리띠, 성균이 입던 도포의 고름으로 만들었던 머리띠였다.

"고작 서너 달이여…, 이기 먼 복수당가?"

그리고는 혜진, 혜숙을 불러,

“니들은… 나 죽거든…, 복수하지 말고 끝내브러라…. 이런 짓 한나(하나도) 소용없시야!”

라며 머리끈을 쥐어 주었다. 그리고는 며느리가 남겼던 피리와 편지를 혜진에게 넘겨주었다. 피리는 대나무를 깎아 만든 노리개였으나, 어머니는 색실에 꿰고 장식을 하여 곱게 만들어 혜진에게 주었다.

“줄 게 이것밖에 없어서 참말로 미안허다. 살아 있으믄… 형석이도 찾아보고 그래라!”

노리개가 생겨 좋다던 혜숙과는 달리 혜진은 이제야 어머니의 마음을 조금 느낄 수 있을 것만 같았는지, 머뭇거리며 엄마를 위로하려 애를 썼다.

“엄니, 지는 엄니 꼭 지켜 줄랑께….”

첨식은 혜진의 대답을 들으며 붓을 들어 방 한쪽에 ‘密雲不雨’라는 말을 썼다.

“문왕께시 은나라 주왕에게 잡혀 감옥에 갇혀 있을 때 《주역》을 지으셨지, 세상을 바꿀 정도로 문왕의 세력이 커졌다고 했는데, 그만 주왕에게 잡혀 버린 거야…. 먹구름은 가득한데 비가 오지 않은 거지…. 지금 우리가 이 지경일세…. 그래도 작은 것을 쌓아 올리라는 소축(小畜)을 하는 마음으로 먹구름을 다시 모아야 해. 무왕이….”

“이제 유식헌 말은 그만 써도 되겄소! 저그서 죽음이 오요!”

말을 채 끝내기도 전에 저 멀리 마을 밖에서 봉철이 경찰들과 돌아오는 모습이 보였다. 봉식인 그제야 형에게 달려갔다. 마을 사람들은 얼마나 벌벌 떨었는지 모른다. 죽여도 시원치 않을 놈이 이제 사람들을 다 죽이겠다고 커다란 칼을 어깨에 올린 채 거만하게 돌아오는 꼴을 봐야 했다. 인민군 환영보다 더 맘을 졸이며 그를 맞이해야 했다.

"봉철이…, 자네 고생 많았네…."
"아따 우리 구장님헌티 봉철이가 뭐요 봉철이가…. 퍼뜩 구장님 고생하셨는디 목이라도 축이시게 술상이라도 내와 보쇼!"

마을 사람들의 대우가 달라졌다. 봉철이 눈의 살기와 입가의 잔인한 웃음은 모든 사람들을 공포에 질리게 했다.

"집이 그만…, 우리 집에라도 잘랑가?"
"아녀요, 아직 헛간 하나 남았잖유, 지들은 거기서 잘랑게요!"
"아따, 그런 말 말어…. 사람이 어찌?"
"아제가 우리 봉식이 다리에 낫 던졌지라?"
"아…, 그건 참말로 미안허게 되았구만…. 그래도 마을 사람들이 봉식이 죽일라고 한 거 내가 말렸어!"
"일단 술상이나 일로 가꼬 와 보슈!"

다음 날 그는 마을 사람들을 모두 소집하더니 자기 아버지 돌아가신 대밭에 갔다.

"우리 아부지 최 상자 갑자, 우째 죽인지 기억나요? 죽창에다 이라고 푹푹 쭈셔 댔지라? 울 엄니는 또 어뚜고 죽은 줄 아요? 불에 태워브렀어라우, 시상에 집에서 말도 제대로 못 한 그 양반을, 당신들이!"
"어이 봉철이, 참말로 미안헌디 우리도 몰랐당께…."
"아니 고래 가꼬 무슨 임병헐 짓들을 헌가 모르겄어? 이기지도 못헐 싸움 아녀?"
"어따 우리가 거슥…, 잘못혔드랑께…."
"아니 호랑이 죽이겄다고 토깽이 몇 마리가 날뛰믄 쓰겄어?"

마을 사람들은 기세등등한 봉철 앞에서 이전보다 더 죄인이 되었다. 봉철이 대신 봉식일 죽이자고 그렇게들 했으면서, 이젠 서로 자기가 말렸다고 거짓을 지어냈다. 상갑을 죽일 때도 자신은 처음엔 아니었다고, 자기는 조금만 찔렀다고들 말이다. 봉철은 사람들의 그런 말에 두식이 알려 준 대로 웃고만 있었다.

"어따, 우리 구장님 이제 맘이 풀리셨구마잉!"
"내가 인자사 두식이 형님 말씀을 이해할 것 같소!"
"…?"

사람들은 봉철의 의중을 몰라 당황했다. 두식이 누군 줄도 모르는데 그의 말을 이해한다는 게 무슨 말인지 몰랐다.

"내 맘 같아선 이 마을 사람들 다 씹어 먹어 불고 싶지만, 내 다 참고 이 마을에선 딱 한 집만 건들라요! 우리 아버지 죽인 그 살인자 말이요, 공산당 믿고 얼씨구나 까분 딱 한 사람 말이오!"

사람들은 다시 수군거렸다. 봉철의 말 중에 살인자, 공산당이 아닌 자가 누가 있으랴, 절로 제 발이 저려, 앞다투어 봉철의 집을 수리해 주고, 먹을 것을 가져다주며 그의 눈치를 살피게 되었다. 혹시라도 정성이 부족해 자기 집이 난리 날까 노심초사, 전전긍긍하며 치성을 드리고 있던 차였다. 유독 딱 한 집만 빼고 말이다.

"인자 어르신도 한물갔제!"
"그려, 그 집만 건들고 울 집은 피해 갔으믄 좋겄네~"

사람들의 수군거림에는 아무래도 어르신이 어서 십자가를 지고 죽길 바라는 마음이 가득했다. 그 집 대문에 쓰인 '살인자'란 글귀를 지우면서 첨식이 말을 했다.

“이제 동네가 변했네. 그렇게 살기 좋았던 동네가….”
“전부 봉철이 편들고 있구만요.”
“다들 지 살려고 그러는 거야. 우린 목에 칼이 들어와도 그린 못 허지.”
“암요, 최 씨 고집을 누가….”
“이 마을에 최 씨 아닌 사람이 누군디?”

살짝 웃음이 번졌지만 그 말을 끝으로 긴 침묵이 흘렀다. 어디로 가야 할지 모르겠다. 서울로 올라가서 지인들을 만나고 통사정을 하면 해결될 일도 있겠지만, 그런 게 정답은 아니었다.

“불구대천이라더니….”
“이제 우리도 공산당을 따라 올라갈 수밖에 없겄네.”

부모님의 결정에 혜진은,

“작은 오라버니 오는 거 보고 가믄 안 된당가?”

작게 물었다. 사실 들으라고 물어본 것도 아니고 혼자 하는 소리였다. 어쩔 땐 미운 맴생이처럼 굴기도 했지만, 장손이 될 조카도 없는 마당에 장남 아닌가 해서 나온 말이다. 기약이 없다는 것을 안다. 알아도 핏줄이 그런 게 아니겠나? 부모님의 멈칫함이 눈에 들어왔다. 그 틈을 놓치지 않고,

“하루만, 딱 하루만 응?”
혜진의 설득에, 아니 하나 남은 아들 걱정에 정말 딱 하루만 있기로 했다.

‘우리 성현이가 빨치산도 좋으니 인민군이랑 합심해서 봉철 그 한 놈만 죽여 블믄 딱이겄

구먼!'

하지만 세상일은 첨식의 생각과 전혀 반대로 돌아갔다. 저녁도 지나 다들 자려고 준비하던 시간에 완장과 칼을 차고 봉철이 그 집을 찾았다. 마을 사람들은 횃불을 들고 따라왔다. 하나같이 잔뜩 겁에 질린 표정이다. 봉식이만 신이 나서 춤을 추고 있었다.

"어이, 아제! 참말로 방갑소잉!"

방문을 열고 거침없이 들어오는 봉철에게,

"거그 문지방은 넘지 말고 잠시 기다리시게…."

하고 말렸다.

"아따, 지가 이 방에서 공부한 지가 몇 년인디 들어오지 말라 그요?"
"개, 돼지는 방에 들이오는 게 아니라 마당에 있는 것일세!"
"워메… 우리 아제도 참…, 디질라고 용을 쓰요!"
"나가 있게! 내 의관 차려입고 나갈라네."
"그라시오. 지는, 아니 쇤네는 밖에서 개 주인 바라보듯 보고 있을라요!"

곧 죽게 생긴 마당에도 첨식은 여유가 넘쳤다. 봉철도 질세라 여유를 부려 보지만 첨식의 기개만 못했다. 그 모습을 보고 사람들은 조심조심 멍석을 깔았다.

"우리가 원통해도…, 여그가 끝인가 보오…."
"휴~ 자식 죽고 하루도 편할 날 없었는디, 인자 우리 성균이 곁으로 가네요."

그들은 의관을 단정히 차려입고 문을 열고 나왔다. 마을 사람들 모두 고개도 들지 못하고 있었다.

“사람 잡는데 몽둥이가 웬 말인가? 그것은 개, 돼지 잡는 데 쓰는 것이야!”

어르신의 불호령에 다들 들고 있던 몽둥이를 슬그머니 뒤로 감추었다. 마을 사람들의 우왕좌왕하는 모습을 보고 봉철은 더 역정을 냈다.

“아니, 우리 아버지 죽일 때는 몽둥이에 죽창으로 그리 쭈셔 대고, 인자 법을 집행해야 쓴디, 와들 그라고 조용허데요? 아, 빨갱이여라! 빨! 갱! 이!”

모인 사람들 중에서 빨갱이가 아니었던 사람들은 없었다. 인민군이 들어올 때 다들 환영했던 기억이 있고, 그 전에 봉철을 죽이기 위해 다들 남로당에 입적하지 않았던가? 봉철의 의도가 빤히 보였다.

“이 자는 공산당이오, 아니오?”
“….”

아무도 대답하지 않았다. 오히려 묶여 있는 자가 되레 큰 소리를 내었다.

“내가 먼저 한마디 하겠소. 지금은 어지러운 세상을 만나 득세하긴 했지만, 머지않을 것이오. 내 하늘에서 반드시 그날을 보리다! 봉철이 저놈이 어찌 망하는지….”
“내 뭔 복을 타고 났는가, 부부가 한날한시에 같이 죽는 복도 누리고 가오!”

봉철은 안달이 나서 한 번 더 큰 목소리로 마을 사람들을 노려보며 외쳤다.

"이 자가 공산당이라고 말하지 않은 것을 봉께로, 다들 공산당인가 보오? 통비라는 거 모르요?"

"아… 아녀…, 우리는 공산당이 싫소!"

"그람, 그람, 우리는 공산당은 아니제…."

"저기, 저 어르신이 인공기 들고…."

그중에 인공기를 들지 않았던 사람은 아무도 없었다. 누군가의 그 말이 끝나지도 않았는데, 마치 재판관이나 된 것처럼 수첩을 펴고 읽기 시작한다.

"이 자들은 김일성 원수 놈의 도당으로, 빨갱이 짓을 하며 우리 양민들의 고혈을 짜내어 호의호식하며, 무고한 양민들을 죽이려 하였으므로 즉심에 회부하여, 이에 사형을 선도한다."

봉철의 칼이 첨식의 목을 갈랐다. 그리고 놀라 쓰러진 그의 아내의 배를 찔렀다.

"이… 이제…, 그만혀도 되깄소…."

더 찌를 곳 없이 찌르고도 계속 찌르고 있는 봉철을 누군가 만류했다.

"테… 텐찌에…, 민나… 헉헉… 교산또데쓰닷!"

봉철은 칼을 버리고 희번덕거리는 눈으로 마을 사람들을 다 노려봤다. 마을 사람들은 공포에 사로잡혔다. 누가 봐도 그는 정신이 나가 있었다. 봉식이는 어르신 내외의 죽음도 모르고 계속 춤을 추고 박수치고 웃다가, 이내 측간 쪽으로 가서 한참 앉아 있었다.

봉철이는 나가다 말고 멈칫하더니,

"가만, 여그 딸년들이랑 아들놈도 있었는디, 니 어디 있는가 보고 온나!"

봉식인 형의 말을 듣고 여기저기 건성으로 찾다가 측간 옆에 있다가 입만 헤~ 벌리고 다시 봉철에게 왔다. 어이없는 봉철은 발로 봉식이 엉덩이를 걷어차며,

"가자!"
라며 마을 사람들을 다 데리고 떠났다. 이미 부모를 죽인 마당에 힘도 없는 여자아이들 죽인다고 해 봐야 득 될 것도 없고, 동생들이 어딘가 있어야 성현이가 다시 돌아올 것이란 생각이 스쳤던 것이다. 대신 봉식이의 의중이 궁금했던 차였다. 생각이 있는 놈인지, 없는 놈인지 그 일로 알아보고 싶었다.

1950년 10월 14일 저녁의 일이었다. 6.25 한 달 만에 담양은 인민군 편이 되었는데, 두어 달 만에 공산당 소리만 들려도 이불속으로 숨어 들어가야 했다. 봉철을 죽이자고 그렇게들 난리가 나고 똘똘 뭉치더니만, 막상 돌아오니 다들 봉철의 편으로 돌아선 것이다.

"내…, 내일부터섬 경찰이 돼 가꼬 올랑께, 잘들 꼼짝 말고 자알 있으시오…."

봉철은 다음 날 서북청년단을 했던 사람들의 추천으로 경찰이 되었고, 그 후론 육군 11사단 20연대 1대대와 함께 담양읍 내 잔적 소탕전에 나섰다. 짧은 머리에 곰 같은 몸집으로 줄곧 최○○ 대대장 주변에서 맴돌며 열성적으로 소탕작전에 참여한 끝에 공로를 인정받았다. 패잔병에 불과한 이들을 죽이는 건 파리 죽이는 것보다 쉬운 일이었다. 옷이나 칼에 피가 묻는 게 귀찮을 뿐이지, 사람을 존중한다거나 불쌍히 여긴다거나 하는 마음은 처음부터 가지고 태어나지 않은 것처럼 행동했다.

부모님이 돌아가신 그날 밤의 일이다. 혜숙이가 밤에,

"언니 나, 응가~"

혜진인 비몽사몽에 혜숙이를 데리고 나와 측간에 갔다. 소도 없는 축사 창고 옆 측간에서 혜숙이가 일 끝내기만 기다리고 있었는데, 갑자기 주변이 소란스러워졌다. 혜진은 얼른 측간에 같이 들어가 혜숙의 입을 막았다.

"헉!"

봉철이가 나타난 것이다. 봉식이도 얼싸절싸 횃불을 들고 춤을 추며 따라왔고, 그중에 마을 사람들까지 대동하고 온 게 보였다. 뭔가 말하려던 혜숙의 입을 얼른 막으며,

"니 암말도 말어, 울음소리도 내믄 인자 우리 둘 다 죽어!"
다급히 말했다. 10월 밤이라 서늘한데도 혜진은 비 오듯 땀을 흘렸다.

이윽고 봉철이 부모님을 칼로 죽이는 끔찍한 장면을 목격하고야 말았다. 그 광경을 보면서도 아무 말도 하지 않고, 머릿속엔 오직 혜숙일 지켜야 한다는 생각밖에 나지 않았다.

봉철이는 나가다 말고 멈칫하더니, 봉식이 보고 자기들을 찾아오란 소리가 들렸다. 집에서 한식구처럼 밥 먹고 술래잡기하며 놀던 봉식이가 모를 리 없다.

딱 반푼이어서 다행이었다. 봉식이는 혜진, 혜숙이 숨어 있는 바로 앞까지 왔다.

"저리 가! 저리 가란 말여!"

혜진이 다급하게 봉식을 밀어내며 당부를 했다. 어릴 때 정성껏 가르친 게 다행인지 불행인지는 잠시 후에 판결이 났다. 그는 무슨 정신에서인지 신나서 춤을 추고 형에게 왔다.

봉철이는 동생의 엉덩이를 걷어차며 마을 사람들을 해산시켰다.

"오늘은 내가 기분이 좋은께로, 여서 해산허시오…. 나는 내일 서에 들어가 보고할랍니더. 욕봤소!"

능글맞게 웃더니 봉철이 부모님의 수급을 가져갔다. 그러고도 혜진, 혜숙은 나가질 못했다. 한참 후에 마을 사람 누군가 다시 와서 덥석 절을 하더니 거적을 덮었다.

"아이고, 어르신! 지들도 살라믄 우짤 쑤가 없었시오, 나가 낼 밝은 대로 장사 지내드릴랑께 고저 아무 원한 말고 저승 가이시더!"

이미 다 나가고 쥐죽은 듯 조용하기만 한데 한참이 지나도록 측간에서 나올 수 없었다. 부모의 죽음에도 부모의 시신이 겁이 나기도 했거니와, 언제 올지도 모를 사람들이 두렵기 때문이었다.

이윽고 날이 새고 마을 사람들이 니아까(리어커)에 시신을 수습하고 나가는데도 나갈 수 없었고, 그 밤이 되어서야 겨우 일어날 수 있었다. 하지만 입을 막고 꼬박 하루를 버텼더니 둘 다 기진맥진해 다시 쓰러지고 말았다.

"에취–"

코에 매운 냄새가 나 눈이 떠졌다. 산초 냄새다. 먼저 동생 울음소리가 들렸는지 몸이 깨지도 않았는데 무의식적으로 후다닥 동생을 끌어안았다.

"…?"

눈을 떠 보니 전혀 모르는 곳이다. 처음 본 광경, 좁디좁은 곳에 벽이건 천장이건 바닥이건 덮고 있는 것이건 온통 거적이 덧대어진 곳이다.

"인자 정신이 좀 드냐?"

작은오빠였다. 하루 차이로 살아남을 수 있었지만, 그보다 하루 전만 왔었어도 모든 식구들이 살아남아 함께 도망갈 수 있었을 것이다. 그래도 그나마 그때라도 와서 두 동생의 목숨을 살릴 수 있었다. 쥐죽은 듯 고요한 집에 몰래 들어왔다가 측간에 갔더니 동생 둘이 쓰러져 있는 것을 보고 얼른 자기들의 땅굴 요새로 데려온 것이다.

"부모님은?"
"으으으…."

혜진인 뭐라 말을 하려고 했는데, 어쩐 일인지 입에서 소리가 나오질 않았다. 겁이 덜컥 났다.

"으으윽!"

목에 커다란 가시가 걸려 있는 느낌이었다. 말을 하려면 목구멍에서 단단한 무언가 가로막아 버린 느낌이 든다. 얼른 일어나 밖으로 나가 토를 하려고 했지만 나오는 것도 없었다.

"옴마, 너무 놀래서 벙어리 되아 브렀는가 봐야!"

옆 사람 말에 더 놀라 울음이 나오려는데 턱도 벌어지지 않아 끄윽, 끄윽 소리만 나왔다. 말로 이길 사람 없다던 똑순이가 이젠 말도 못한다는 사실에 겁이 덜컥 나서 더 말이 나오질 않았다. 돌이켜 보니 하루 꼬박 어금니를 물고 온 힘을 다해 울음을 참느라 부들부들 떨

고만 있던 일이 기억났다. 그리고 뒤늦게 드는 생각이,

'오라버니 올 때까지 기다리란 말만 안 했었더라면 부모님은 사셨을 껀디….'

하지 말아야 할 말을 했단 죄책감이 그녀의 말문을 닫아 버렸을까, 하루 밤낮을 꼬박 동생의 입을 틀어막고, 온 힘을 써서 자기 입을 틀어막다 보니 그랬을까? 마침 깨어난 혜숙이 언니를 대신해 사건의 전말을 이야기해 주었다. 뒤죽박죽된 정황이지만 모인 사람들은 대충은 알 것 같았다.

"봉철 아제가…."
"내 이 새끼들을 그냥!"

하지만 힘이 없었다. 용흥사 빨치산들도 이미 패잔병이나 다름없다. 한때는 국군들도 어찌 못할 힘이었으나, 지금은 다들 도망치기 바쁘다.

"인자 애들도 인났응께, 여그 다 정리허고 지리산으로 합류합시다."
"그짝도 토벌 작전이 엄청나다 하더구만유."
"그래도 별 수 있겄어? 여서도 디지고, 거서도 디진디…, 우리 이런 일을 장군님은 알아주실랑가?"

혜진은 자기의 말 못 하는 사정을 그대로 받아들이기로 했는지 이내 잠잠해졌다. 울 기력도 없지만, 더 이상 울고만 있어도 안 되었다. 생전 어머니의 머리에 묶여 있던 머리띠로 질끈 동여매었다. 두 바퀴를 돌려도 남을 정도였다. 그녀는 다시 풀어 서둘러 글을 쓰고선 그곳을 잘라냈다.

"부모님은 할 말 다하시고 돌아가셨는디, 지는 인자 할 말 못 하고 살아가야 되겄
구만요, 아버지가 무서울 적 많았는디, 시방은 무서운 아버지가 안 계시니까 더 무
섭구만요. 그래도 혜숙이는 반드시…"

아쉽지만 길게 쓸 여유가 없었다. 적을 공간도, 시간도 부족했다. 당장 출발하자고 채근하는 성현의 성화에 어디로 가야 할지도 모르고 무작정 나서야만 했다. 나와 보니 불에 다 타 버린 절간 구들장을 개조해 만든 비트였다. 용흥사 앞 부도군 세 번째 탑 근처 돌 틈이 가장 넓어 보여 그곳에 끼워 두고 합장만 하고 그 자리를 떠났다. 이전 바심재 사건에서 노획한 경복과 신분증으로 위장하고는 트럭 한 대를 훔쳐서 그나마 수월하게 이동할 수 있었다.

"우와!"

이들이 지리산으로 들어온 날, 중공군이 12일부로 가세를 하였다는 소식도 함께 전해져 반란군들은 모두 함성을 질렀다. 국민당에 쫓겨 그 넓은 대륙의 18개 산맥을 넘고 24개 강을 건너면서 도리어 승리한 중공군의 가세라면 이 작은 한반도 땅에서는 충분히 이길 수 있겠다 싶었다. 소련의 지원도 있을 것이고, 북한의 공산당과 남로당이 모두 힘을 합치면 이제 이길 수 있겠다는 생각에 저마다 환호한 것이다.

"참으로 좋은 날 잘 오셨소. 내 동무의 활약상에 대해 익히 들어 알고 있소! 동무는 20명의 소대와 함께 가맛골(담양)에 가서 노령지구 사령부에 이 편지를 주도록 하오! 그곳에서 주둔하며 교란작전을 펴도록 하시오."

겨우 담양에서 빠져나왔다 했는데, 다시 담양으로 돌아가라고 했다. 차도 반납해야 했고, 경복과 신분증까지 반납하고서 말이다. 무기도 일부는 내어놓아야 했다. 정말 내키지 않았다.

'처음부터 가맛골로 들어가게 할 것이지, 이게 뭐야?'

부대원들도 같은 생각이었다.

"아니, 이게 우리가 고생해서 얻은 걸 이렇게 순순히 내어놓고 우린 가는 길에 죽으란 소리네?"
"그래도 장군님이 다 생각이 있으신 게지! 여기가 무너지믄 남로당은 전멸이오!"

오는 길 내내 부대원들은 처사에 대한 불만도 토로했지만, 4만 리(15,000㎞)를 돌아다닌 중공군에게 남북한 3천 리(1,100㎞)는 아무것도 아니겠거니, 계룡산으로 작전을 나가서 후퇴하고 있는 정부의 뒤통수를 친다든지, 아니 못해도 지리산, 아니 속리산까지만이라도 와준다면 얼마든지 그들과 함께 북한으로 돌아갈 수 있을 것이라 저마다 다양한 의견을 내놓았다. 하지만 성현의 생각은 달랐다.

"리현상 대장군께서는 우리보고 분명히 교란작전이라 하셨소. 우린 지금 지리산 부대가 들키지 않도록 교란시키는 게 임무요, 그렇다고 우리는 마냥 교란작전만 하다가 죽을 순 없는 노릇이오, 우린 기습을 받을 것을 대비해 지금부터 가맛골 가는 길까지 비트를 만들어 두어야 하오! 그래야 그곳에서 당하더라도 이쪽으로 숨을 수가 있소!"
"아니, 곧 중공군이 여꺼정 내려올 것인디…."
"중공군이 여기까지 내려오긴 어려울 것이오. 내려오면서 모든 인민이 중공군과 연합하면 국공내전처럼 성공하겠지만 지금 시국으론 어려울 것으로 보이오."
"아니, 무슨 그런 약한 소릴…."
"우린 가맛골에서 군경들과 한 차례 싸워서 교란작전을 펼친 뒤, 모두 남원으로 도망했다가 태백산맥을 타고 월북할 것이오! 이것도 빨리 하지 않으면 클나오. 가맛골에서 중공군 기다리다가 개죽음당할 바에야 강원도로 올라가는 게 나을 것이오."

대원들은 의심 가득했지만, 성현은 이미 치밀하게 구상해 두고 요지마다 비트를 마련하며 가맛골에 들어갔다. 물론 헛굴로 위장해 둔 곳도 있었다. 이런 게 나중엔 정말 큰 도움이 되었지만, 그때의 부대원들에겐 귀찮기만 한 일이었다. 훗날인 1955년, 가맛골 소탕작전으로 그의 부대원 일부는 미처 피하지 못하고, 1,000여 명의 사상자 안에 포함되었다. 가맛골은 산세도 좋고 산성의 성곽도 튼튼하다, 안에는 물 좋고 식량도 넉넉하다, 그래서 떠날 줄 몰랐던 이들의 비극이 된 셈이다. 그런 사람들에게 아버지처럼,

"편안할 때 위기를 생각하고, 위기에서 기회를 엿보는 것이 우리의 살길이다."

성현의 외침은 공허하기만 했다. 나이도 어린 데다, 아버지에게 배운 한학으로는 공산주의 유물론 앞에서는 케케묵은 옛날 소리로만 들렸다. 나이도 어리다, 어린놈이 아는 체한다, 아는 체하는 게 공산주의와 맞지 않다 등 여러 잡음이 끊이질 않았다. 지리산에서 금성산성까지 열흘길을 산으로만 돌고 돌다 오니 꼬박 두 달이 걸렸다. 게다가 가맛골에 들어서니 다들 패잔병 취급을 하고 있었다. 가지고 온 무기도 신통찮고, 대규모 부대도 아니니 밥이나 축낼까 걱정을 하고 있던 것이다. 영웅 대접을 기대한 건 아니었지만, 그렇다고 서운할 정도로 취급하는 건 아니지 않은가? 그래서 그는 가끔 주둔지를 벗어나 추월산에 올라 멀리 삼인산을 바라보곤 했다. 금성산성 옆이 부처가 누워 있는 모양이라는 추월산이고, 그곳에 오르면 담양이 눈에 다 들어온다. 그리고 강 건너 삼인산의 미산마을도 다 보인다.

성현은 밤에 몰래 빠져나와 집에 들렀다. 누가 살진 않을까, 폐허가 되진 않았을까 걱정하는 맘에 복면을 쓰고 집으로 들어갔다. 하지만 집은 누가 살고 있기라도 한 듯, 소제가 잘 되어 있었다.

'누가….'

그 의문은 곧 풀렸다. 술에 취한 채 흥얼거리고 대문을 열고 들어오는 모습이 딱 봉철이였다.

"텐찌에 민나…."

그 역시 복면 괴한이 있는 줄 눈치챘고, 복면에 드러난 눈으로 성현임을 직감했다.

"니 성현이제?"

성현은 이전 트럭을 쐈을 때의 기분을 떠올렸지만, 손이 떨렸다. 너무 흥분했다. 게다가 바심재에서 죽은 경찰들이 생각나 버렸다. 하지 말았어야 할 생각이란 탓에 침이 더 말랐다. 그래서였을까, 봉철이 주춤거리며 품속에 손을 넣으려는 동작이 보이자 너무도 급하게 총을 쐈다.

– 탕!

"으악!"

봉철이 얼굴을 감싸며 비명을 질렀다. 비명 소린 아직 죽지 않았다는 뜻이다. 이제 흥분도 가라앉혔고 다시 총을 쏘면 충분히 죽일 수 있겠다 생각해 총을 다시 겨눴다.

– 철컥, 철컥

하지만 총이 말을 듣지 않았다. 가맛골에서 어린 성현에게 뭐 그리 대단한 총을 줬을까? 시원찮은 권총이었다.

"에잇!"

성현은 쓰러져 나뒹굴고 있는 봉철에게 칼을 들고 갔다.

"무슨 일입니꺼?"
"아이고, 구장님!"

마을 사람들이 갑작스런 총소리에 모두 죽창을 들고 왔다. 동네 사람들, 얼굴을 보면 다 누군지 알 수 있다. 얼마 전까지만 해도 아버지를 따라다니던 사람들이었다. 마을 사람들도 성현을 알아보았다.

"자… 자네, 이… 이상은 말게!"
"날 빨치산으로 보내 저놈 죽이라고 할 때는 언제고, 이젠 그놈 못 죽이게 한다요?"
"그기… 인자 시상이 바뀌 가꼬…, 어쩔 수 없잖냐?"
"으악! 빨리 저놈 죽여!"

봉철은 악을 쓰며 성현을 죽이라 떼를 부리며 나뒹굴고 있었지만, 마을 사람들도, 성현도 꼼짝할 수 없었다. 긴박한 대치 상황이지만 서로를 죽일 마음은 없다.

"어이, 자네 그냥 가게!"

마을 사람들도 이렇게 죽창 들고 겨눌 처지가 되질 않던 것이다. 사람들이 봉철이를 감싸는 사이 몰래 성현은 마을 사람들의 흔들리는 눈빛을 읽고, 얼른 담장을 뛰어넘어 산으로 도망갔다. 봉철인 성현이 쏜 총에 귀를 다쳐 한쪽을 잃게 되었다. 마을 사람들은 서둘러 그를 치료하느라 그를 안고 갔지만, 그는 왜 성현을 그만 놓아 주었는가 마을 사람들의 멱살을 잡고 달려들었다. 피 묻은 손으로 이 사람, 저 사람 멱살에 온통 피를 바르며 말이다.

그 후로 성현은 미산으로 가지 못했다. 그는 들어줄 사람도 없는데 스스로에게 임무만 핑계대고 있었다. 성현의 부대는 교란작전이 임무였으니, 성동격서(聲東擊西)에서 성동을 맡은 셈이다. 지리산과 금성산성을 지키기 위해 한쪽에서 난리를 만들고, 다른 부대가 더 큰 일을 만들어 내는 식이다. 교란작전으로 성현은 당시 국군이 발행했던 국민증(주민등록증)을 위조해서 부대원들과 함께 공유해 잘못된 정보를 군경에 넘기거나, 출동을 방해하는 식으로 활동했다.

한편 봉철은 담양경찰서에 근무하면서 그곳에 주둔한 부대와 함께 부역자들을 고문하는 일을 도맡아 했다. 자진해서 부역을 했거나, 인민군의 횡포에 무서워서 부역을 했거나, 혹은 부역을 하지 않고 잘 숨어 있었거나 중요한 게 아니었다. 그저 아무나 죽이고 부역 혐의만 씌우면 되는 일이었다. 그게 복수보다 쉬웠고, 화풀이하기에 더 좋았던 모양이다.

"텐찌에 민나 교산또데쓰다!"

그는 이 말을 입에 달고 살았다. 술을 먹어도 그 소리였고, 누군가를 죽이기 전에도 그 소리였다. 그의 고문으로 얻은 정보를 토대로 국군은 덕곡리, 산성리에 가서 비무장 피난민들을 죽였다. 봉철은 이 작전의 공으로 일 계급 더 승진할 수 있었다.

1951년 7월

가맛골에 있던 성현의 부대는 그즈음 회문산으로 이동하였다가, 남원군 보절면 천황봉으로 옮기게 된다. 회문산과 천황봉 일대는 전북도당이 밀집되어 있고, 지리산 달궁을 중심으로 가장 긴밀하게 움직일 수 있는 중요한 곳이었기 때문이다. 성현의 부대가 새로 맡은 임무는 '작전조'였다. 전투보다는 경계가 소홀한 곳을 찾아 지리산과 덕유산으로 길을 만드는 일이었다.

"내 전에도 말했듯이, 이번 작전은 내 특별히 지원하였소. 동무들은 모쪼록 덕유산에서 속리산까지만 연결해도 설악산으로 올라갈 수 있을 것이오! 그케 되믄 북녘으로 올라가 영웅 대접도 받을 수 있을 것이오!"

하지만 당장 먹을 것 하나 제대로 된 게 없었다. 낮은 야산의 나무껍질이라도 이미 먹은 지 오래고, 풀 한 포기나 뿌리 터럭 같은 것도 별로 남아 있질 않았다. 산 아랫사람들이야 전쟁통에 멀죽(밥알이 동동 떠 있는 정도의 숭늉)이라도 먹지, 산속에선 그마저도 귀해 흙이라도 집어먹지 않고선 견딜 수 없었다. 쥐나 개구리는 고마울 정도였다. 고운 흙이라도 발견하면 체로 쳐서 물로 진흙을 만든 뒤 죽으로 떠먹은 날도 있었다. 당장 죽지만 않으면 그걸로 다행이었고 기적이었던 셈이다.

"우리는 굶어 죽어도 약탈하지 않는다!"

이미 굶다가 지친 사람들이기에 그 말이 얼마나 무거운 말인지 알고 있다.

“그럼 경찰 간부 집이라도 털믄 안 되겠소?”
“아니오, 우리가 놈들과 똑같이 굴면서 혁명이 이루어지진 않다고 봅니다.”
“그럼 우린 어찌 사오?”
“다행히 우리 부대에 성철 동지가 있소.”

남원 출신 심마니로 새롭게 들어온 사람이다. 인월이나 운봉까지 그의 발이 거치지 않은 곳이 없었다. 사람들에게도 그는 빨치산이 아닌, 그냥 산에 사는 누구였을 정도였다. 역시 회문산 일대에도 임시 거처가 있어 그들은 한 가족이 사는 것처럼 거주할 수 있었다. 그래도 성현은 구들장을 열어 또 땅굴을 만들어 이중 피신처를 마련했다.

“자, 남은 동무들은 약초를 캐고 벌을 키우면서 루트를 확보하도록 합시다.”

혜진과 혜숙은 어린 나이에도 전쟁 연습을 해야 했다. 너무 어리니 칼을 숨기고 있다가 불쑥 급소를 공격하거나, 약초나 독초를 잘 모아 말렸다가 요긴하게 쓰는 일, 다른 사람의 흔적 지우는 일 정도였다. 할 말이라곤 딱히 없었고, 배울 것도 없었다. 그녀가 사용하는 수화도 주변 사람들만 알아들을 수 있는 정도였다.

그러던 어느 날, 수상한 민가가 있다고 해서 11사단에서 직접 순찰을 나왔다. 당시 그 부대는 견벽청야(堅壁淸野)[22] 작전으로 악명이 높았다.

“얼른 숨으시오!”

22 《삼국지(三國志)》의 〈순욱전(荀彧傳)〉에 나오는 말로 당시 11사단장 최덕신이 부역자와 빨치산, 양민을 가리지 않고 학살한 것을 말한다. 후에 그는 거창양민학살을 이유로 직위해제 되었다가, 1986년에 월북하여 그곳에서 지냈다.

겨우 구들장 밑으로 피했다 싶었는데, 집주인과 함께 두 자매가 남게 되었다. 성현은 총을 꺼내 들고 숨죽이며 지켜보았다. 그들은 일단 총부터 겨눴다.

"여기 사시오?"
"네, 지가 여그서 약초 캐다 팔고 삽니다."
"그라믄 부역했겄네? 얼른 죽이고 넘어가블자고!"

그들은 그냥 산에 살고 있다는 것만으로 사람을 죽이려 했다. 젊다고 죽이고, 늙었다고 죽였으니 지금 붙잡힌 이들이야 발에 밟혀 죽기 직전 벌레 정도로만 느끼고 있었을 뿐이었다. 총으로 쏘기도 아까워 생매장을 결정했다. 땅도 이들보고 파라고 했다. 성현은 총구를 바깥으로 살짝 빼냈다. 하지만 숫자가 비교도 되지 않을 만큼 많았다.

"이기가 인자 죽을 자리여!"

갑자기 혜숙이 울면서 다급하게 누군가를 불렀다.

"오라버니, 오라버니! 지 쪼까 살려 주쇼!"
"뭐여? 누구여?"

갑자기 병사가 달려왔다. 미산에서 같이 살던 동네 오빠를 보고 혜숙이 용케 기억한 것이었다.

"예, 실은 제 친척 동생 되아라…."

미산이 최 씨 집성촌이다 보니, 이러저러 이름 따지고 들면 친척인 경우가 많았으니 사실이다.

"그믄 빨랑 말하제! 여그는 언니여?"
"울 언니는 인민군헌티 놀래 가꼬 벙어리 되아브렀어라우!"

혜숙의 울음에 다들 딱했던지 다들 주저하고 있었다. 그러던 중, 다른 부대가 또 왔다.

"영감님! 여기 계셨군요!"

사경을 헤매던 사람을 약초로 고쳐 주었던 일이 있었는데, 그가 경찰의 고위 간부였고 마침 그가 그곳에 나타난 건 그야말로 천운이었다. 그렇게 죽음의 그림자가 그들을 비켜 가게 되었다.

한바탕 죽을 위기를 모면하고, 아주 오래간만에 명령이 하달되었다.

"이번 작전은 남부군 총동원령으로 장수 장계 경찰서를 습격하여 위대한 혁명의 뜻을 이어받아 일제 시절 약탈을 일삼아 온 도당을 잡아 혼내 주고, 인민들에게 혁명정신을… 리현상 대장께서 직접 하달하신 거임다."

작전이 언제인지는 추후 공개이다. 모처럼 잡은 기회라 잘못 누설되면 큰일이라, 준비만 바짝 당겼다.

"니미럴, 인자 이 총에 때깔 좀 내겄구먼!"

다들 숨겼던 총과 끌, 도끼와 칼에 기름을 칠하고 준비를 하느라 부산하다. 총알 하나하나 다 꺼내서 이리저리 살펴보며 정성껏 닦아 두었다. 한참 준비를 하고 있는데, 마침 어디선가 멧돼지가 뛰어와 올무에 걸려 꽥꽥거리는 것이었다.

"언능 물이나 끓이시오!"

올가미로 목을 걸어 한쪽은 나무에 묶고, 발에 묶인 올무를 푼다, 멧돼지는 흥분을 못 이겨 미친 듯 나무를 빙빙 돌다가 픽 쓰러지게 되어 있다. 그러면 망치로 정수리를 깨면 끝난다. 목에 뜨거운 물을 붓고 목을 갈라 나오는 선지를 받아 마시며 말을 꺼냈다.

"이기 도대체 얼마 만에 기름칠하는 건지 모르겄네."
"총도 닦고, 배 속도 닦고! 얼씨구~"

내장은 따로 빼내어 삶고, 고기는 삶아 먹고, 모두 거하게 먹고 무탈했는데, 하필 혜숙이가 탈이 났다. 얼마 만에 먹는 고기인가 싶었는데, 하필 덜 익은 고기가 말썽을 일으켜 계속 구토와 설사를 하니, 여기저기서 토사광란(지금의 콜레라)이라고들 하였다. 이 때문에 혜진이도 작전에서 제외되었다. 어차피 나이도 어린 데다 말도 통하지 않아 놔두고 가려는데 동생을 구실 삼았다.

"니는 숙이도 아풍께 꼭 지키고 있어. 한 이들이년 옹께로 벅을 건 읎다. 으짜피 숙이도 먹으믄 안 되고, 니야 잘 참응께…, 니들 참을 수 있겄제? 이번엔 먹을 것 많이 가꼬 오께."

혜진이 고개를 끄덕였다. 이틀 굶는 건 대수도 아니었으니 그땐 그러마 했다. 그러나 웬걸, 나흘이 되도록 돌아오는 소식도 없고 산속은 고요하기만 했다. 나흘이 지나도록 먹은 게 없고, 오마던 오빠의 소식도 없다. 동생에겐 겨우 물이나 먹일 뿐인데 먹는 것보다 배나 되는 양을 다 토해 낸다. 자기도 못 먹어 어지러울 지경인데, 그녀가 할 수 있는 것은 거적에 물을 묻혀 시원하게 닦아 주는 것만 가능했기에 정말 아무것도 하지 않고 그것만 했다. 그러나 나흘째 되는 날엔 뭔가를 먹어야 했고, 먹여야 했다.

"혼자 나가면 죽어야…."

오빠와 그곳에 있던 모든 사람들의 당부였다. 이 말을 어기고 밖으로 나왔다. 이미 여름 한철이라 어지러울 정도로 뜨거운 날이었다. 군인들도, 마을 사람들 눈에도 띄면 안 되는 입장이라 차라리 벌건 대낮 사람들도 더워서 돌아다니지 않는 시간이 더 나았다고 판단한 모양이다. 어디인 줄도 모르고 동네가 훤히 보이는 곳까지 왔으니 위험했지만, 개의치 않았다.

'저기다.'

오르기 어려운 절벽에 칡잎이 딱 하나 보였다. 칡잎도 아니고 칡용, 덩굴의 제일 끝부분이 눈에 들어온 것이다.

진한 녹색 줄기를 따라 뿌리가 저기 어디엔가 있을 것 같았다. 혜진이 오르려는 절벽이 여간 위태로운 게 아니다. 장비라곤 손발톱 말곤 없는 데다, 나흘 굶은 기력으로는 오를 곳이 아니었다. 한데도 혜숙이한테 칡을 먹이면 그래도 나을 것 같다는 일념뿐이었다. 거의 올라 이제 손을 뻗어 칡 줄기를 잡는 순간, 부들부들 떨던 팔에 힘이 빠졌고, 건조한 날씨로 발 밟은 곳이 무너져 버렸다.

"앗!"

놀랄 새도 없이 떨어져 정신을 잃고 말았다.

시간이 얼마나 흘렀는지 모른다. 평온한 꿈속, 미산 고향에서 놀던 그 시절이 보이는데 팔로 허우적거리기만 했다. 예쁜 목소리로 노래하는 자신의 모습이 보였고, 사람들의 표정에 웃음이 가득한 게 행복해 보였다. '이게 행복이다….' 생각하던 순간, 장면이 바뀌고 또 칡이 보였다.

‘아, 칡….’

정신이 반쯤 들자 칡을 캐던 꿈으로 또 이어졌다. 쓰러졌던 몸을 일으켜 보려고 애를 썼다. 밥만큼 귀한 칡이라 손을 뻗고 또 허우적거렸다. 그러다 또 미끄러져 낭떠러지에 떨어지며 자다 깨다를 반복하고 있었다.

“으….”

그런데 몸은 꼼짝할 수 없었다. 그리고 따뜻했다. 그리고 또 깊은 잠이 들어 버렸다. 아침 햇살에 눈이 부셔서 눈이 뜨였는데, 이제야 주변이 보였다. 가정집이다. 이런 집에서 살아 본 적도 없고, 이런 이불은 덮어 본 적도 없었다. 놀란 혜진은 얼른 이불을 박차고 일어나려고 했다. 하지만 몸이 뜻대로 움직이지 않고 어지럽기만 했다.

“좀 더 누워 있으렴.”

낯선 사람이다. 단정한 앞치마를 걸친, 난생 처음이자, 도무지 알 것 같지도 않은 사람에게 받는 호의였다. 그런데 웃는 사람의 뒤로 아뿔싸, 국군 군복이 걸려 있는 게 아닌가? 혜진은 놀라 벽 한쪽에 기대 쭈그리고 앉아 어쩔 줄 몰랐다. 이쯤 되면 어지러운 것도 이겨내야 했다. 잡히면 죽는다는 것 말고 다른 소릴 들어 본 적이 없으니 말이다.

“걱정 말고, 푹 쉬어!”

낯선 여자는 놀란 혜진의 머리를 쓰다듬어 주었다. 저항하려는 손은 그녀의 친절에 묶여 있었다. 품속에 은장도를 찾으려고 더듬어 보려는데, 손과 머리가 붕대로 칭칭 감겨 있는 것을 알게 되었다. 그제야 칡을 캐려다 떨어졌던 일이 기억났고, 이분들이 자신을 구해 주었다는 생각이 들었다. 여러 차례 자다 깨었어도 일어날 수 없었던 게 그 충격 때문이었나 보다. 둘러보니 하얀 가운이며 수술에 쓰는 도구들이 보였다. 이것도 처음 보는 것들이다.

“에구 어쩌다…, 암튼 여기는 안전하니까 푹 쉬어, 군의관 선생님 댁이야….”

꼭 헤어졌던 새언니의 모습을 본 듯 따뜻한 목소리였다. 그래도 혜진은 불안과 안심의 교차선에 있었다. 하지만 그녀의 눈물에 곧 의심이 풀렸다.

“나이도 어린 게….”

어린데 심하게 다쳐서가 아니라, 티를 안 내려고 무척 애를 쓰고 있는 게 빤히 보일 정도의 어린 빨치산이란 게 너무 불쌍했다. 씻은 게 언제인지, 이미 산속 땅굴에서 살아온 티가 너무 많이 났다. 상처를 치료하면서 동시에 오염이 되지 않게 깨끗이 씻겨야 했다. 버려도 아깝지 않을 옷도 조심히 빨아 다시 입혔다. 그래 보니 영양이 부족해 마른 것 빼곤 여간 인물이 고운 게 아니다.

나중에 돌아와 자신의 상처를 돌보는 군의관의 이름은 김철민, 서북 출신으로 동생과 함께 빨치산 토벌대로 내려왔으나, 성품상 군대와 별로 어울리지 않았다. 빨치산이건 양민이건 가리지 않고 죽였던 부대, 도끼로 목을 잘라 들고 웃으며 사진 찍는 이들과는 다른 부류였다. 그래서 그만 손을 놓고 싶었다. 하지만 죽어 가는 사람 하나라도 더 살리는 게 자신의 일이라 여겨 계속 군의관으로 복무하고 있었던 것이다. 사람을 살리려 의사가 된 마당에, 죽어 가는 빨치산이라고 내버려 둘 순 없었다. 동생은 그런 형에 대해 처음엔 불만이 많았다.

철민의 집은 대대로 철원 관전리에서 만석꾼 집안이었는데, 일제 강점기에 이미 절반 이상을 빼앗기고, 해방 후엔 공산당이 나머지 반을 빼앗으려 하자, 이에 서울에 공부하러 간 철민의 편으로 일찌감치 가산을 정리해 버렸다.

"우리 집은 이제 소작이오!"

아버지는 이 일로 인해 반동분자라는 죄목으로 흥남교도소로 수감되어 소식이 끊겼고, 남은 가족들은 빈털터리로 부역에 시달려야 했다. 그렇게 철원의 노동당사는 많은 이들의 부역과 죽음으로 지어진 건물이었다. 철근 하나 없이 순전히 벽돌만 쌓아 올려 3층 규모의 당사를 완공했는데, 비밀을 유지해야 하는 이유로 건물 내부를 지었던 이들을 다 죽였고, 짓고 나서는 더 많은 사람들을 숙청한 악명 높은 건물이 되어 버렸다.

철규 역시 어린 나이에 부역에 동원되어 노동당사를 지어야 했다. 등짐으로 벽돌을 나르는데 비계가 헐거운가 싶더니 이내 무너지며 땅에 떨어져 다치고 말았다. 그곳엔 다친 다리를 치료해 줄 병원이 없어 어머니는 큰아들이 있는 학교 병원에 보내 치료토록 했다.

"내, 다 책임지마!"
"아니, 어무이! 그러지 말고 같이 서울로 갑시다!"
"너네 아버지 오면 같이 갈란다…."

그게 마지막이었다. 서울로 도망가 버린 아들이 있다는 소식을 듣고 가만히 있을 사람들이 아니었다. 뒤늦게 넘어온 동향 사람에게 전해 들은 소식이 그랬다. 그게 공산당에 분개할 이유로 합당했다. 서울로 넘어왔어도 그의 다리는 한창 클 나이에 다친 이유로 짝다리가 되었다. 그나마 겨우 붙어 있기라도 해서 다행이지, 하마터면 다리를 잘린 채로 살았을지 모른다. 그렇게 4~5년 살다 보니 전쟁이 벌어지고야 말았다.

당시 정부에서는 다친 병사들을 치료해야 한다고 모든 의사들은 병원에 남으란 명령을 내리고 자기들만 피신했었다. 이 사실을 알 리 없는 철민은 병원에 남아 있었는데, 인민군이 들어오더니 닥치는 대로 죽이길래, 그 길로 몰래 빠져나와 부인과 동생을 데리고 피난길에 올랐다가 알고 지냈던 고향 사람들의 추천으로 군의관으로 들어가게 되었다.

“다 핑계야, 욕심이 죄를 낳고, 죄가 사망을 낳는 거야. 자본주의도 욕심이고, 공산주의도 결국 자기 욕심이지. 욕심이 충돌하면 결국 싸움밖에 더 나겠어? 성경에 희년이라는 게 나와. 희년은 50년에 한 번씩 인민 모두가 다 공평하게 되는 날이라고 해. 얼마나 기막힌 세상이야? 49년은 열심히 살고, 한 해는 모두가 행복하게 사는 건 얼마나 멋진 일이냐?”

형 철민은 자본주의, 공산주의 어느 쪽도 아니었다. 굳이 말하자면 기독교 사상이지만, 이것도 너무 미국적이라는 데에 약간의 반감은 있었다. 어릴 때부터 그렇게 자라 왔다. 항상 멀리서 바라보는 습관 때문에 세상을 벗어난 것처럼 보였다. 그는 게으르기보다는 다소 허약했고, 책을 좋아했으며, 책을 읽고 나면 꼭 뒷산에 올라 사색에 잠겨 있곤 했다. 어느 날은 머리를 빡빡 깎고 절에 들어가 살겠다고 하더니, 느닷없이 의사가 되겠다고 경성의대에 들어가자마자 동갑내기 간호사를 데리고 오더니 냉큼 결혼까지 해 버렸다. 숙맥이라 소문난 그의 행보가 그랬다. 천성은 늘 유순했고 낙천적이었지만, 그 속에는 정말 알 길 없는 그만의 세계가 따로 있었다.

동생은 형만큼 기이하진 않았지만, 맡은 일은 책임감 있게 잘 해내는 편이었다. 감정이 많이 드러나는 얼굴이랄까, 좀 더 귀여운 구석이 많았다. 다리를 다쳐 절뚝거려도 어떻게든 공산당을 죽이는 데 협조하고 싶었다. 그게 학도병을 지원한 이유였다. 하지만 부대에서는 행군도 못하는데 달리 총을 쥐어 줄 순 없어서 형이 일하는 병원 막사에서 소사로 있게 되었다. 이런 식으로라도 공산당을 무찌르는 데 도움이 될 수 있다면 그것만으로도 좋았을 만큼 철저한 반공주의자가 된 것이다. 하지만 내면엔 여린 성품이 있어선지 풍경 그리는 것을 좋아해서, 일이 없으면 그림을 그리러 나가곤 했다. 그리고 그가 그린 풍경화는 종종 작전 지도로 바뀌기도 했다. 그가 그린 그림 여러 장을 이어 붙이면 커다란 상황판에 작전 지도가 되는 식이었다.

“지도보다 낫네…, 자넨 진지 주변에서 그림 좀 그리게나! 다만 지원은 없으니 알아서!”

그날도 그림을 그리려고 돌아다니다 보니 진지에서 좀 떨어진 곳까지 오게 된 것이었다. 어차피 낮이니 빨치산도 돌아다니지 않을 것이란 생각이었다. 그렇게 걷다 보니 아래에서 볼 땐 몰랐던 절벽이 보였고, 좀 더 자세히 그려볼 양으로 가까이 다가갔는데 피투성이가 된 남루한 여자아이가 발에 걸린 것이었다. 처음에는 빨치산이라는 생각에 겁이 나서 숨었다가 다시 칼을 겨누고 앞으로 와서 악을 썼다. 호통을 치다가도 이내 또 걱정스러워 쳐다보았다. 자꾸만 눈이 가면서도 또 배운 대로 호통을 쳤다.

"소… 손들어! 우… 움직이면 쏜다!"

총도 없으면서 칼, 그것도 아직 갈지도 않은 손바닥만 한 작은 칼로, 작고 여리고 쓰러져 있는 여자아이에게 허세를 부렸다. 솔직히 겁이 난 게 분명했다. 하지만 손에는 뜯긴 칡잎이 있었고, 머리에 피가 상당히 많이 나온 채로 땀을 흘리고 있었던 모습에, 이제 어쩔 줄 몰라 허둥지둥했다. 주변에 대한 경계가 먼저여야 했음에도 쓰러진 여자아이의 모습에 저도 모르게 설렜다.

"아차차…."

뒤늦게 깜짝 놀라 혼자 머리를 쥐어박으며 나무 뒤에 숨어 주변을 살펴보니, 다행히 아무도 없고 절벽엔 누군가 굴러떨어진 흔적만 보였다. 철규는 얼른 다가가 가만히 귀를 입가에 대어 보니 가냘픈 호흡이 느껴졌다. 더 큰일이었다. 얼른 치료해야겠는데, 그렇다고 빨치산을 치료할 수는 없는 노릇이다. 의무대에 데려가도 큰일 나고, 안 데려가도 큰일이지 싶어, 우선 가지고 있던 옷을 벗어 상처 부위를 묶어 두고 풀숲에 숨긴 채로 형에게 와서 사정을 말했다. 형의 답은 언제나 옳았다. 형은 즉시 동생과 함께 혜진에게로 갔다. 동생은 아직도 칼을 겨누고 있었다.

"이런 애가 무슨 힘이 있다고!"

형은 동생의 칼을 치우며 다친 부위를 살펴보더니 부목을 하고 업고 내려와 집으로 향했다. 철규는 오는 길 내내 불안했다. 이제부터는 빨치산도, 또 같은 동료들도 알면 큰일 나는 일이었기에 더 긴장할 수밖에 없었다. 혼자 부지런히 경계태세를 갖추어 앞뒤를 조심스레 경계했다.

"휴~"

철민은 부대가 아니라 바로 집으로 향했다. 그리고 도착하자마자 철규는 안도의 한숨을 크게 내쉬더니 집안의 모든 창문을 닫고 물을 끓였다. 나머지는 간호사 출신인 형수가 수술을 도왔다. 뇌진탕으로 의식불명 상태였던 혜진을 들여다보고 있자니 철규는 자리를 뜰 수 없었다. 혜진의 손엔 칡넝쿨이 꼭 쥐여 있었다. 이미 본인도 낙상의 경험이 있던지라 혜진이 절벽에서 칡을 캐려다 떨어졌으리라는 생각이 들어 얼른 깨어나기만 바랐다. 밤새 고열로 끙끙거리는데 물수건을 갈아주는 것 말고는 해 줄 수 있는 게 없었다.

"혜… 혜수…."

웅얼거리는 그녀의 신음에 자기도 모르게 마음이 아팠다. 분명 처음에는 동정심이었다. 그리고 그렇게 동정심에서 또 다른 마음도 함께 시작되었다. 쌕쌕거리는 작은 몸을 보니, 어릴 적 키우던 강아지 같기도 하고, 작은 새 같기도 하였다. 그림 그리는 일조차 손에 잡히지도 않았고, 무슨 일을 하다가도 그녀 생각이 나서 잠시 멍해 있기도 했다.

형과 형수 역시 동생의 그런 눈빛을 모르는 바가 아니었다.

"티 나지?"
"그럼요, 도련님도 어른이죠."

밖에서 이런 대화가 나오는 줄은 몰랐을 것이다. 다행히 철규의 극진한 간호 덕분에 혜진은 이틀 만에 의식이 돌아왔다. 부대에서 허겁지겁 돌아와 안부부터 물었더니 깨어났다는 말에 얼마나 반가웠는지 모른다. 그런데 막상 앞에 가려니 이 또한 가슴이 두근거려서 뭘 어떻게 해야 할지 몰라 연신 침만 삼키고 있었다. 모자만 만지작거리다 겨우 형과 형수가 끄집고 데려와 인사를 시키는데 정말 쳐다볼 수도 없었다.

"얘야, 이 이가 너를 살렸단다. 절벽 밑에서 널 발견하고 자기 옷을 벗어 응급조치하고, 여기까지 데려와 널 정성스럽게 간호한 거야."

혜진은 고마움에 몸을 일으켜 고개를 숙이려고 했지만 쉬운 일은 아니었다. 만류에도 기어이 고맙다는 신호를 보였다. 그는 쭈뼛거리면서 말을 이었다.

"몸은 좀 어때?"
〈괜찮아요, 고맙습니다.〉

혜진은 손비닥에 괜찮다고 또박또박 손가락으로 썼나. 혜진에게 있어서 유일한 대화법이었으나, 철규는 잡힌 손이 또 부끄러워 집중할 수 없었다.

"너 말을 못하는구나?"
〈예.〉
"많이 불편하겠구나."
〈할 말만 쓰면 돼요.〉
"가만, 어디 좀 보자."

철민은 혜진의 입을 벌려 보고 목구멍을 살폈다.

"성대에는 아무런 문제가 없는데? 실어증이 왔나 보구나."
〈어릴 땐 말 잘했는데, 부모님 돌아가시는 거 보고 그때부터 말이….〉

철민의 식구들은 더 깊이 알고 싶었고, 그녀 역시 자신의 이야기를 들려주고 싶었지만, 얼른 돌아가야 했다.

〈동생이 아파요. 얼른 가야 해요. 제발 보내 주세요. 전 하나도 안 아파요.〉
"그럼 동생도 데려오는 게 어때? 다른 가족은 없는 거야?"

혜진은 고개를 끄덕였다. 그곳을 벗어나고 싶었다. 애초에 빨치산은 생각해 본 적도 없었잖은가? 이런 곳에서 살게 된다면 그야말로 천국일 것만 같았다. 하지만 담양의 집이 아니어도 괜찮을 것만 같은 기분 속에 약간의 두려움과 미안함이 차올라 주저하는 마음에 다시 고개를 저었다.

"아저씨가 도와주고 싶어서 그래, 정말 아무에게도 말하지 않으마."

혜진은 두근거리는 마음으로 그러마고 약속하고 말았다. 철민과 철규는 함께 기쁜 얼굴이지만 부인은 조금 다른 생각이었다. 그래서 가만히 자리를 빠져나왔고, 이를 눈치챈 철민이 뒤따라 나왔다.

"입양인가요?"
"글쎄… 그렇게 하고 싶긴 하지."
"우리에겐 아직 기회가 있는데, 너무 성급한 건 아닌가요?"

결혼한 지 수년이 지나도 그들 부부에겐 아직 자녀가 없었다. 그 당시만 하더라도 그때까지 아이가 없으면 입양보다는 대리모를 통하는 게 보편적이었다. 게다가 입양을 하더라도 아들을 입양하지 딸을 입양하는 경우는 매우 드문 경우였다. 더군다나 부부가 아직 젊잖은가?

부인은 미국에서 간호학교를 졸업하고 한국에 와 있었다. 잘난 집안에 뭐가 아쉬워서 한국에 왔겠느냐만 순전한 애국심과 봉사 정신 때문이었다. 그렇게 숭고한 이상으로 왔건만, 의과대학생과 결혼을 하게 되었고, 또 함께 그 뜻을 풀어 보려 했지만 얼마 후 전쟁이 나버렸다.

'이 정도까진 아니었는데….'

그녀가 생각했던 막연한 이상이 딱 그곳에서 막혔다. 해방 후 한국도 심란했지만, 전쟁 한국은 손을 대기도 겁날 정도였다. 함께 온 선교사님들 절반이 이러저러한 전염병으로 돌아가셨고, 집에서도 그만두고 당장 오라는 전갈까지 보낸 터였다. 하고 있던 통역과 간호사 일까지 일단은 그만두어야 했다. 목표를 이루지도 못하고 패배자가 된 것 같은 그녀를 철민은 항상 따뜻하게 대해 주었다.

"모든 걸 혼자 다 감당할 순 없어. 목표는 바꿀 수 있지만, 사람이 바뀌면 안 되는 거야."

그는 항상 옳았다. 가난한 나라에서 어쩜 이렇게 혜안이 깊은 사람이 날 수 있는지 늘 탄복하곤 했지만, 그래도 이번 결정은 어려웠다. 그렇지 않아도 아이가 생기지 않아 걱정했었는데, 남편은 상의 한 번 하지 않고 입양을 결정하고 있던 것이다.

"You always embarrass me(당신은 언제나 날 혼란스럽게 하네요)."

부인과 상의 한 번 하지 않은, 멋대로의 결정에 매번 혼란스러웠다. 게다가 남편은 말을 너무 잘했다.

"입양을 결정한 건 아니지만, 미국에 데려가려면 입양을 하지 않고서는 나갈 수 없다 생각했어. 학교라도 졸업할 때까지 키워 주면 철규의 배필로도 괜찮겠다 생각했지. 설령 미국에 데려가지 않더라도 고아원에 잠시 위탁했다가, 귀국해서 키워도 좋을 거라 생각하고 있었네."

그의 빠른 결정에는 나름의 심사숙고가 있었다. 미처 말을 하지 못하는 게 있을 뿐이고, 그게 서운하긴 했다.

"그럼 우리 아이는 포기해야 하는 건가요?"
"아니지, 전혀 그런 생각은 하지도 않았고, 그럴 생각도 없어. 걱정 마! 이 일은 아무나 할 수 없는 일이고, 우리 말고는 할 사람이 없다고 생각하자."
"이해가 되었다고 맘이 풀린 건 아닌 거 알죠?"
"그럼, 내가 더 잘해야지."

철민은 부인을 달래고 밤에 혜진을 데리고 나왔다. 철규는 부대 사정상 나올 수 없었다.

"너무 좋은 음식을 싸 주면 다들 의심할 거야, 그래서 감자와 밀가루를 넣었으니 허기라도 달래거라."

주소가 적힌 쪽지를 손에 쥐여 주고 혜진이 발견되었던 근처까지 데려다주었다.

"여기 이 책도 시간 나면 읽어 보거라."
무슨 책도 건네주었다. 밤이라 잘 보이지도 않았는데, 그럴 정신도 없었다. 차도 처음 타 보았으니 그게 신기하기도 하고, 한편으론 돌아갈 일이 염려되기도 하고, 멀미가 나기도 했으며, 무엇보다 동생도 걱정되었다. 온갖 생각이 가득해 복잡해지고 있었는데, 철민이 그녀의 머리를 쓰다듬어 주었다. 혜진은 내려서도 계속 고개만 숙일 뿐이었다.

혜진은 저 멀리 차가 사라지자 감았던 붕대를 풀었다. 붕대를 하고 가면 분명 오빠와 삼촌들이 가만있진 않을 것이고, 동생에게 아픈 모습을 보여 줄 수도 없었기 때문이다. 정말 동생만 아니었으면 오지 않았을 곳으로 다시 돌아왔다.

누군가의 인기척이 뒤에서 났다. 아마 사주 경계를 맡은 초병이었을 것이며, 모두 자신을 알 것이기에 모른 척하고 걸어갔다. 그런데 뒤를 밟는 느낌이 이상했다. 아니나 다를까, 뒤를 돌아보니 주춤하며 황급히 바지를 끌어올리는 것이었다.

"아… 혜, 혜진 동무! 이상하게 생각하지 말고…, 내 잠시…."

이상하게 보지 말라는데 눈빛은 이상했다. 그녀는 얼른 뛰어 도망가고, 그는 그런 그녀를 잡으려고 쫓아왔다. 위험한 순간이었다.

"혜진 동무…, 암 말도 말어!"

다친 몸으로는 그의 추격을 피할 수 없었다. 그는 그녀를 부둥켜안고 귀에 대고 말을 했다. 게다가 혜진은 비누로 몸까지 씻은 상태이니 좋은 향기까지 났다. 그 시골에 산골짝에서 날 냄새가 아니었고, 생전 처음 맡는 향기였다.

'아니, 지금 부대에선 혜진이 죽은 줄로만 알잖어? 게다가 암 소리도 못 허는디?'

한 사람의 생명쯤이야, 자신의 욕정이 먼저였다. 그녀를 땅에 눕히고 옷을 벗기려고 하는 순간,

"다시 입히라우!"

나직한 목소리, 귀에 익은 목소리가 들렸다. 오빠였다.

"도… 동무! 내 잠시…, 오해 말고…."

성현은 그에게 옷을 입게 한 뒤, 동생에게 사과를 시켰다. 혜진도 옷을 주섬주섬 입으면서 얼떨결에 사과를 받았다. 그러나 고개를 숙이는 순간, 성현은 그의 심장에 칼을 박았다.

"서… 성현… 도… 동무…."

말이 채 나오기도 전에 성현은 칼을 빼어 돌리는가 싶더니 칼로 목을 재차 찔렀다. 혜진은 놀라 그를 말리려 하다 주저앉았다. 끔찍한 기억이 다시 떠올랐기 때문이다. 작은오빠는 봉철이 아버지를 죽일 때와 똑같은 모습이었다. 말릴수록 심해지는가 싶어 털썩 주저앉으니 그제야 멈췄다. 그리곤 아직 분이 덜 풀렸는지,

"니, 시방 어디 갔다 오는 거여?"
괜찮은가 묻는 게 먼저이지 않겠는가? 동생도 말하지 않으면 죽이겠다는 표정이다.

〈칡 캐다 다쳐서 사람들이 돌봐 줬…〉

다 쓰지도 못했는데, 성현은 아픈 여동생의 빰을 때렸다.

"얼마나 걱정한 줄 알어?"

'그게 걱정인가? 분노인가?'

웅크린 혜진은 쥐죽은 듯 저항 한 번 하지 않고 다 맞았다. 다쳤던 머리는 맞지 않았고,

봇짐이 등에 있어 많이 아프지 않은 게 다행이었다.

"인나라, 아픈 혜숙이 놔두고 어디 돌아댕기지 마라!"

온다던 날짜도 훨씬 넘겼으면서 고작 하는 핑계가 동생이다. 혜진은 절뚝거리며 오빠의 뒤를 따라 들어가 보자기를 내어놓았다. 감자와 밀가루가 담겨 있었고, 즉시 취사를 담당한 삼촌이 가져가 버렸다. 그녀는 서둘러 혜숙에게 갔다.

"언니 어딜 갔다 인자 온 겨? 나 놔두고…."

그녀는 몰래 안쪽 주머니에 숨겨온 초콜릿을 주었다. 먹으라고 입에 넣어 주던 것까지 씹지 않고 가져온 것인데, 동생의 마음은 그게 아니었다.

"언니만 좋은 데 갔다 왔는갑네…. 참말로 이런 것도…, 실컷 먹고 왔는갑구만?"
〈몰래 먹어, 들키믄 안 돼야.〉

혜진은 동생에게 손 글씨로 당부를 했다. 안 써도 무슨 뜻인지 그 정도는 안다. 그래도 아팠던 혜숙이가 나았으니 다행이었다. 삼촌들은 혜진이 돌아왔다는 말에 모두 나와 그녀의 상태를 살펴보고는 다들 쓴소리를 하고서, 총을 들고 누가 쫓아오는지 경계를 강화하러 나갔다. 정이라곤 눈곱만큼도 찾아볼 수 없는 삭막한 곳이었다.

"보초를 서다 우릴 배신하고 마을로 내려가는 동지 하나를 내 죽였소!"

인원 점검을 하던 성현의 설명이 이어졌다.

"아마 그 동무가 적들과 내선하지 않았을까 하오. 기래 우리도 이곳을 떠날 준비를 해야 되오."

성현은 짐을 챙기고 떠날 채비를 하도록 하였지만, 다들 시큰둥한 표정이었다.

"이게 시방 맘 놓고 편하게 있을 때가 아니란 말요."
"아따, 작전이 막 끝났는디 또 어디 간다요?"

부대원들은 성현의 그런 결정이 맘에 들지 않았다. 공적이야 많지만, 나이도 어리고 독단의 결정이 많았기 때문이다. 혜진과 혜숙을 놔두고 다녀온, 1951년 7월 15일 작전은 남부군 500여 명이 장수 장계에 있는 경찰서를 습격하여 포로로 30여 명을 잡아 경찰들과 담판을 벌인 것으로 유명하다. 그들은 인근 3개 부락을 해방구로 인정해 달라는, 상호불가침조약을 맺자는 것이었다. 하지만 경무주임이 상부에 보고해서 결정해야 하는 일이라 시간을 지체하고 있었는데, 빨치산들은 이미 된 일로 생각하고 마음껏 약탈을 자행한 사건이었다. 남부군 그들에게는 엄청난 성과였지만, 지역주민들은 생지옥이나 다름없었다. 안방까지 쳐들어오고, 닭이나 오리 등은 묻지도 않고 가져갔다. 동네 여인들을 희롱하고 겁탈하는 등 그야말로 무법천지였다.

"인자 우리 인민이 여그 주인이오!"
"우리 말 안 들으믄 다 죽소!"

성현은 약탈은 최소화하여 무고한 인민에게는 해를 끼치지 말자 했건만, 이미 늦었다.

'이거이 과연 잘헌 일이여?'

성현은 꺼림칙했다. 형의 죽음에 대한 복수로 시작했던 일이다. 혁명이 얼마나 위대한 것인지는 잘 모르겠다. 아니 처음 공산당에 입적할 때만 해도 선언문을 다 외울 정도로 투

철했고 그것만이 정의인 것 같았지만, 지금은 정도를 너무 벗어났다는 생각이다. 이런 식의 혁명은 차라리 없는 게 나았다는 생각이 들었다. 필요한 만큼만 몰래 가져가는 것도 미안한데, 남김없이 다 털어가고 부녀자를 희롱하는 불한당들이 무슨 혁명군이란 말인가? 성현은 자기 부대만이라도 서둘러 복귀하도록 했다.

"아따, 우리 소대장님은 맴이 여려 가꼬…."

군수물자와 식량 약간만 챙기고 다시 나눠 주고 오라 하였던 때부터 생기게 된 불만이 지금도 나오고 있었다.

"아니, 접때도 우린 다 돌려주고 왔잖소? 지금 적들은 이현상 장군님 덕분에 혼비백산해 있을 터인데…."
"편할 때 위기를 준비하라 하셨소! 위기는 편안할 때 생기는 것이오. 내 저번 바심재에서 승전을 할 때도 이겼다고 안일하게 생각할 때 토벌꾼들헌테 다 당한 것이오. 긴말 말고 우린 이곳을 떠나 다른 곳으로 옮겨야 하오! 이제 내 말에 또 토를 달면 가만두지 않겠소!"

성현은 이 말만 하고 자리를 떴다. 덕유산으로 해서 북쪽으로 올라가야 부대원들을 살릴 수 있지만, 그마저 살길을 장담할 순 없다. 안전한 금성산성도 있지만, 그게 언제까지 지속될 순 없다. 이런 생각으로 나가 돌아다닐 때쯤, 혜진은 어서 빨리 동생을 데리고 나갈 생각만 가득해 그녀 역시 바깥으로 돌아다니며 사람들의 눈치를 살피고 다녔다.

"니 뭐하나?"

기어이 몰래 망을 보던 혜진이 오빠에게 들키고야 말았다. 화들짝 놀라는 그녀의 품에서 철민이 줬던 책이 떨어졌다. 하필 성현이 그것을 집어 들었다.

"이기 뭐여? 뭔 책이여? 성경? 야, 니 조국의 위대한 혁명에 이딴 사상이나 읽고!"

혜진은 작은오빠의 바지춤을 잡고 돌려 달라고 악을 썼다.

"어어어… 거…."

목에서 쉰 목소리가 나오도록 사정했으나 작은오빠는 그 책을 장작불에 넣었다. 혜진이 장작불에라도 들어가 책을 빼려고 불 속으로 뛰어들어가니, 작은오빠가 넘어지며 황급히 그녀를 잡았지만, 동생의 작은 손이 불 속에서 이제 막 탈 것 같은 책을 구출하는 것을 보았다.

'이미 늦었다!'

절반 타 버린 책을 혜진이 열심히 끄는 모습을 보고 들었던 생각이다. 동생이 책을 살려낸 게 늦은 게 아니라, 동생의 마음이 이미 넘어가 말릴 수 없다는 것을 알게 되었던 것이다. 혜진은 씩씩거리며 작은오빠를 매정하게 노려보았다. 그 정도로 독살스럽게 자기를 쳐다본 적은 한 번도 없었다. 따지고 보면, 자신의 마음도 이미 늦은 게 아니겠나? 북녘으로 올라가겠다는 자신의 마음도 이미 변절이 절반쯤 진행되지 않았냐는 말이다.

"인자 여그 떠야 합니다. 아무래도 위치가 노출된 듯합니다."

가만 놔둬서는 혜진이 사라질 것 같았다. 뭘 해 준 것도 없고, 해 줄 것도 없지만 같이 있어야 하는 책임감만 더 강해졌다. 얼른 이곳을 벗어나는 게 상책이었다. 해서 일부러 다른 말로 사람들을 선동했다.

"장군님 계신 달궁 쪽도 위험하다 하오. 덕유산으로 해서 어떻게든 영동만 지나믄 속리산, 소백산으로 해서 태백산을 넘을 수 있을 것이오. 그케 딱 한 달만 넘으믄 적들 뒤통수 한 번 치고 북으로 넘어갈 수 있소. 그라믄 인민군에서도 우릴 인정해 줄 것이오."

라며 방화동을 떠났다. 사람들은 모두 다신 볼 수 없을 것처럼 고향을 등 뒤로 하고 덕유산으로 향했다. 혜진은 어떻게든 동생을 데리고 탈출하려 했지만, 성현의 눈을 피하기는 어려웠다. 그곳을 피해 한참을 올라가고 있는데, 장수 장계에 토벌 작전이 벌어져 많은 수의 남부군들이 죽었다는 소식을 접했다. 이들은 한편으론 맘이 착잡했지만, 또 한편으론 다행이란 생각이 들었다.

"우린 성현 동지 말 들어야 살어…."

이 정도 분위기라면 태백산으로 올라갈 수 있을 것만 같았다. 하지만 남부군 상부에서는 그들의 독자적인 행동을 인정하지 않았다. 모든 계획은 틀어지고 달궁 주변 경계조로 재편성되고야 말았다. 할 수 없이 지리산으로 돌아와야 했다.

1953년 7월

패배나 승리도 없는 휴전이 선포되었다. 패망한 일본 대신 우리 땅에 선을 그은 미국과 소련의 협정에 의해 한 줄이 새롭게 그어졌다.

"이럴 거면 왜 전쟁을 해?"

그날 밤 22시를 기해 모든 전투를 중단한다는 방송이 나왔다. 사람들은 이제 전쟁이 끝난다는 말에 일제히 환영했지만, 남부군에겐 죽음의 신호였다. 휴전 협정 내용에 자신들을 북으로 송환하도록 하는 조항이 있길 바랐지만 되지도 않을 말이었다. 이미 죽이기로 결정한 그들이었으며, 죽기로 작정한 그들이었다. 살길이 딱히 보이질 않았다.

여기저기 귀순을 독려하는 삐라가 뿌려졌다. 무려 천만 장이라고 하였으니, 처음엔 휴지로도 쓰고, 이불로도 만들 정도였지만, 점점 사람들의 마음이 기울기 시작했다. 그렇다고 그리 막아둘 수도 없어 귀순하면 죽는다고들 소문을 냈다.

"귀순허믄 다 죽여븐다고 허든만…."
"선전에 놀아나들 말고, 그냥 여기서 이러다 죽세…."
"동지들, 북에서도 우릴 버렸단 말여…."
"자수도 못 혀! 양민들도 개미 밟아 죽이듯 헌 놈들인디 우릴 보믄 어떻게 죽이겄어?"

그들은 북에서도 버려졌으며, 남에서도 죽을 죄인이 되었다. 반겨 줄 사람이 없다. 고향에 돌아가는 것도, 그곳에서 약탈하고 사는 것도, 북으로 올라가는 것도 아무것도 할 수 없는, 실로 곤궁한 처지에 들어서게 되었던 것이다.

"염병할…, 살길이 안 보이네…."
"그렇다고 죽으란 법도 없제. 부지런히 살길을 찾다 보믄 언젠간 북에서도 받아 줄 거여…."

남한은 그들을 외면하겠지만 북에서는 언젠가 자신들을 받아 줄 것이라 믿었다. 자신들은 맨 처음 지령에 충실했고 그렇게라도 믿어야 속이 편했다. 누군가 조용히 인민해방가를 불렀으나, 씩씩한 군가가 처연한 가락이 되어 구슬프게 들렸다.

"이제 여그도 위험헐 거 같소! 진즉 북으로 넘어가자고 그리 말했드만, 인자사 지령이 내려오요. 헌디 우리가 모시고 올라갈 상황은 아닌 게지라…."
"그라믄 이쯤에서 딴 길로 새믄…."
"그것도 아주 틀린 방법은 아니여라…."
"옴마, 그라믄 우리 귀순하는 거여?"
"우린 가마골로 들어갈 생각입니다."
"거그 토벌 엄청났다든만요?"
"인자 끝났응께 숨어들기 좋겠지라!"
"우리가 죽을 때 죽더라도 한 방은 해야지라!"
"그라믄…."

성현의 생각은 마지막 남은 힘으로 봉철을 죽일 생각이었다. 그게 자기의 목표였지 다른 건 처음부터 없었다. 어차피 부대원들은 절대적으로 신뢰하고 있으니 두말할 것도 없다. 가맛골에 들어가 숨겨 둔 무기를 찾고, 미산에 부대원들을 보내 봉철을 잡아 오리라! 그는 하루에 열두 번도 머리를 짜고 있었다. 하지만 그곳으로 가는 길도 수월한 편은 아니었다.

“차라리 남원을 정면으로 뚫고 가블자고!”
“일단 모든 무기는 다 여기 숨겨 놓고 갑시다! 거그 무기가 쌤삥(새 것)이오!”

다들 한결같은 마음이었다. 지리산에서 요천을 따라 걸어 내려오기만 하면 된다. 요천은 남원 시내를 휘어감아 순창으로 이어진 하천인지라, 사람들도 늘 그곳으로 다니고 있었다.

“새 옷 입고 가믄 누가 알아 보겄어?”
“그라제, 다들 가족처럼 하고 댕기믄 돼야!”
“그라믄 요천 말고, 읍내 한 바퀴 돌다 먹을 것도 쪼매 사 가꼬 갑시다! 자연스럽게!”
“잉~ 자네 말이 맞네!”

자기들만의 착각이었다. 자신들도 힐끔힐끔 사람들을 쳐다봤지만, 사람들도 자신들을 힐끔거리며 쳐다보는 걸 자신들은 모르고 있었다. 누구 하나 말 한마디 할 수 없었고, 손과 발도 맞지 않게 걸어가고 있었다. 모두들 가슴이 두근거리고 있었는데, 특히 혜진은 다른 이유로 가슴이 두근거렸다. 남원이라, 그녀가 맘속에 품고 있던 지명이었다. 바로 자신을 간호해 주었던 아저씨가 살고 있는 곳이다. 주소는 성경책에 넣었는데 함께 불에 타 버려 너무 안타까울 뿐이었다. 혜진은 혜숙의 손을 꼭 잡고, 자기에게 쏠린 경계만 분산되길 바랐다.

‘아, 여기는….’

처음 보는 동네가 아니었다. 목공소 저쪽 모퉁이에 아저씨 집이 있었다. 틀림없는 그곳이었다. 입이 바짝 마르고 걸음이 더뎌지자, 다들 눈치 주기 여념이 없다.

“아이, 니 뭐허냐? 빨랑 가제!”

그 순간 어디선가 호각 소리가 들렸다. 그 소리가 들리자마자 모두 뿔뿔이 흩어졌다. 처음엔 가족인 듯 다니면 된다고들 큰소리치더니 호각 소리 한 번에 각자도생이었다.

지금이 아니면 다시 오지 않을 기회였다. 혜진은 혜숙의 손을 잡고 죽자고 뛰었다. 하지만 하필 호각을 불며 나타난 순경은 그녀들의 뒤를 쫓았다.

‘잡히면…, 헉헉…, 안 돼!’

혜진이 먼저 그 집에 당도했고, 따라오던 순경은 다 잡은 것처럼 포승줄과 몽둥이를 들고 혜진의 뒤를 따라왔다. 그녀는 바삐 문을 두드렸다.

‘안 계시면 어쩌지?’

이제 꼼짝없이 잡힐 순간에 문이 열렸다. 그녀는 얼마나 반가웠는지 저도 모르게 문을 열던 아저씨의 품에 안겨 버렸다. 철민은,

“제가 돌보는 아이들입니다. 걱정 말고 가세요.”
라고, 경찰에게 말했다.

“아, 그러십니까? 몇 가지 질문 좀….”
“말 못 하는 아이 이름은 혜진이고, 동생은 혜숙입니다.”

신분이 보장된 철민을 모르는 사람은 없었다. 이름까지 확인해 주니 경찰은 더 물어볼 것도 없이 돌아갔다.

"괜찮니?"

이 한 마디가 얼마나 고마운 말인지 모른다. 그녀에게는 구원의 문이었고, 구원의 목소리였다.

그는 아이들을 데리고 문을 닫았다. 그리고 경찰이 멀리 간 것을 보고는,

"이 아이들 좀 씻겨 주세요."
라 했다. 철규도 이들이 온 것을 보고 귀에 입이 걸려 있었다. 철민의 부인은 아이들을 정성스럽게 씻겨 주었다. 깨끗한 물에 비누로 씻고 때를 벗겨 놓으니 간질간질해서 자꾸 헛웃음이 나오는 자매의 모습에 모두들 반겼다. 철민은 아이들의 건강을 먼저 꼼꼼하게 살폈다.

"네가 혜숙이로구나! 언니가 심하게 다쳤으면서도 얼마나 네 걱정만 하든지…."
"언니는 말도 못하는데요?"
"그래서 글로 이야기를 했지."
"아저씬 의사 선생님이에요?"
"그럼!"
"우와, 지는 의사 처음 봐요! 비누도 처음 써 봤구요, 지금도 간질간질거려서 웃음이 나요."

수줍은 혜진은 말이 없이 다소곳했지만, 혜숙은 붙임성이 좋았다. 물론 혜진보다 더 수줍음이 많은 사람은 철규였다. 그는 쓰지도 않을 모자만 만지작거리고 있을 뿐 고개도 들지 못했다. 그런 사정을 아는 부부는 식사할 때도 철규의 자리를 일부러 혜진의 옆자리로 앉게 했다. 미국에서 보내 온 통조림 요리, 먹어 본 적도 없고, 들어 본 적도 없는데도 혜숙은 열심히 입에 넣었다.

"왜 우리는… 쩝쩝, 이런 걸 못 먹고 살았는지 화가 나요!"

혜숙의 말에 다들 웃었다. 혜진은 동생이 너무 말을 막하는 건가 싶기도 했지만, 그녀의 말을 제지할 방법이 없었다. 아니 마음이 다른 곳에 가 있는 것이다. 혜진의 시선은 조금 다른 곳으로 쏠려 있었고, 철규는 쑥스럽지만 용기를 내어 혜진에게 작은 손가방을 선물했다. 그 안에는 연필과 수첩이 들어 있었다.(혜진이 쳐다보는 게 그쪽이었다.)

"거…, 걱정 많이 했어…. 이건…, 음…, 이야기할 때 수첩에 적으라고…."

그는 말을 차마 다 할 수 없었고, 그녀는 말을 차마 다 들을 수 없어 둘 다 고개를 돌리고 얼굴만 빨개져 있었다. 혜숙은 둘을 번갈아 보며 말을 꺼냈다.

"뭐 매운 거라도 삼킨 거여? 왜 빨개? 여그 매운 것이 어디 있다고?"

다들 그 말에 웃음을 참기 바빴는지 연신 기침을 하더니만 한참 후에 철민이 말을 꺼냈다.

"혜진이 혜숙이는 공부도 열심히 해야 해. 전쟁도 끝났으니 배운 사람이 쓸모 있는 세상이 올 거야."
"지들은 총 쏘는 거만 배웠구만요!"

득의양양한 어린 혜숙의 입에서 나오지 말았으면 좋을 말이다. 철민이 부드럽게 타일렀다.

"그건 네가 해야 할 공부가 아니야, 그리고 어디 가서 총 잡아 봤다는 말은 하면 안 돼!"

잠시 침묵이 흘렀다. 혜진은 팔꿈치로 슬쩍 혜숙에게 주의를 줬다.

"어려운 이야기 좀 하자. 사실 철규는 다리 수술을 받아야 하고, 우리도 자녀를 낳으려면 미국엘 다녀와야 해. 하지만 너네는 신원 확인이 어려워 우리 세 명만 미국을 다녀와야 하겠구나. 조금 더 일찍 왔으면 좋았으련만…."

전쟁이 끝났다고 그곳에 있기가 쉬운 게 아니었다. 혜진은 슬펐다. 또다시 이별을 맞이할 마음은 없었지만, 마음대로 할 수 있는 것도 아니었다. 철규는 정말 용기를 내어 혜진의 손을 잡아 주었다.

"걱정 마! 곧 돌아올 거야."

어린 혜숙은 도통 이해할 수 없었다.

"근디 뭔 아이를 낳길래 미국 가서 낳는다요? 그라고 수술도 의사 선생님이 고쳐 주믄 되는 거 아닝가요?"

"철규가 어릴 때 다리를 다쳐서 길이가 맞질 않아, 다친 다리를 늘려 주는 수술을 해야 한단다. 어려운 수술이라 여기서는 되지 않아. 그리고 아이 낳는 건 쉬운 일이 아니란다."

"오매, 우리 엄니는 넷이나 낳았는디…."

"그래, 그건 너희 어머니가 건강하신 거야."

"그럼 몇 밤 자고 온대유?"

"그건…, 아직 말하기 그래서 너희들은 내가 잘 아는 선생님께 맡길 생각이다. 계속 그곳에서 편지를 주고받으면서 이야기를 해 보도록 하자. 그리고 돌아오면 우리 딸들이 되어 주면 좋겠는데 어때?"

"지들은 그냥 황송할 뿐이구만요."

어린 혜숙의 말은 한마디 한마디가 다 귀여웠다. 어른스러운 말투에 익살스러움도 가득이었다. 하지만 혜진은 맘이 편칠 못했다. 이틀 밤을 자고 난 후 아저씨는 아이들을 데리고 남원 읍내로 나갔다. 그곳에 목공소같이 생긴 건물이 있었는데, 제법 많은 아이들이 모여 있다가 철민을 보고 달려들어 왔다. 모두들 반가운 모양이다. 목공소의 주인에겐 다들 오 장로님이라 불렀다.

그곳을 운영하는 오북환은 한때 신사참배 거부로 투옥되었다가 풀려나와서 목공소를 운영하고 있었는데, 기독교에 귀의해서는 목공소를 집회소로 만들어 스무 명 정도 되는 고아들과 폐병 환자들을 돌보고 있었다. 계보가 좀 복잡한데, 미국 선교사나 신학교에서 교육을 받아 목회를 하는 게 아니라, 순수하게 성경만 보고 성경대로 살자는 한국자생교회였다. 국내에선 산중파라고 했지만, 류영모, 함석헌 등 많은 사상가들의 터전이 되기도 했다.

철민은 그와 이야기를 나누고 있었고, 혜진과 혜숙은 멀뚱멀뚱 아이들만 바라보고 있었으며, 그곳 아이들은 낯선 그들을 경계하고 있었다.

"니들 빨치산이지?"
"아니거든? 우리 산에서 내려온 거 아니거든! 우린 담양에 집이 있거든!"

얼른 혜숙의 입을 막지 않으면 안 되길래 혜진은 손으로 입을 막았다. 하지만 그게 더 큰 문제였다.

"말 못하게 입 막은 거 봉께 빨치산이구만!"
"죽어라 공산당!"

아이들이 저마다 한마디씩 던졌다. 그도 그럴 것이 항상 선물을 들고 오는 철민 아저씨는 그들의 우상과도 같았는데, 그 아저씨가 여자아이를 둘이나 데리고 왔으니, 얼마나 기분 나쁘겠는가? 가뜩이나 먹을 것도 없는데 또 나눠야 한다. 두 자매는 그때부터 공분을 샀다. 더군다나 한 명은 말도 못 한다니, 그들 모두 약자들이었지만 더 약한 약자를 만들어야 했다. 가장 약한 자는 혜진이었고, 동생 역시 약자로 남아 있기 싫어 종종 화풀이를 일삼았다.

"언니는 왜 말도 못 해 가꼬…, 아니 이럴 거면 왜 날 데려왔대?"

혜숙의 성미는 더 모질어졌다. 부모도 없는 고아에, 전쟁에, 빨치산 생활까지, 어린 나이부터 어렵게 살다 보니 그랬으리라 이해는 되지만, 한편으로는 서운한 게 참 많았다. 아이들의 비난이야 참을 수 있지만, 동생의 오해는 더 큰 상처가 되었다.

그나마 그곳에선 쫓기지 않아 좋았다. 자는 곳도 토굴보다는 나았지만, 딱히 더 좋았다고는 말할 수 없을 정도였다. 먹을 걸 찾아 온 동네를 돌아다녀야 했다. 시래기로도 쓰지 못할 곰팡이 핀 배춧잎이라도 발견해 오면 그게 죽으로 나왔다. 말이 죽이지 밥알이라고도 찾을 수 없는 쌀뜨물에 가까웠다. 하루 일과로는 성경 보고 기도하고, 찬송하는 것이 다였다. 성경도 어린이들이 알아듣기 쉬운 내용도 아니고, 짧은 설교도 아니었다.

"옷 두 벌 있으면 한 벌은 거지를 주라고 하십니다."
"아니, 나 입을 옷도 없는디, 뭔 옷을 거지헌티 준다고 그래? 우리도 거진디…."

혜숙은 설교 시간에도 직설적이었다. 남이 들으면 언짢을 말도 툭툭 던졌다. 아이들은 그런 혜숙의 말투를 점차 좋아하기 시작했다. 혜숙의 입장에선 언니가 말을 못하니 자기라도 해야 한다는 생각이었고, 억센 아이들 틈에서 살아남기 위한 처신이었다. 혼나는 건 항상 혜진이었다.

"니는 언니가 되았으믄 동생 좀 똑바로 키우제…."

뻔히 안다. 혜숙이에게 했다가는 또 언쟁이 시작되니 자신에게 하는 것을 말이다. 그래도 늘 미국으로 보내는 편지에는 좋은 이야기만 썼다. 여러 친구들과 잘 지내고 있고, 좋은 말씀 듣고 있다고 말이다. 아주 없는 마음은 아니었다. 그리고 그 편지를 들고 철민의 집도 가 봤지만 허사였다. 이미 떠난 후였다는 사실을 알고도 몇 번을 더 갔는지 모른다. 전해 주지 못한 편지는 점점 늘어 갔다.

그렇게 남원에서 겨울까지 있다가 두 자매를 포함한 7명의 아이들은 광주의 동광원(귀일원)이라는 고아원으로 옮기기로 결정이 났다. 먹을 게 없다는 이유였다. 7명은 엄동설한에 광주에 갔다. 물론 차에 탈 돈도 없으니 걸어서 가야 한다. 길이라도 제대로 나 있다면 모를까 눈밭에서 길 찾기도 어려운 날씨에 무작정 광주 쪽으로 걸어가기 시작했다. 다 자라지도 않은 아이들이 200리 넘는 길을 걸어가야 했다. 한 번 걸을 때마다 얼마 가질 못하니, 꼬박 열흘이 지나서야 도착할 수 있었다. 거적을 등에 짊어지고 가다 잠이 오면 모두 함께 붙어서 거적으로 움을 만들어 노숙했으며, 그 추위에 죽지 않으려고 부둥키며 잠을 자야 했다. 잠자는 게 힘드니, 걷는 것도 힘들었다. 가는 도중 빨치산이란 제보에 인솔하시던 선생님이 잡히기도 했고, 먹을 게 없어 눈으로 배를 채우기도 해야 했다. 우여곡절 끝에 도착한 그곳은 또래만 스무 명 정도 되었고, 그렇게 함께 서로의 온기에 기대어 온 7명은 다시 힘을 잃은 약자가 되어 미움을 받고 살아야 했다. 그제야 아이들은 뒤늦게 들어온 혜진 자매의 심정을 이해했다.

"니들 안 왔으믄 우리 좀 더 먹을 수 있었을 거여!"

이곳 생활도 남원과 별반 다른 게 없었다. 아이들의 괴롭힘도 똑같았고, 종일 하는 일도 날마다 똑같았다. 혜진인 일이라도 가르쳐 줬으면 좋았겠지만, 말도 통하지 않으니 시키는 사람도 없었다. 지리산 빨치산이나 고아원에서의 성경공부는 세상살이와는 동떨어졌다. 밥도 짓고, 농사도 해 보고, 물건이라도 셈할 줄 알고 해야 하는데, 그런 걸 가르쳐 주는 곳은 아니었다. 총이나 칼, 아니면 성경공부라니, 게다가 가르치는 사람들도 잘 모르는 영어를 가르친다고 알파벳만 몇 달 동안 외우게 했을 정도이니, 혜진이에게 아무것도 맞는 게 없었다. 어린아이들 돌보는 일이나 땔감 찾으러 다니는 일 정도가 혜진에게 주어진 일이었다.

기다리고 있으면 온다던 편지도 오질 않았다. 그때부터 혜진의 시간은 더디 갔다. 무엇을 해도 기쁘지 않았으며, 무엇을 해도 손에 잡히지 않았다. 원래 말도 못 했지만 사람 주변에 가는 게 더 어려워졌다. 혜진이 유일하게 정을 붙였던 것은 고아원에 들어온 풍금이었다. 아무도 칠 수 없었던 악기인데, 혜진은 몇 번 누르는가 싶더니 비교적 수월하게 찬송가 음을 따라 풍금을 누를 수 있었다. 많은 아이들이 부러워하기도 하고, 시샘도 있었지만 결국 혜진의 차지가 되어 하루 종일 풍금만 차지하고 있게 되었다. 가르쳐 줄 사람도 없고, 악보라는 것도 나온 게 별로 없었던 시절에 독학으로 풍금을 익혀 갔다.

어둠

1959년 4월

휴전 협정이 맺어지고, 자매가 고아원에 들어간 지 6년이 지나서야 미국에서 편지가 왔다. 혜진의 나이도 어느덧 18살이 된 그해에 편지가 온 것이었다. 그동안 줄곧 남원으로 편지를 보냈다던 이야기에 마음이 아팠다.

'나도 부치지 못한 편지가 이렇게 수북한데….'

혜진의 손가방에는 부치지 못한 편지가 수북했다. 국내에서도 편지를 보낸 적도 없고 받은 적도 없었으며, 쓸 줄도 모르고, 쓸 사람도 없던 그녀였다. 아니, 제대로 전달되지는 않았겠지만 죽은 사람에게 보내는 편지는 보낸 적이 있긴 했다.

'예전에 큰오빠가 미래에는 멀리 떨어져 있어도 서로 마주 보고 이야기할 날이 올 거라고 했는디…, 그날은 도대체 언제 오는 거여?'

혜진의 마음에도 봄바람이 불었지만 봄바람은 참 잔인했다. 다쳤던 상처가 다시 찢긴 것처럼 마음이 쓰라렸다. 혜진은 풍금 앞에 앉아 풍금을 울렸다.

To 혜진.

그동안 편지를 잘못 보냈다고 해. 남원 동광원이 사라진 줄도 모르고 계속 그쪽으로 부치다가 이제야 광주로 이사를 갔다는 소식을 접했어. 그동안 다리 수술도 잘 되었고, 이곳에서 공부를 하게 되었네. 다행히 한국에서의 공부를 인정해 주었고, 의대에 들어가게 되었어. 이제 몇 년 더 공부하고 귀국해서 의사를 할 계획이야. 그리고 조만간 조카가 태어날 예정이야. 형의 가족은 아이가 태어나고 한국에 돌아가기로 했어. 전쟁이 끝나고 한국은 얼마나 변했을까, 혜숙인 여전히 왈가닥일까? 혜진은 또 어떨까 참 많이 궁금하고 또 보고 싶다.

1957년 1월

From 철규

혜진은 자신의 이름 앞에 Dear를 썼다가 지우고 결국 To를 쓴 자국을 보고 웃음이 났다. 수줍어하던 철규가 이렇게 보고 싶다는 말도 쓰고 많이 컸다는 생각에 웃음이 나오기도 했지만, 또 보고 싶은 마음에 눈물도 났다.

"혜진아, 철민 아저씨한테서 연락이 왔어!"

혜진은 전화를 받을 수 없어 대신 원장선생님이 전화를 받았다. 지금 서울에 와 있는데 17일에 광주로 내려올 것이란 소식이었다. 17일이면 바로 3일 후였다. 좀 전까지만 해도 보고 싶은 마음에 울면서 어떻게든 풍금 소리라도 전하고 싶었는데 바로 아저씨가 내려온다고 하실 줄은 몰랐다. 혜진은 6년 넘게 기다린 것보다 3일 기다리는 게 더 힘들었다.

"언니 우리 나가서 기다리자."

혜진의 기다림에 혜숙도 덩달아 신이 났다. 아직 3일이 남았는데도 매일같이 역 앞으로 나갔다. 광주천 다리를 지나 대인동 광주역까지 거리가 꽤 먼데도 신나게 걸어 다녔다. 하루, 이틀, 드디어 그날이 왔다. 모든 옷이 다 거기서 거기지만 그래도 가장 깨끗한 옷을 아침부터 차려입고, 철규가 주었던 손가방까지 목에 걸고 나간 대인동 광주역 전신주 앞, 그날따라 올해 들어 가장 따뜻한 날이었다. 날씨도 좋고, 정말 모든 것이 완벽한 날이었다.

이제나저제나, 혹시 알아보지 못하면 어쩔까, 만나면 무슨 말을 전해야 하나 여러 행복한 고민을 세고 있었는데, 불행은 갑자기 시작되었다. 아니 어쩌면 늘 곁에 있었는데 보고 싶지 않아 놓치고 있었을 수 있다. 행복의 주변 어딘가에 불행이 있었고, 언제든 행복을 앗을 준비를 하고 있는 게 불행이었다. 혜진은 이날을 두고 정말 기다리지 말았어야 할 시간이었고, 너무 지나친 행복은 분에 겹다고 손사래를 치며 막았어야 했다고 생각했다.

"기차가 늦네."

혜숙이 말하는 순간, 빨치산이 나타나 열차가 지연되고 있다는 안내 방송이 나왔다. 그래도 좋았다. 반드시 나타나리란 걸 믿어 의심치 않았기 때문이다. 춤이라도 추고 싶던 그 시간, 하필 작은오빠가 나타났다. 서로를 알아볼 시간조차 없는 아주 짧은 시간이라, 반갑다는 느낌보다 그저 놀라 말문이 막혔다. 하지만 작은오빠는 그녀들을 보자마자, 얼른 품에 뭔가를 맡기며 떠났다.

"쫌만 여서 기다려, 다시 올랑께…."

몇 년 만에 만난 작은오빠는 그렇게 쏜살같이 지나갔고, 뒤이어 어떤 경찰이 숨을 몰아쉬며 오더니 그녀들을 덜컥 붙잡았다. 안내 방송에서 나왔던 그 빨치산이 바로 작은오빠였음을 뒤늦게 알았다.

"니들… 헉헉…, 방금…, 저놈헌티 뭐 받았제?"
'아뿔싸, 그게 뭐였지?'

당황한 혜진은 어떻게 해야 할지 몰랐다. 줘야 하는지, 주지 말아야 할지 구분할 겨를조차 없었다. 혜숙이가 먼저 언니 품에 있던 걸 꺼내어 경찰에게 줬다.

"우린 정말 모르는 사람인데, 갑자기 이걸 주고 기다리라고 했어요!"

경찰은 혜숙이 주는 것을 받고는 뚫어지게 두 자매를 쳐다봤다.

"가만…, 어디서 본 거 같은데?"

혜진도 그 말에 경찰의 얼굴을 보고 가슴에 있는 이름을 보았다. 최봉철, 그 이름을 여기서 보게 될 줄은 꿈에도 몰랐다. 행복은 무너져 내렸고, 그렇게 그녀는 그만 두 다리에 힘이 풀리며 주저앉아 버렸다.

"니…, 니들…, 담양에 저 거시기 아녀?"

혜숙 역시 그의 이름을 보자마자 온몸의 힘이 쑥 빠지면서 말을 더듬었다. 더듬다 보면 말에 실수가 나기 마련이다.

"저… 저기…, 우린…, 미산이 아니라…."
"미산은 말도 안 했는디, 맞구만!"
"어? 아니, 그게 아니라요…, 우린 진짜 거기서 온 게 아니에요!"

"거기가 아니믄 어디 지리산이여?"

"아니, 우리 거기가 아니랑께요!"

"그라믄… 니들이 저 빨치산 새끼랑 내통하고 있었구만! 최첨식 그 양반 딸들 맞구만! 이봐, 이년들 당장 잡아가!"

고아원 이름을 대면 좋았으리라 생각도 했지만, 공식적으로 1954년에 고아원이 해산되었으니, 이름조차 대지 말라고 원장선생님이 당부하신 게 있다. 수도 생활 때문에 채식을 하느라 육식을 멀리 했던 게 구호물자를 빼돌린 것처럼 오해가 생겼기 때문이었는데, 당시에 많은 아이들이 이곳저곳 다른 고아원으로 흩어졌고, 폐원된 곳에 모여서 살고 있는 형편에 다시 경찰이 들어오면 위험해질 것 같았다.

봉철은 동료 경찰들에게 포박을 명하고 지서로 끌고 갔다. 역 앞은 어수선해졌다. 멀쩡해 보이던 두 여자아이들이 경찰에게 체포되어 가고 있었으니 말이다. 그래도 누구 하나 나서질 못했다. 경찰복을 입은 공권력엔 대항할 엄두조차 내지 못하던 시절이었다.

딱 그 시간이 되어서야 서울에서 열차가 도착했고, 철민, 철규 두 형제 역시 그 열차에서 내렸다. 소란스러운 역 앞, 그 혼란스러움에 끼이고 싶지도 않았고, 기다리는 사람에게 빨리 가야겠다는 생각으로 선물 보따리를 들고 얼른 지나치고 있던 모습이 혜진의 눈에 언뜻 보였다.

"으어어…."

그러나 말이 나오질 않았다. 대화의 유일한 수단인 손은 묶여 있고, 발도 자기 의지대로 가는 게 아니라 끌려가고 있었다. 아주 용포까지 씌웠다. 행복은 또다시 당연한 게 아니었다. 그들을 외면한 행복은 갑자기 최악의 불행으로 다가오고야 말았다. 믿기지도 않았고, 믿고 싶지도 않았으며, 믿을 수도 없는 일이었다. 만나야 할 두 사람이 있었건만, 전혀 엉뚱한 두 사람을 만나 지옥으로 떨어져 버렸다.

"빨치산이요! 비키시오!"

궁금한 사람들에게 비키라는 말로 봉철이 말했다. 빨치산, 지겨운 이름이다. 먹을 게 없어서 그냥 오빠 따라다닌 죄밖에 없다. 사람들을 해친 적도 없이 산에 있는 것으로만 허기를 채웠을 뿐인데, 당장 사형을 당해도 이상하지 않을 죄인이 되어 버렸다.

봉철은 혜진의 부모를 죽인 이후, 지리산 토벌대로 있으면서 산청, 거창 여기저기에서 학살을 즐기고 살다 전쟁이 끝나 광주에서 경찰로 복무를 하고 있었다. 얼마나 많은 사람들을 죽였는지 그 자신도 세다가 포기할 정도였다. 그날도 빨치산이 나타났다는 연락을 받고 출동했더니, 남루한 옷차림의 한 남자가 뭔가를 두 여자아이들에게 건네주고 도망가던 것을 보고, 그 자매를 붙잡게 된 것이었다. 용포를 씌우고 잡아가던 봉철은 혜진의 귀에 나지막하게 지껄였다.

"텐찌에 민나 교산또데쓰다!"

이 말에 혜진은 온몸에 소름이 돋았다. 아버지를 죽일 때 했던 소리 그대로였다. 다 잊은 줄 알았는데, 또다시 그때 일이 생각나고야 말았다. 이대로 끌려갈 수 없어서 주저앉자 봉철은 몽둥이로 그녀를 때리며 끌고 갔다. 그리고 어두운 감옥, 꿈은 쇠창살 안에 갇혀 버렸다. 아니 자기를 가둬 두고 꿈은 멀리 사라지고 만 것이다.

"우리 정말 아무 잘못 안 했어요! 만나야 할 사람이 있단 말이에요! 살려 주세요! 그분 만나면 우리가 아무 잘못 없다고 해 주실 거예요!"

혜숙은 울부짖으며 살려 달라고 했지만 들을 사람들이 아니다. 지키던 순경이 오더니 혜숙의 명치를 몽둥이로 때렸다. 혜숙이 쓰러지고 말았다.

"으어어어!"

말이 나오지 않은 신음소리로 항변을 했지만, 경찰은 문을 잠그고 나오면서 조용히 한마디를 날렸다.

"한 번만 더 시끄럽게 하면 죽인다!"

잠시 뭔가를 작성하던 봉철은 혜진을 직접 조사하기 위해 고문실로 끌고 갔다. 취조실 옆 작은 방이 욕조와 여러 고문 기구들이 있는 고문실이었다.

그는 능글맞은 웃음을 지었다. 이전에는 표독스럽기만 했는데 이제는 사람을 죽이거나 고문을 할 때도 웃는다. 살인에도 여유가 생기는 모양이다.

봉칠은 문을 잠그더니, 대놓고 옷을 벗었다.

"아따, 우리 혜진이 맞제? 많이 컸다!"

알몸으로 된 그는 혜진을 의자에 끌어 앉히고는, 바짝 앞으로 다가앉았다. 혜진은 너무나 무서워 눈을 질끈 감았다. 봉철은 그녀의 턱을 바짝 당겨 징그러운 웃음으로 그녀에게 물었다.

"만났던 그 빨치산 새끼가 느그 오빠 성현이제?"

말을 못하는 줄도 모르고 봉철은 머리채를 붙잡고 마구잡이로 책상에 찍었다. 정신을 차릴 수 없었다. 혜진은 그저 고아원에서 기다리고 있을 걸, 오빠를 만나지 말 걸… 하는 생각만 남아 있었다.

"어, 이래도 말을 안 하네?"

봉철은 차디찬 욕조에 혜진을 여러 차례 거꾸로 넣었다 뺐다. 4월이라지만 그 안은 바깥보다 추웠고, 물속은 더 추웠다. 피와 물에 옷이 금세 젖어 버렸다. 철규를 만나려고 가장 좋은 옷으로 꺼내 입었던 그 옷 말이다.

"으으으어어…."

신음인지 뭔지 모르는 소리가 나오자, 봉철은 뭔가 눈치를 챘다. 그리고 그녀의 눈길이 향한 손가방을 뒤졌다. 부치지 못했던 편지들, 손으로 대화한 흔적들을 보더니,

"오메, 벙어리가 된 거여? 참말이여? 옛날엔 그라고 말도 잘하던 똑순이가 벙어리된 거여? 그런디 신음을 그라고 내믄 이 오래비가 어쩌겄어?"
그녀의 옷도 벗겼다. 말 못 하게 된 원인이 자신이라는 것도 몰랐고, 관심조차 없었다. 그녀는 아무런 저항도 할 수 없이 눈물만 흘리며 그의 몸을 받고야 말았다. 그는 오랜 시간 동안 많은 사람들을 고문했으며, 고통을 주는 방법을 잘 알고 있었다. 혜진은 아득해지는 의식을 찾으려 했다. 그리고 이 고통에 주저앉지 않으려고 아무런 표정도 짓지 않았다.

"야…, 역시 잘난 집안이여…."
"…?"
"역시 빨치산이라 대가 쎄구만! 아니제, 우리 최첨식 어르신의 딸인디 기개가 오죽 허겄어? 허기사 느그 아부지도 디질 때 고라고 눈에 힘주고 그랬제…."

그녀는 아버지의 이름을 듣고 봉철의 얼굴에 침을 뱉었지만, 그는 그 침을 닦아 입에 넣었다. 기가 막혔다.

"인자 느그 동생 차례여…."

그녀는 깜짝 놀라 벌벌 떨며 그의 바짓가랑이를 잡았다.

"자 불어, 니헌티 그거 준 놈 성현이 맞제, 그놈 간첩 맞제?"

혜진은 어쩔 수 없이 동생을 위해 오빠를 간첩으로 지목했다. 빨치산도 아닌 북에서 넘어온 간첩 말이다. 그녀의 끄덕임에 요인암살 지령을 받고 내려온 간첩으로 표기가 되어버렸다.

"참 내, 느그 집안은 내가 씨를 말려불구만, 허허허! 느그 아부지가 내헌티 우리 집안 어떻게 될지 본다든만, 어르신도 잘 보고 계시겄제?"

그러면서 성현의 간첩 행적은 봉철에 의해 마음대로 기술되었다. 빨치산으로 있으면서 약탈, 부녀자 납치 등의 혐의에 북의 지령을 받고 진보당의 이적 활동 및 요인암살 등의 간첩 혐의를 씌워 보고서를 만들었다.

"자, 인자 여동생의 증언도 확보했고…."

봉철은 천천히 옷을 입으며, 말을 이었다.

"인자 느그는 감빵에 갈 꺼여, 빨갱이는 총살 아니믄, 빵에서 오래 살다가 나와야제. 누가 빨갱이들을 공장에 취직이나 시켜줄 꺼여, 시집이나 오라 할 꺼여? 느그는 갈 데가 없을 것이여!"

피투성이가 된 그녀는 봉철이만 잡고 늘어졌다. 그리고 이미 풀어헤쳐진 포박을 풀고 손가락에 피를 내어 글을 썼다. 얼마나 잡기 싫은 손이었는지 따지지도 않고 그의 손바닥에 글을 썼다.

〈혜숙이만이라도 살려 주세요.〉

그녀는 혜숙이만 안전하게 지키면 자기 몸이야 어찌 되든 상관없겠다 싶었다.

"그라믄 빵에도 안 가고 혜숙이도 살려 줄 좋은 방법이 있는디, 니 해 볼 거여?"

얼떨결에 그러겠다고 고개를 끄덕였다. 이 쉬운 몸짓 한 번이 그녀의 인생을 또 다른 지옥으로 몰고 갈 줄은 몰랐다. 봉철은 물고문하는 곳에 그녀를 끌고 가 찬물을 틀어 그녀의 몸에 뿌렸다. 피투성이에 물까지 흠뻑 적시고 그녀의 몸은 일어설 기력도 없었다.

"닦고 옷 입어!"

그녀가 겨우겨우 옷을 입은 사이, 그는 조사실에서 대기하던 혜숙에게로 가서 억센 손으로 머리채를 움켜잡았다.

"니는 내 잘 모르제?"
"사…, 살려 주세요…."

생각 없이 말을 툭툭 뱉던 혜숙이도 단숨에 자기를 죽일 수 있는 상대인 것을 알고서는 아무 말도 할 수 없었다. 눈물도 나오질 못할 정도로 겁이 났다. 봉철은 그 떨리는 입술을

보고,

“저그 느그 언니 들어간 곳은 죽어야 나오는 곳이여! 근디 내가 살려 줘브렀단 말여! 내가 그라고 인정이 많당께!”

혜숙을 의자에 털썩 던지듯 놓았다.

“인자 니가 언니 살릴라믄 이 아제 말을 잘 들어야 써!”

봉철이 혜숙을 끌어안으며 가슴에 손을 쑥 집어넣으며 한 말이다. 놀란 혜숙은 두려움에 몸을 웅크렸지만, 아무런 저항도 할 수 없었고, 한 번도 남의 손에 닿지 않았던 가슴을 허락하고 있어야 했다. 혜진을 범하고 10분도 되지 않아 15살짜리 동생까지 손을 대고 있던 것이다. 이미 옷은 거의 다 헤쳐지고 있고, 아랫도리에도 더듬더듬 손이 나가고 있었다.

“우어어억! 우어어억!”

바로 그때, 몸을 가누지도 못한 혜진이 뛰쳐나와 악착같이 봉철에게 덤벼들었다. 그리고는 억세게 물었다.

“아, 이거 놔야! 잡년이… 놔!”

봉철은 무지막한 큰 손으로 머리를 때려 내쳤다. 혜진은 그 한 방에 기절하고야 말았다.

“에이 씨그럴…, 그래 안 해!”

봉철은 매우 불만족스러운 얼굴로 기절한 혜진의 멱살을 움켜잡았다.

“니 똑바로 안 하믄, 둘 다 죽여블랑께 알아서 혀!”

봉철은 화가 나서 혜숙에게 혜진을 밀쳐 냈다. 혜숙은 경황이 없었다.

“사…, 살려 주세요! 제발요, 시키는 거 다 할 테니까….”

혜숙은 울면서 해서는 안 될 말을 언니와 똑같이 하고 말았다.

“자 그럼 여기, 계약서에 지장 찍어!”

봉철은 한참을 화가 난 채로 씩씩거리다가 종이를 꺼내 들었다. 그리고는 냅다 불러 주는 대로 쓰라는 것이었다.

“상기 본인은 1959년 4월 30일부로 최봉철 경사의 말을 순종하여 진충보국하는 일념으로 물심양면….”

결국 자기 말을 잘 들어야 하고, 듣지 않으면 즉각 손해배상과 함께 감옥에 넣겠다는 협박 문서였다. 말도 안 되는 문서였지만, 이런 면에 무지했고, 경황도 없었던 까닭에 승낙하고 말았다. 불안감조차 느낄 수 없을 만큼 일은 속전속결로 끝나 버렸다. 기절한 혜진 역시 강제로 지장이 찍히고야 말았다. 봉철은 이 두 자매에 대해 ‘혐의 없음. 훈방 조치’라는 여덟 글자만 남기고 데리고 나갔다. 당초 성현이 동생들에게 떠맡긴 것도 굶주리고 있는 동료들에게 줄 약간의 식량 정도였을 뿐이었다.

이런 일이 벌어지고 있는지 까마득히 모르는 철민 형제는 고아원에 도착해 둘을 찾았으나 허사였다. 그리고 그 두 자매를 시샘하던, 남원에서부터 그들을 치사하게 괴롭힌 여자 원생은 그 사이를 이간했다.

“혜진이 아마 딴 남자 있는 거 같던디요…. 전부터 그 남자랑 계속 편지 주고받았어요. 그라고 아저씨 온다니까 도망간 거 같아요.”

믿을 수 없었지만 하루 이틀 지날수록 그녀의 거짓말은 진실처럼 만들어지고 있었다. 묘한 질투가 만들어 낸 거짓의 장벽이었다. 고아원에서 머물며 지내는 동안 철규의 마음을 열고 그 자리에 비집고 들어간 여자는 처음 거짓을 말한 여자였다.

“혜진 언니가 참하고 이뻐서 다른 남자들이 많이 좋아했죠. 지켜 주지 못해 미안해요, 오빠!”

매일 술을 찾던 철규의 옆에는 항상 그 여자가 있게 되었다. 최대한 혜진과 비슷하게 보이려 애를 쓰며 말이다.

그리고 그 두 자매를 잡히게 했던 그 보따리는, 철민으로부터 산에 들어갈 때 받았던 그 보따리, 내용물마저 별반 다를 게 없던 감자와 밀가루, 약간의 쌀이 들어 있는 압수할 필요도 없을 만큼의 초라한 보따리였다. 성현은 겨우 그만큼의 식량을 구해 장성에서 몰래 기차를 탔었고, 철민, 철규 형제를 지나치고 있었지만, 서로가 알 리는 없었다. 그러다 광주역에 도착할 무렵 갑작스런 불심검문에 걸려 허겁지겁 뛰어내려 도망을 치다 기차를 지연시키게 된 것이다. 그리고 광주역까지 도망을 가서 여동생들을 만났는데, 식량 보따리라도 맡겨 두고 도망가자고 언뜻 생각이 나 그리 했던 것이다.

1959년 5월

봉철은 혜진과 혜숙의 눈을 가린 채로 그의 뷰익 차에 태우고 집에 도착해서야 포승을 풀었다. 눈을 가리지 않았어도 몰랐을 동네, 가본 적도 없는 동명동이다. 일제 강점기만 해도 농장다리 그곳은 형무소와 수형자들이 기르는 채소밭이었지만, 해방 후 금남로와 도청이 보이는 언덕에 있는 데다, 시내와도 가깝고 광주의 명문 학교들이 근방에 모여 있어 부촌으로 자리를 잡아가고 있었다. 제법 큰 집들이 많은 동네, 봉철은 강압적인 착취로 이 집을 샀더랬다. 차도 마찬가지였다.

"원래 적산가옥이었다가, 잘 개조해서 집을 양옥집으로 만들었제!"
'그기 무슨 자랑이라고….'

혜진이 높은 담장으로 둘러싸인 봉철의 집을 보며 든 생각이다. 슬레이트, 기와는 고사하고 초가지붕이나 올려놓고 판자만 이어 사는 집이 즐비하던 그 시절에, 2층 양옥집은 어울리지도 않았다. 봉철의 하고 다닌 꼬라지를 보면 판잣집도 과분할 판에 이런 집이라니….

"내 말만 잘 들으믄 밥도 실컷 먹고 살 거시여!"
"…."
"니들 약속만 꼭 지키고 살믄 되제! 안 그냐? 느그 부모님이 울 아부지 죽이긴 했어도 그래도 밥은 먹여 주고 그랬응께…."

그의 본심은 그게 아니었으면서 나름 생각해 준 호의라고 둘러대고 있었다. 두 자매는 쓰린 상처만 누르고 있었다. 아직도 아픈 곳이 여기저기 많은데 손목은 포승 자국으로 검붉게 피멍이 들어 있었다. 봉철은 남의 이목을 신경 쓰며 그녀들을 집으로 데리고 들어갔다. 봉철의 처는 검은 옷을 입고 팔짱을 낀 채 매우 더러운 꼴을 본 듯 불쾌한 표정을 짓고 있었고, 봉식만 헤헤거리며 마중을 왔다. 혜진은 이 분위기가 절대 달라지진 않을 것이라 짐작한 채 고개를 푹 수그려 인사했다.

"어머, 말도 못하는 벙어리야…, 재수 없어! 옷도 거지같은 걸 입고…."

봉철의 처, 정화는 혜진의 인사를 받자마자 고개를 돌리고 방으로 들어가 버렸다. 가장 좋은 옷조차 거지삼시랑[23]같아 보였을 거란 생각에 그만 얼굴이 붉어졌다. 부끄럽고 치욕스러운 순간이었다. 그렇게 초라한 자신들을 반기는 건 봉식이뿐이었다. 그게 봉철의 본심이었겠다. 봉식은 흥이 나서 어깨를 들썩이며 계속 헤헤거렸으며 혜숙은 그런 봉식의 시선을 피한 채 언니의 뒤로 숨었다.

봉식도 나이가 들면서 체구가 좋아졌다. 형보다 머리도 크고 몸집도 커서 아무 말 하지 않고 가만히만 있으면 장군처럼 보이기도 했지만, 사정은 전보다 더 악화되었다. 형을 따라다니면서 하도 많은 사람들을 죽이는 모습을 보았던 탓인지, 밤엔 잠을 제대로 잘 수 없었고, 낮엔 우울하고 스산한 표정으로 멍하니 서 있곤 했다.

"야가 뭐 땀시?"

알 리 없는 형은 처음엔 구박도 했지만, 점점 웃음을 잃어 가는 동생의 모습이 딱하였던

23 거지삼시랑은 전라도 방언으로 거지같이 볼품없는 꼬락서니를 말하기도 하고, 거지 패거리 중에 상거지를 모시는 아이들과 같다는 말로 쓰이기도 한다.

차에, 혜진일 데리고 온 것이었다. 드디어 동생의 입가에 웃음이 감돌았다.

"그라제, 혜진이 니가 어렸을 때부터 우리 봉식이 잘 챙겨 줬었제…."

마치 겁탈과 협박, 납치가 신의 한 수라도 된 듯 매우 흡족했다.

"아차!"

봉식은 혜진이가 들어오는 것을 보고 경황이 없었다. 방을 치우다 말고 밥을 챙기러 가는 둥 부산을 떨었다. 혜숙은 그런 봉식을 기가 막히는 듯 언니의 뒤에서 보고 있었다.

"으아, 우리 혜진이…."

그러나 혜진은 아무런 말도 할 수 없는 벙어리였다. 철민 형제를 마중 나갔던 가장 깨끗한 옷차림은 피범벅에 젖은 옷이 말도 아니었다. 몸도 말이 아니었으며, 마음은 더더욱 말이 아니었지만, 그녀는 목에 걸고 있는 수첩에 글을 썼다.

〈한글은 읽나?〉
"하… 한글 익나고? 으어…, 나 나 알어…."
'그라믄 되았다.'

더듬거리긴 했어도 읽는 봉식이의 그다음 말은 듣지 않아도 되었다. 혜진인 말없이 봉식이 지내는 방으로 들어가 청소를 하기 시작했다. 혜숙은 어이가 없었다.

"언니야, 참말로 여그서 살라고?"
〈니도 암말 말고 여그 있어… 언니가 니 공부시켜 줄랑께….〉

"누가 공부하고 싶다 그랬능가?"

하지만 언니의 표정은 단호했다. 화를 내기도 하고 어르기도 하던 모습은 사라지고 차가운 표정만으로 모든 것을 표현했다. 하기야 본인도 체념조로 물어본 거다. 그만큼 애가 탔으니 말이다.

"우리… 인자 고아원으로도 못 가고 아저씨한티도 못 가겄제?"

혜숙이 묻는 물음에 혜진은 조용히 눈을 감았다. 이제는 다른 길이 없었다. 고아원으로도 들어갈 수 없고, 그렇다고 아저씨네로도 피할 수 없다. 고아원에 전화해서 어떻게든 연락처를 물어볼 수도 있었지만, 괜히 그랬다가 철민 아저씨까지 무슨 봉변을 당하게 할지도 모를 일이다. 수만 가지 경우의 수를 생각해 보지 않은 게 아니었지만, 불안감은 모든 답을 X로 만들어 버렸다. 최선의 답은 봉철이 제시했던 길에서 어떻게든 혜숙이만 잘 키우면 될 일이었다. 어울리지 않을 행복은 단념하는 게 오히려 편했다.

"왜 네러왔어?"
"봉식이 때메 그랬다 안 그냐?"
"말 같지도 않은 소리 하지 마!"

별안간 고성과 욕설이 들렸다. 치고 박고 깨는 소리도 들렸다. 봉철이 자기 부인과 한바탕 싸우는 소리다. 혜진 입장에선 저렇게 봉철이에게 대들 수 있는 사람이 있다는 게 신기할 따름이었다.

"난 혓바닥 깨물고 죽어블랑께!"
"가만있으라고!"

봉철의 결정은 그렇게 모두를 불행에 빠지게 했다. 아니, 딱 한 사람. 봉식이만 예외였다. 봉식인 혜진이 말을 못 해도 그저 좋았다. 이리저리 움직이다가도 금세 혜진의 옆으로 와서 넋이 나간 표정으로 그녀만 바라보고 있었다. 그런 표정의 봉식을 보며 혜진은,

'참말로… 그때 동무들이 봉식이랑 결혼하끄냐고 놀려먹고 그랬는디, 영락없이 시방 그리 되아브렀네….'

쓴웃음을 지었다. 별안간 철규의 모습이 잠깐 스쳐 갔다. 이제 보니 그의 얼굴이 큰오빠와 닮은 것 같기도 하다. 웃음도 비슷한 것 같다. 기억도 나지 않을 얼굴이 오버랩되는가 싶더니, 이내 연기처럼 사라져 버렸다. 대신 어울리지도 않을 봉식이 자기 옆에 웃고 있었다. 기가 막혀 눈물이 나오는 것을 참고, 그의 시선을 피해 짐을 정리하다가 손가방을 발견했다.

'이건….'

그 가방 안에는 그간 부치지 못했던 편지만 쌓여 있었고, 자기가 어떻게 살아왔는지 적힌 수첩도 들어 있었다. 그분들에게 꼭 들려주고 싶었던 이야기들이다. 그러나 이제는 그것을 버려야 했다. 버리면서도 안타까워 몇 번이나 망설였지만, 이젠 정말 잊어야 했다. 혜숙이 옆에서 이 모든 것을 지켜보고 있었다. 그 마음을 충분히 알 것만 같았다.

〈문둥병 걸린 거라고 생각하자. 아픔을 느끼지도 못한다잖아.〉

동생에게 이 말만 썼다. 슬프고 원통한 일 천지에 널렸지만, 더 이상 아파할 수도 없다는 그녀의 심정이었다. 차라리 아픔을 느끼지 말고 살았으면 싶었다.

"언니는 그게 된가?"
〈눈 딱 닫아블고 살믄 되제!〉

"입도 막혔는디 인자 눈도 닫아야 쓴가?"
〈시집가믄 귀머거리 3년, 눈봉사 3년, 벙어리 3년 해야 한다잖어.〉
"난 죽어도 그리 못 사네!"

2층 양옥집에 방 5개, 봉철이와 부인이 집 대부분을 다 쓰고 있었고, 집 옆에 따로 지은 상하방이 봉식의 자리였지만 그마저도 절반은 연탄창고였다. 봄이라 다행이지, 연탄아궁이조차 없는 차디찬 방 한쪽 구석엔 닦지 않은 곰팡이만 자리를 차지하고 있었다. 우울증 탓에 씻지도, 치우지도 않은 그의 생활을 보다 보니, 어느새 체념은 동정으로 바뀌게 되었다.

'살아야 한다. 아니 살려야 한다.'

자기뿐만 아니라, 혜숙이도 살아야 했고, 봉식이도 살아야 했다. 살려고 마음먹는 게 중요하지 일단 그리 마음먹으면 차라리 시원하다. 꽃길처럼 여겼던 봄날은 이미 사라졌다. 어떻게든 겨울 같은 그 집에서 사는 데 익숙해져야 했다.

"당신이 왜 데려왔는지 내가 맞춰 봐?"
"아니… 사람 말을 못 믿고… 봉식이랑 혼인시킬라고 데꼬 왔당께!"
"그딴 말, 나보고 믿으라고?"

정화는 봉철이 어찌할 수 없는 유일한 존재였다. 그녀의 의심은 정확했고, 봉철은 어떻게든 변명으로 빠져나갈 생각만 하고 있는 게 이미 느껴졌다. 잠시 후 정화의 목소리가 진정되긴 했어도 여전히 날카롭게 혜진과 혜숙의 귀에 들리게 되었다.

"그냥 혼례하지 말고 혼인계 하나 써 오믄 되지, 동네 창피하게 도련님이랑 저 벙어리 결혼식꺼지 시킬라고?"
"아녀, 아녀 알았어…, 내가 그리 할랑께…."

결혼식도 못 하고 사진 한 장 없이 고작 혼인계라고 부르는 증명서가 다였다. 출생신고야 되어 있다지만, 주민등록도 제대로 되어 있지 않아 그제야 주민증을 만들었다. 물론 이마저도 봉철이 다 했다고 어찌나 생색을 내던지 귀가 아플 지경이었다. 다행이긴 했다. 그제야 주민증을 받기라도 했으니 말이다. 게다가 또 다행인 건 축하받고 싶지도 않은 혼인에 혼인식이 없는 것이었다. 축하해 줄 친지도 없었고, 이불이나 이바지 같은 것은 꿈도 꿀 수 없었던 처지였기 때문이다. 게다가 원래 다른 사람이어야 했다. 맘속에 연민을 느낀 딱 한 사람 말이다.

겸상은커녕 자신들을 위해 밥을 차리고 먹을 수도 없이, 먹고 남은 음식, 버리기 직전의 음식이나 치우면서 서둘러 먹어야 했다. 차라리 그건 일이랄 것도 없다. 식사 준비는 혜진에겐 훨씬 더 고된 시간이었다. 누구 하나 그녀에게 밥이나 반찬 하는 법을 알려 준 적 없었고, 제대로 된 식사를 해 본 적 없어, 아무리 좋은 음식 재료가 있다 한들 아무짝에도 쓸모없었다. 당시에 나온 미원이나, 석유 곤로 같은 것들은 처음 보았으니 말이다. 그렇다고 누구에게 물어볼 수도 없는 답답한 벙어리다. 겨우 겨우 그 집에서 일하는 가정부에게 눈치로 배워 갔지만, 그보다 더 빠른 속도로 정화의 채근은 꼬리를 물고 이어졌다. 화장실 갈 틈도 주질 않았다. 말이 좋아 동서지간이지 식모나 노예와 다를 바 없었다. 겨우 눈치로 일을 막 배웠을 무렵, 정화의 눈치는 더 빨랐다.

"아줌마는 인제 나오지 마세요."

그 집에 가정부로 있던 아줌마를 내쫓고 정화는 물 떠 오는 일이며 변기 청소며 온갖 궂은일을 시켰다. 시키기 전에 화를 내었고, 하고 나서도 화를 내었다.

"무슨 밥이 이래? 밥할 줄도 모르나 봐!"
"…."
"아니 왜 말도 못해? 내가 수화라도 배워야 해? 아니 그래, 그냥 넌 듣기만 해!"

사람 취급이 아니었다. 키우던 개보다 무시하는 느낌이 들었지만, 그대로 참아야 했다. 밥이 맛없다고 밥을 쏟아 버리고, 커피가 뭔지도 모르는 혜진에게 커피를 타 오라 시키질 않나, 모든 일이 다 생소했다.

'차라리 귀가 안 들렸었으면 좋았을 것을….'

하필 귀는 더욱 예민해졌다. 바스락거리는 소리만 나도 잠을 깨야 했고, 어떤 소리든 나가야 할지 아닐지 빨리 판단해야 했다. 혜진의 바람과는 다르게 쓸데없이 귀만 예민해져 갔다.

고춧가루 버무리기만 한 배추를 김장이라 알았던 혜진에게 가장 힘든 일은 잔칫상이었다. 온 지 한 달 만에 무려 잔칫상이란 걸 해내야 했다. 봉철이 사정을 알아주기는 만무한 일이고, 봉식이는 맘이 뭐가 그리 급한지 이리 갔다 저리 갔다 부산히 움직였다. 안절부절 못하는 혜진을 대신해 혜숙이가 당차게 나섰다.

"아니, 우리 언니가 이런 일 할라고 시집 왔다요?"
"어린 게 뭘 안다고 까불어? 조용 못해? 누구 덕에 밥 먹고 사는데…."
"언니가 밥하고 있지, 그럼 누가 밥한다요?"

그날 두 자매와 봉식은 집에서 쫓겨나와 한참 동안 동네에서 얼쩡거리고 있어야 했다. 또 그날따라 바람이 매서웠다.

"수모 당하느니 추운 게 낫다. 그쟈?"

혜숙의 말에 혜진은 동생을 껴안았다. 이럴 때면 사이가 좋아 보이긴 하지만, 사춘기라 예민하기만 했다. 언니의 사정을 뻔히 알긴 하지만 그렇다고 마냥 언니 옆에 붙어 있는 게

속 편한 게 아니었다. 불안한 건 봉식이 역시 마찬가지였다. 그는 어떻게 하면 따뜻하게 해 줄까 입김을 불어 주기도 했지만, 혜숙으로부터 핀잔만 들을 뿐이었다.

"저리 가, 입 냄새난디 자꾸 그럴래?"
"히히…, 난 입 냄시 안 난디?"
"니는 모르제, 지 입에서 입 냄새 난 줄도 모른디, 니가 우리 언니 속마음을 알어?"
"소…, 속 맴은 몰라도, 내가 잘해 줄 수 있어…."

듣던 혜진은 쓴웃음을 지었고, 혜숙은 그런 봉식을 불쌍하다 쳐다보았다.

〈그나마 맴은 착혀….〉
"오메, 착한 사람 다 디져브렀는갑네."

언니가 써 준 말에 혜숙은 잔뜩 핀잔을 주었다. 이대로 언니의 인생이 끝날까 걱정이 많았다. 아니 사실은 자신도 그렇게 아무것도 못하고 끝나게 될까 그게 걱정이었다.

"그래도 언니 덕에 밥 먹고 살어!"

혜숙의 맘에 없는 소리에 혜진이 웃음을 지었다.

"웃음이 왜 그렇게 쓰디쓴가?"
〈햇빛도 우리 것이 아닌 것처럼 너무 멀다.〉
"칼바람만 우리 것인가 보네!"

웃음을 지으려던 혜진의 눈에 자꾸만 눈물이 났다. 봉식이 또 그걸 보고 달려든다. 형에게서 무슨 일이 있어도 우는 건 아니라 배웠던 그였다.

"헤… 혜진! 우는 거 아냐! 울면 안 돼!"
〈눈에 뭐가 들어갔어.〉

아무런 도움도 되지 못하는 위로에 일부러라도 웃어야 했다. 5월인데도 바람이 찬 그날, 옷 하나 제대로 여미지 못하고 내어 쫓겨났던 그들을 봉철이 다시 불렀다. 집으로 돌아온 세 명은 잔치 뒤치다꺼리를 하느라 정신없었지만, 이날 잔치에 초대된 이는 봉철과 매우 긴요한 관계였던 사람이었다.

김두식, 모든 잘나가는 사람들의 뒤에는 그의 손이 닿지 않은 곳이 없을 정도로 모든 정보는 다 가지고 있던 사람이었다. 그의 입이 한 번 움직이면 날던 새도 떨어뜨린다는 소리가 나올 정도였다. 예전 미산에서 큰오빠를 죽일 때부터 같이 있었던 이 사람이 휴가를 받으면 제일 먼저 가는 곳이 바로 광주, 봉철의 집이었다. 봉철과는 그만큼 질긴 인연이었다.

"내가 갈 디가 어딨다고? 평양을 가겄어, 해외를 가겄어? 걍 늬 집이 울 집이제…."

둥글둥글 웃고는 있지만, 그 속은 철저하게 계산적이다. 뒷정리를 끝내고 과일 안주를 내오던 혜진은 하마터면 그 자리에서 접시를 떨어뜨릴 뻔했다. 분명히 기억나는 얼굴이다.

'누구였지?'

생각하던 순간, 자기 집안을 다 들쑤시며 죽였던 검은 옷과 완장을 찬 서청 단원이었던 게 생각났다. 집안의 원수 두 명이 그곳에 있었다. 그녀는 사시나무 떨듯 떨었다.

"아, 행님도 기억나제? 담양 우리 미산 고향에 있을 때 거그 내가 빨갱이들 다 조져부렀는디, 그 집 딸년이여!"
"몰러, 내가 죽인 수가 얼맨디…, 그라고 나도 인자 집사여! 어디서 내가 사람 죽였단 말 말어."

"워메 착헌 놈덜 다 디져브렀는가?"

"그라제, 우리 목사님도 서청 출신이여!"

"아따, 착헌 사람들만 가는 곳인 줄 알았더만, 나도 가도 되겄구마이…."

"니는… 안 돼야!"

"아따 참말로…, 허기사 거그 가 봐야 헌금하라고 글믄 내 배따지 따고 가라고 해 블어야제…, 이 돈이 어떤 돈인디?"

김두식은 혜진을 한 번 훑어보았다. 술에 취한 음흉한 눈빛 말고도 독사 같은 서늘한 기운이 도사리고 있었다. 눈길 한 번에 소름이 다 돋았다.

"고땐 고거이 정의였제…, 우리가 할 수 있는 최선이었고, 안 그랬어 봐, 지금 김일성 밑에서 숨도 쉬도 못햐~! 우리 가족은 김일성이 때메 다 디지고 나만 살었어…."

묻지도 않은 말에 에둘러 하는 변명이다. 눈치 한 번에 사람 맘을 열두 번도 들락날락할 수 있는 인물이다.

"지금도 빨갱이 새끼들 하는 꼬라지 보믄… 내 참…, 우리나라는 그냥 이승만 대통령님께서 쭉 하셔야 혀!"

"아따 뭔 놈의 학생들꺼정 뭘 안다고, 덤비드만요!"

"다 총으로 조사브러야제…. 조선 왕조가 무너지고 대한민국이 되았어도 대통령은 왕인 거여! 민주당 자껏들, 그것들이 죄다 공산당 놈들이여…, 조병옥[24]이하고 장면[25] 둘만 없애

24 (1894~1960) 천안 출생, 컬럼비아대 박사졸업. 신간회, 수양동우회 사건 등으로 옥고를 치르고 해방 후 미군정청 경무부장을 역임했다. 1960년 민주당 대통령 후보로 선출되었으나 발병으로 미국에서 치료를 받는 도중 사망하였다.

25 (1899~1966) 서울 출생, 맨해튼 카톨릭대학 졸업 후 서울동성산업학교 교장으로 재직하다 정계에 입문했다. 초

블은 끝나븐디….”

“혹시 조봉암[26]이도 형 솜씨요?”

“어허, 조용 혀! 고것은 국가 기밀이여! 나는 슬쩍 인뽀메이션만! 딱 정보만 흘려 줬응께….”

“왐마, 그래 가꼬 진보당 그 자슥들 싹 처리혀블믄!”

“실은 내가 여그 내려온 것도 겸사겸산디…, 내년 총선만 넘어서믄 인자 탄탄대로여. 알제? 여그 광주서도 득표수가 솔찬히 많이 나와야 혀!”

“안 그래도 이번에 최인규 장관님께서 지시 내린 것도 있지라…, 암튼 여그는 지가 싹 처리해블랑께 걱정 마쇼!”

“그려, 내 자네만 믿네….”

믿는다는 말에 봉철이 얼마나 기분이 좋던지 크게 웃으며 한 잔을 들이마시는 것을 두식은 가만히 쳐다보았다. 그리고 그 기회를 놓치지 않고,

“이름이 혜진이? 자네 이리 좀 와서 술 한 잔 따라 봐!”

그너를 불렀다. 갑작스러운 부름에 그녀는 어리둥절해 있었다. 봉철도 순간 당황했지만 내심 그에게 부탁할 입장이라, 망설임이란 게 필요치 않았다.

“어이, 뭐 혀? 어르신께서 말씀허시믄 재깍 와서 술 한 잔 따라 드려야제!”

그녀는 부들부들 떨리는 손으로 술시중을 들었다. 두려움과 수치심에 어쩔 줄 몰랐으나,

대 주미대사를 거쳐 야당정치인으로 부통령에 당선되기도 했다. 4.19 이후 2공화국 총리를 역임했다.(한국민족문화대백과 참조)

26 (1899~1959) 강화 출생, 일제 강점기 때 사회주의 항일운동을 하였으나 광복 후 대한민국 건국에 참여하였고, 초대 농림부장관과 국회부의장을 역임하였다. 1958년 1월 국가보안법 위반으로 체포되어 59년 7월에 사형당했으나, 2011년 1월 대법원의 무죄판결로 신원이 복권되었다.(한국민족문화대백과 참조)

자신이 아니면 혜숙이가 무슨 짓을 당할 수도 있다는 것을 모르진 않았다. 이미 늦은 시간, 남편 봉식은 벌써 방에서 잠든 지 오래였고, 혜숙 역시 방 한쪽에서 웅크리고 잠을 자고 있었다.

"그나저나 우리 봉식이도 뭔 일을 해야 쓸 것인디…."

두식은 술잔을 받으며 넌지시 혜진과 봉철의 기분을 맞춰 주는 말을 꺼냈다. 먼저 자신의 힘을 보여 주고, 그 힘으로 상대가 원하는 카드를 먼저 끄집어내 주는 식에 걸려들지 않은 사람은 없었다. 자신이 원하는 것을 얼마나 들어줄 수 있는지는 아주 조금씩만 내비치면 된다는 식이다.

"오메, 그라믄 머시기 반공청년단인가 거그 넣어 주믄 안 되께라?"

일단 먼저 봉철이 미끼를 물었다. 두식은 피식 웃으며 인맥을 또 넓혔다.

"아니, 여그 창범(신도환) 단장님 쪽으로는 어려울 것 같고, 반공예술인단에나 명단 넣어 줄 텐께, 거그서 시키는 일만 하믄 돼야!"
"아따 그래도 머리가 좀 성해야 될 것인디…."
"별로…, 몸 쓰는 일만 혀!"
"아따 명칭 좋소! 예술인단! 허기사 우리 봉식이가 머리는 쪼까 그래도 얼굴은 자~알 생겼고, 춤도 잘 추지라!"

그 말을 듣고 웃으며 남편의 취직이란 허울을 쓰고 그의 손은 그녀에게 먼저 뻗어 갔다. 다리를 만지나 싶더니 속옷 사이로 손이 불쑥불쑥 들어왔다. 그녀가 그의 손을 저항하며 무슨 짓인가? 묻는 얼굴로 봉철을 쳐다보는데,

"험험! 아, 그 저는…, 거시기 뭐냐…."

봉철은 본 척도 하지 않고, 자기 급한 것만 먼저 찾고 있었다.

"니도 곧 서울로 올라갈 날 머잖었어…."

얼굴도 쳐다보지 않고 하는 말에 주저하던 봉철에게 화색이 돌았다. 바로 그 순간,

"엑~"

짧은 외마디 속에 혜진이 헛구역질을 하며 일어서 나가 버렸다.

"허허…, 임신이구만!"

두식도 이 말만 남기고 주섬주섬 옷을 입더니 봉철을 보고 미묘한 웃음을 짓고는,

"우리가 임신한 여자는 안 좋은 추억이 있제?"
머리 한쪽에 난 상처를 만지작거리더니 나가 버렸다. 예전 봉철이 성균의 임신한 각시를 끌어들여 난봉질을 하다, 성현이 던진 돌에 머리를 맞은 이가 바로 이 사람이었다.

서울로 가고 싶어 안달이 난 봉철을 다루는 방법이 그것이라 그쯤에서 멈춘 것인데도, 봉철은 혜진 때문에 그런 줄 알고, 화가 나서 혜진을 끌고 밖으로 나가더니 양말로 입을 막고 허리띠로 사정없이 때리기 시작했다.

"니 때메…, 니 때메 일 잘못되믄…, 알아서 혀!"

한참동안 씩씩거리던 그가,

"니…, 진짜 얼라 생긴 거여?"
가쁜 숨을 몰아쉬며 혜진에게 물었다. 혜진은 그런 것 같아 고개만 끄덕였다.

"누… 누구… 얼라…, 아니다. 그냥 들어가서 자라!"

봉철은 아비가 누구인지 궁금했지만 더 이상 신경을 쓰진 않겠다는 식으로 이야기를 마무리했다. 혜진은 배를 쓰다듬으며,

'니가 날 살렸구나…, 너도 어떻게든 살아남아라!'
맘으로 속삭였다. 방에 들어오는데 혜숙이건 남편이건 자느라 혜진의 치욕과 수모는 혼자만의 것이 되어 버렸다. 알아줄 사람도 없고, 알아준다고 해도 달라질 건 없었다. 쓰라린 등으로 누울 수도 없어서 벽에 기대고 앉아서 잠을 청하려 하였다.

– 똑똑

누군가 방문을 두드렸다. 봉철의 각시 정화였다.

"등…, 등에 이거 발라!"

정화는 약만 주고는 얼른 돌아섰다. 그렇게 내쫓을 만큼 무서울 때와는 달리 지금은 약이라도 챙겨 주고 있었다. 어리둥절한 혜진은 고개만 연신 숙였다. 머뭇거리던 정화는,

"에이…, 등 대 봐! 내가 발라 줄게!"

세상 다시 없을 친절을 베풀었다. 혜진이 머뭇거리다 등을 내보이자, 정화는 약을 바르다 말고는 갑자기 헛구역질을 했다. 처음엔 못 볼 걸 봐서 그랬나 했지만, 여기도 역시 임신이었다. 봉철과 혼인 후 지금껏 아이가 없다가 드디어 아이가 생긴 것이다. 묘한 동질감에선지 정화는 혜진을 좀 더 가까이 불렀다. 말투도 좀 더 부드러워지긴 했지만, 그렇다고 일이 줄어들진 않았다. 술을 마신 정화는 옛 생각이라도 난 듯, 비밀을 털어놓았다.

“난 자기가 아무 데도 말할 수 없어서 이야기하는 거야. 말해 봐야 뭐 달라질 것두 없구…, 있잖아, 나 사실 애를 지웠었어. 이 집 말고 남의 집 아이, 우리 결혼도 하고 잘 살아보려고 했는데, 이 인간이 나타난 거야! 저번에 왔던 김두식 있지? 난 사실 그 인간 얼굴 꼴도 보기 싫어. 그 작자만 없었어도 괜찮았는데, 그 인간이 우리 집 오면서 난리가 난 거야! 아니 글쎄 잘 살던 우리 집, 그니까 우리 집은 얼마나 잘 살았냐면….”

그녀의 집은 피난 가서도 부산 유곽에서 흥청거릴 정도였다고 한다. 하지만 가족이 김두식에게 약점 잡힌 후로는 매일같이 찾아와 돈을 요구하고, 끈질기게 가족들을 미행하더니 급기야 다른 남자와 결혼할 자신을 엉뚱하게 시골 광주의 순경과 결혼하라는 것이었다. 싫다는 말을 하기도 전에 그 남자의 집은 파탄 나고 있었으니 뭐라고 말을 할 수도 없는 처지가 되어, 하는 수 없이 아이를 지우고 이곳에 내려온 것이었다.

“당키나 해? 이러니 내가 억울해 죽을 것 같고, 미쳐 버리겠지 뭐야!”

아마 혜진이 겪은 일을 들었더라면 그녀의 불만은 좀 더 겸손해졌을지 모른다. 하지만 혜진이 말을 할 수도 없었지만, 말을 할 수 있더라도 맘을 터놓을 입장도 되지 않았고, 그렇게 말을 한다 하더라도 정화의 귀에 들리지도 않았을 것이다. 남의 고통에 조금의 관심도 없다. 늘 그렇게 부르주아로 살아왔던 그녀는 나락으로 떨어졌다 해도 여전한 지배층이었다.

혜진은 그날 저녁 가만히 일기를 쓰며 적적한 맘을 달랬다.

피지도 못한 꽃잎이 떨어져
먼지 밭을 뒹굴다
사람들 발에 밟혀 으스러지기까지,

또 다시
바짝 쬐인 햇볕에 바짝 말라 비틀어져도
닭은 울 것이고, 새벽은 올 것이며,
꽃 떨어진 자리에 열매는 기어이 맺힐 것이니

가여워할 것도 없고, 야속타 할 것도 없는 세상.
노여움도 부질없고, 설움도 부질없네.

작은 햇살

1960년 1월

'그날도 이렇게 흐리고 하늘이 잔뜩 내려왔는데….'

혜진은 1월 흐린 날만 되면 불안했다. 10여 년 전 벌어진 큰 오라버니의 일이 단초가 되어 그날 같은 날씨엔 예민하게 반응했다. 1960년 1월 그날도 그랬다. 봉식이 서울에 다녀오는데 여기저기 피투성이가 된 채 내려온 것이다. 그녀는 봉식이 무슨 일 하는지 아는 게 없다.

〈뭐하고 다니는 거여? 시방!〉

혜진은 애타 죽겠는데 봉식은 아무 말도 하지 않았다. 그저 싱글벙글이다.

"나, 나 괜찮다…. 혜진… 나, 돈 벌어 왔어…."

자랑스럽게 돈 봉투를 내미는 그의 입가에 뿌듯함이 묻어난다. 그리곤 혜진의 배를 만져보고는 싶은데 감히 만지지는 못하고 어쩔 줄 몰라 떠나질 못하고 있었다. 그런 순진함에 무슨 나쁜 짓을 할까 맘을 너무 놓았었나 보다.

봉식은 앞서 김두식의 소개로 반공예술단에서 봉식이 하는 일은 가서 민주당이나 진보당, 대학생들의 시위를 진압하거나, 훼방하는 일을 하고 있었다. 그런 일하는 사람인 줄 알았더라면 어떻게든 못 하게 말렸을 것이 분명했고, 봉식 역시 그녀에게 아무 말도 하지 않고 웃고만 있었다.

“텐찌에! 민나!”

시위 현장에서 그의 큰 목소리는 사람들에게 위압감을 주기 충분했다. 민첩하진 않아도 힘 하나는 장사인데다, 정신도 분명하지 않아 진압하다 말고 춤을 추는 식으로 사람들이 겁을 집어먹기 충분했다. 두어 사람이 들 만한 커다란 쇠몽둥이를 혼자 가볍게 돌렸으니 과시용으로는 이만한 사람이 없었다. 하지만 속사람이 여려, 사람들을 때리거나 하진 못했다. 어릴 때부터 맞기만 했는데 무슨 용기로 누굴 때린단 말인가?

그곳에서 따로 챙겨 주는 급료는 하나도 빠지지 않고 챙겨 왔고, 급료 대신 주는 쌀이나 밀가루 등도 꼬박 챙겨 오기도 한 게 그의 생활이었다. 혜진에게 뭔가 해 줄 수 있다는 게 얼마나 보람 있는 일인가?

선거를 앞두고 바빠지자 봉식은 서울로 올라갔고, 그렇게 2월이 되었다. 봉철 역시 선거 전이라 전쟁 치르듯 살고 있어 집에 들어올 겨를도 없었다. 정화는 뭐가 급하다고 산달이 한 달이나 남았는데 서울 친정으로 올라가니, 집에는 혜숙과 혜진만 남게 되었다.

드디어 혜진이 아들을 낳았다. 아이는 어떻게 낳는 줄도 모르고 본능대로 낳았다. 너무 아프고 힘도 없는 중에, 예전 자신을 돌봐 주었던 아저씨 기억이 먼저 났다. 꼭 그때처럼 정신이 없었다.

‘철민 아저씨…, 오라버니…. 아, 봉식이….’

뒤늦게 봉식이 생각이 나 괜히 미안하기도 했다. 그녀는 억지로 봉식이만 생각하며 아이를 낳으려 했다. 그러나 마지막에 떠오르는 건 동생을 낳던 어머니의 모습이었다.

"엄니!"
– 응에

마지막 힘을 쏟아 소리를 내며 아들을 낳았다. 엄마 이름을 불러 본 지 참 오래된 것 같았다. 그런데 정말 목소리에서 나온 소리였을까? 혼자서 씁쓸한 미소를 지으며 아이의 손가락을 만졌다. 다행히 아무 이상도 없었다. 하룻밤을 꼬박 앓다가 새벽이 되어 아이를 낳았고, 기운 빠진 실눈으로 아주 작은 창틈에 햇살이 비집고 들어오는 게 보였다.

"언니, 이거라도…."

혜숙이 어쩔 줄 모르고 끙끙 앓다가 아침이 되어서야 미역국을 끓여 왔다. 참기름 한 방울 없이, 소금 넣을 정신도 없이, 미역만 물에 넣고 끓여 온 것이었다. 탯줄은 어떻게 잘라야 하는지도 몰라 혜숙이가 동네 할머니를 모셔와 겨우 수습할 수 있었다. 아이 이름은 형석이었다. 드디어 형석이란 이름을 붙였다. 아버지가 계속 지어 부르고 싶어 하던 형석이 말이다. 혜진이는 형석이란 이름을 붙이니 기뻐서 눈물이 흘렀다. 혜숙이에게,

〈내 위로 유산된 두 오빠에게 붙였을 이름, 너와 내가 아들이었으면 붙였을 이름이었고, 큰 오라버니 조카에게 붙였을 이름이 이제야 붙여 본다.〉
"참말로 용허게도 생겼구만!"

아들이 태어나 이들보다 더 기쁜 이는 봉식이었다.

"우하하하, 나도 아들이 생겼다~"

동네방네 돌아다니며 미친 듯 웃고 다녔다. 아무리 진정을 시키려고 해도 웃다가 쓰러지면서 다시 밖으로 나갔다. 아이를 멀리서 쳐다볼 뿐 가까이 가지도 못하고 있다가 뛰어나가 미친 듯 웃고 돌아와 다시 그 자리였다.

〈좋아요?〉

혜진이 묻자, 봉식의 입에서 뜻밖의 말이 나왔다.

"응, 내가…, 나 같은 머저리 안 태어나게 해 달라고 많이 빌었는디…, 근디 혜진이 똑 닮은 아이가 태어났어, 기분 좋아…."

'진짜 아빠네….'

봉식의 자식 사랑은 손 하나 대지 못하고 안지도 못할 정도로 미안함이 가득했다. 혹시라도 손가락 하나 다칠까 노심초사에 전전긍긍이었다. 봉철이도 봉식이 모습에 기가 찼지만, 곧 자기 아이가 생기는 까닭에 역시 잠도 제대로 못 자고 있던 차였다.

겨우 열흘 차이로 정화가 곧 출산한다는 소식이 들리자 봉철은 선거고 뭐고 할 것 없이 냉큼 서울로 올라갔는데, 하루 있다 내려온다더니, 일주일이 걸려 내려온 것이다. 한데 내려온 모양새가 심상찮다. 정화는 냉랭하게 들어가 버렸다지만, 봉철이 아이를 안고 방문을 두드리는 게 아닌가? 놀란 혜진이 일어나려 하니,

"괜찮다. 누워 있어라! 니 얼라는 괜찮나?"

봉철이 그리 친절한 말로 물어볼 줄은 몰랐다. 아이를 살펴보더니,

"니 아는 괜찮네…, 똘망똘망하게 생겼구먼…."

혜진은 그의 친절에 더 불안해졌다.

그러더니 방에 들어와 아이를 유심히 살펴보고, 방도 여기저기 보았다.

"냉방이구먼, 오늘부터는 2층 방으로 올라가 거기서 살어! 출생신고는 내가 할랑께, 어디 나돌아댕기지 말고…, 이 아 이름은 형오여, 최형오…. 근디 아가 봉식이여…, 인자 니가 도맡아 키워야겄어…, 쌍둥이라 생각하고…."
'…?'

듣던 혜진은 무슨 소리인 줄 몰랐는데, 엉겁결에 봉철이가 내 준 형오를 안았다. 온몸이 경직되어 있었고, 혀는 쭉 내밀어 코끝까지 올리고 있었다. 그녀가 보기에도 어딘가 좋지 않아 보였다.

"그래서 봉식이라고…."

퉁명스럽게 아이 얼굴을 한 번 더 보더니, 봉철이 그 말만 하고 나가 버렸다. 자식을 돌볼 마음이 없었는지, 아니면 없어졌는지 모를 일이다. 형오는 태어나자마자 의사로부터 다운증후군이라는 병명을 들어야 했다. 물론 봉식이와는 다르지만, 알 리 없는 봉철과 정화는 같은 부류 취급을 했다.

"비교적 흔한 질병입니다."
"그래서요? 그 사실이 이 아이 키우는 데 도움이 되는가요?"
"그건 아니지만…, 그래도 중증은 아닌 것 같습니다. 잘 관리하면 어느 정도는…."
"아니, 그걸 말이라고 해요?"

의사의 소견이 정화의 기분을 달래 줄 순 없었다. 정화의 입장에서는 차라리 중증으로 빨리 죽길 바랐는지 모른다. 죽이지도 못하겠고, 살리지도 못하겠다. 아니 키울 수나 있으면 다행이겠다. 분노는 남편에게 이어졌다.

"병신 같은 동생이 있었으면 말이라도 했었어야지! 이게 다 당신네 유전이라고!"

정화는 표독스럽게 봉철에게 아이를 맡기며 쏘아붙이는데, 그 표정에서 봉철은 다른 음성이 들렸다.

"지금에야 니가 이긴 거 같어도, 나중에는 이를 갈 날이 올 것이여!"
최첨식의 서릿발 같은 분노의 일갈이 들리는 것 같았다. 당황한 그는 떨리는 손으로 아이의 나온 혀를 강제로 밀어 넣으려 했다.

"으앙!"

아이는 질겁하며 사래질을 했다. 그만큼 장애에 대해 무지했다.

"끄억끄억…."
"아, 왜 그러세요?"

보다 못한 간호사가 얼른 아이를 빼앗았고, 봉철은 침 묻은 엄지손가락을 닦았다. 두어번 닦으면 될 일을 그는 계속 바지춤에 닦아댔다.

"물에 씻으면 될 걸, 왜 그래요? 아프지도 않소? 참 내, 자식 침이 그리 더럽나?"

병원을 나오는 길에 보다 못한 정화가 한 말에 정신을 차리고 보니, 자기가 봐도 이상할 정도로 피가 나도 모르는 채 긁고 있던 것이다.

"글쎄… 아프진 않고 가렵기만 헌디?"

한 번으로 끝난 게 아니라 오는 길 내내 그랬다. 집에 거의 다 와서야 피가 나고 있는 손이 보였다. 한데 별로 아프질 않았다.

'이상허네…, 혹시 엄니 문둥병이?'

갑자기 어머니의 한센병이 유전되었을까 겁이 났다. 물론 정화한테 말한 게 아니다. 그녀가 알았다간 같이 살 수도 없을 것이다. 하지만 초조함이 극에 달하자 그는 손톱을 입으로 깨물기 시작했다. 묘한 기분이 들었다.

'참말로 그 냥반이….'

불안해진 그는 이전 혜진의 부모를 죽였던 날, 그들에게 들었던 저주가 실현되나 노심초사했다. 차창 밖을 보니 2월 쌀쌀한 날씨, 그가 성균을 죽였던 그날 날씨도 이랬고, 어느 해인가 어머니가 살아 돌아왔던 11월에도 날씨가 이랬다. 가뜩이나 불안한데, 정화는 다른 이유로 성질을 내며 여러 차례 잠꼬대를 계속하고 있었다.

"유전이여, 유전!"
"닥치고 조용히 가!"

정화의 말에 아니란 말을 못하겠다. 물론 정화야 봉식이와 형오를 두고 이른 말이지만, 유전이란 말을 들은 봉철의 머리엔 어머니의 한센병이 자기에게로 유전된 것인가 싶어 미칠 것 같았기 때문이다. 집에 돌아온 다음 날, 혜진이 형오를 안고 오는 모습을 보자,

"아니 병신이 태어나려면 여기서나 태어날 것이지, 왜?"

라고 서슴지 않고 말했다. 자식에게 병신이란 말을 서슴없이 하는 걸 보면 이 여자도 정상이 아니다. 불만 많았던 결혼 생활에 언제나 술을 끼고 살고 있었고, 술이 문제여서 정신이 그랬는지, 아니면 정신이 문제여서 술을 찾았는지 뭐가 맞는지 모를 정도로 구분이 안 되는 생활을 하고 있었다. 술에 취해서는,

"차라리 아이 바꿀까? 내가 잘 키울게!"
라는 말을 하곤 했다.

"으아아악!"

그럴 때마다 혜진은 악을 쓰며 형석이를 정화에게서 빼앗았다. 정화는 코웃음을 치며 말했다.

"그래, 니가 둘 다 키워!"

마치 박새에게 알을 맡기는 뻐꾸기처럼 혜진을 노려보았다.

"대신 똑바로 못 키우기만 해 봐!"

그런 말을 하지 않아도 혜진인 잘하고 있었다. 정화는 형오에게 줘야 할 비싼 분유가 혹시나 형석에게 갈까 봐, 분유를 먹을 땐 항상 다 먹이는지 감시했었고, 반찬이건 침구건 머리카락 한 올이라도 나오면 혜진을 죽일 듯 구박했다. 정화가 악역을 맡자, 봉철이 오히려 아이들 잘 키우라고 돈을 주고 가는 일까지 생겼다. 혜진과 혜숙은 봉철의 행동에 대해 이해할 수 없었다. 어딘가 불안한 모습이 가득했다. 선거가 다가와 바빠졌다고는 하지만, 정신이 없어 보였다.

"반푼이 되는 거 아녀?"

혜숙이 언니에게 키득거리며 몰래 말을 꺼낼 정도로 불안이 가득했다. 김두식에게 전화가 왔을 때도 바짝 무릎까지 꿇고 전화를 받고 있었다.

"무조건 사전투표가 4할은 넘어야 혀, 글고 멍청한 놈들 엉뚱한 곳에 기표하지 않게 똑똑한 놈 하나씩 묶어서 공개투표로다가 해야 혀…, 완장은 반공인단허고 해서… 사람들 기어오르들 못허게 해야제…."

"네, 형님!"

봉철은 초봄 추위에도 연신 땀을 흘렸고, 손을 항상 수건으로 동여매고 다녔다. 서에서도 가만히 있지 못하고 계속 수건을 풀었다 감았다 하면서 정신 사납게 굴고 있었다.

급기야 그해 4월 11일, 마산 앞바다에서 눈에 최루탄이 박힌 김주열의 시신이 발견되자, 전국적인 시위가 일어나게 되었다. 여보적자(如保赤子), 갓난아이 돌보듯 백성을 사랑하라는 고전의 외침에 정치인들은 귀를 기울이지 않았다. 정부에서는 공산주의자들의 소행이라 하여 장갑차까지 동원해 국민을 향해 일제사격을 하였다. 하지만 국민은 이에 굴하지 않았다. 국민학생들까지 일어선 시위는 감히 총 따위로 이길 수 있는 게 아니었다.

봉식은 급한 호출에 서둘러 올라갔지만, 18일 청계천 부근에서 시민군에 붙잡히게 되었고, 봉철은 이승만 사임 후 경찰 발포자 처벌을 외치는 시민군들에 의해 붙잡히게 되었다. 허정 정부에서는 잔혹한 고문 및 무고한 시민에게 발포한 죄목으로 봉철을 직위해제 및 징역 3년을, 살인과 방화 등의 정치 깡패 명목으로 봉식이에겐 징역 10년을 선고하였다.

정화는 일이 터지기 전부터 코빼기도 보이지 않았다. 남편 옥바라지하기 싫어서 도망간 것이라고, 아니 전에 정분났던 남자한테 다시 가 버렸다고 말만 많았을 뿐이다.

"오메, 이기 뭔 일이다요? 우리 엄니가 살아 계셨으믄 이 기둥 붙잡고 기뻐서 우시겄구먼!"

혜숙은 잘된 일이라고, 입에 침이 마르도록 호들갑을 떨고 있었지만, 혜진은 아니었다.

〈우리, 서울 좀 가자!〉
"아니 언니가 뭐할라고! 걍 집에 있제! 몸도 편치 않음서, 갓난아이 둘이나 데꼬 어딜 갈라고? 간다고 뭘 할 수 있간디?"

절대 안 된다고 고집을 피우는 혜숙에게 형석이만 맡기고, 형오를 안고 부랴부랴 서울로 올라갔다. 막상 봉식이 잡혀 있는 서대문형무소까지 왔지만, 딱히 무슨 방법이 있는 것도 아니었다. 벙어리라고 사정을 딱하게 여긴 간수가 어렵게 면회를 허락했지만, 봉식은 부들부들 떨며 웃고만 있기에 소통조차 되질 않았다.

〈이기 뭐여? 대체 뭔 일을 한 거여?〉
"히히, 우리… 형석이 보고 싶다."

방도가 딱히 있는 게 아니었다. 박스 종이에 커다랗게 글씨를 써서 오가는 사람마다 울면서 남편 사정을 이야기할 수밖에 없었다.

> 형석이 아빠는 누굴 죽이고 그럴 사람이 아닙니다.
> 그냥 전화 오면 나가서 시위를 진압하려 한 것입니다.
> 갓난아이를 봐서라도, 벙어리라 말 못하는 저를 봐서라도
> 그저 못난 저희 남편을 불쌍히 여겨 주세요!

"아니, 정치깡패를 했으면 응당 처분을 달게 받아야 할 것 아니오!"
"이딴 인간을 어찌 불쌍하다고 한단 말이오? 그럼 당신 남편한테 죽은 시민들은?"

사람들은 더 화가 났다. 대자보는 이미 내동댕이쳐지고 혜진은 다시 찢어진 조각들을 이어 보려 했지만 될 일이 아니었다. 사람들에게 몰매 맞을 뻔할 일, 주변 경찰의 만류로 다행히 큰일은 피하게 되었다. 그녀가 잘 알지 못하는 현실 세계는 그랬다. 자신에게 있어서의 정의가 남에게도 꼭 같은 것은 아니란 걸 그때 깨달았다.

이듬해 5월 16일, 군부에서 쿠데타를 감행했다. 광복이 해방이 아니었던 것처럼, 혁명은 또 다른 독재체제로 바뀌게 되었다. 사람들의 추대와 투표에 의해 올라선 정부가 아닌, 쿠데타 정부였기 때문에 기반이 약한 탓에 정부는 퍼포먼스를 해서라도 사람들의 시선을 돌리려 했다. 형무소에 갇혀 있었던 정치깡패들로 시가행진을 하게 한 것이다. 이정재를 필두로 국민의 심판을 받겠다는 플래카드를 들고 다니며 사람들의 이목을 집중시키는 데 성공하였다.

1962년 5월 21일, 봉식은 하필 그의 생일에 시가행렬을 하게 되었다. 사람들은 저마다 욕을 하고 야유를 퍼부었다. 봉식은 많은 인파 속에서 행진하게 되니, 또 흥분하게 되어 느닷없이 큰소리로 웃고는 들썩들썩 춤을 추었다. 사람들은 더 분노했다.

"미친놈이…, 어디서 웃고 있어! 아직도 잘못한 줄 몰러?"

봉식이는 많은 사람들의 야유에 정신이 더 나가 버렸다. 그때부터 봉식의 헛소리가 심해졌다. 자다가 일어나서 "잘못했습다. 제가 잘못했습다!"를 줄곧 외쳐 댔다. 낮에는 우두커니 벽만 보고 있고, 밤에는 무슨 소리라도 나면 일어나 형무소를 가득 울리도록 시끄럽게 하니, 가뜩이나 좁은 곳에서 성질 급한 이들이 많던 형무소에선 그때마다 그를 두들겨 팼다. 그게 봉식의 상태를 더 악화시켰는지, 나중엔 혜진이 면회를 와도 아무런 말도 못하고 얼굴만 숙이고 있었다. 그녀는 면회실 창문을 두드렸지만, 그의 시선은 아래만 보고 있었다.

〈고개를 들어야 글을 볼 게 아냐?〉
"지… 집, 혀… 형석이…, 우리 아들…, 헤혜진…."

알아듣기도 힘든 소리만 그의 입에서 나왔고, 단어 연결도 되지 않았다. 혜진은 어떻게든 봉식을 살리기 위해 애를 썼지만 별로 달라질 게 없었다.

나라도 별로 달라질 게 없었다. 사람들이 원했던 민주주의와 민족통일은 반공을 국시(國是)로 삼은 쿠데타 정부에 의해 물거품이 되었다. 민주주의는 독재주의와 다를 바 없었고, 민족통일은 점점 더 멀어지기만 했다. 이 정부는 사람들을 감시할 목적으로 중앙정보부를 창설했으며, 김두식은 중앙정보부 요직에서 더 강력한 권력을 누리게 되었다. 그 권력에 의해 봉철은 형무소에서 별일 없이 지내다 몇 달 만에 아무 일도 없는 것처럼 복직이 되었다.

집에 돌아왔을 때 봉철은 정화가 없는 것도 그다지 신경 쓰지 않았다. 이승만 전 대통령의 하와이 망명으로 그 집안이 모두 하와이로 이민 갔다는 김두식의 말이 전해졌기 때문이다. 그는 중앙정보부 권력이 얼마나 강한 것인지 체감을 하고서, 요원으로 올라가고 싶어서 안달 났다.

"아, 형님… 나도 좀 불러 주라고!"
"니는 좀 기다려, 곧 불러 줄라니까…."

봉철이 매달릴수록 두식은 더 느긋했다. 그 재미를 즐겼다. 미끼를 던지고 물길 기다리다, 물면 힘이 빠질 때까지 기다렸다. 봉철은 그럴수록 더 안달 났다. 그때부터였다. 친하다고 생각했던 김두식의 낚시에 힘이 빠진 봉철은 술을 마시면 이상해졌다. 술에 취하면 속옷 차림으로 엉덩이를 하늘로 치켜들고 머리를 땅에 붙이고 손을 하늘로 들고 싹싹 비는 꼴이 파리와 똑같았다. 처음엔 김두식에게 사정하는 꼴로 취하나 싶었는데, 그것만은 아닌 것 같았다.

"자…, 잘못…, 아이고 지 쪼까 좀 봐 주시오!"

처음 광기는 어머니의 한센병이 유전되었을까의 두려움에서 시작했다. 미친 듯 엄지손가락을 긁다가 이내 손 전체를 긁더니 어느 날엔가는 칼로 상처 부위를 잘라 내고 있었다. 게다가 김두식에게 바라는 게 더 간절해지다 무의식적으로 그런 행동이 나왔을 것이다.

'저거는 인자 봉처리가 아니라 봉파리여, 봉파리….'

혜진이 정말 말이라도 할 줄 알았으면 바로 입에서 나왔을 것이지만, 동생에게조차 그런 말은 꺼내지 않았다. 봉철은 원래도 술을 많이 먹었지만 4.19 이후 불안감과 긴장감으로 더 술을 찾았고, 그게 기억에 구멍을 뚫는 줄 꿈에도 모르고 있었다.

혜숙은 검정고시를 차분히 준비하였고, 아이들도 특별한 일 없이 잘 자라고 있었다. 이전처럼 봉철 가족에 의한 폭언과 폭행은 없더라도 그녀는 옥바라지 때문에 더욱 일이 많아졌다. 형무소에서 봉식은 정신이상으로 10년형에서 감형 받아 4년 만에 나오게 되었지만, 이번엔 집 밖을 나서려 하지 않았다. 시가행진의 충격 때문인지 길거리만 나서면 "잘못했습다!"를 연발하며 날뛰다가 무릎을 꿇고 싹싹 빌고만 있었다. 그래서 집안에 갇힌 채로 하루 종일 멍한 채, 혜진이 떠먹여 주는 밥만 먹고 있었다.

봉철이 술에 취한 날이면 집에 다 큰 어른 둘이 싹싹 비는 꼴은 누가 봐도 민망했다.

"아이가 넷이네!"
〈기대하지 말고 그냥 살어! 그게 편해.〉

“기대하지 말라고, 아님 기대지 말라고?”

〈그래, 기댈 것 없는 세상, 기대도 말아야지, 바라는 게 있으니까 자꾸 그래. 그냥 눈앞에 있는 거만 봐.〉

“난 그래도 미래를 기대해 볼려구, 내가 꼭 돈 벌어서 언니 이 집에서 나오게 해 줄게. 난 법대에 갈 거야. 그래서 억울한 시집살이하는 언니 꼭 구해 줄 거야.”

〈복수할라고 법 공부할라믄, 차라리 다른 거 해!〉

“알았어, 그건 그냥 해 본 소리고, 내가 말은 원래 똑 부러지게 잘항께 한번 해 볼라고 하는 거여….”

〈어렵진 않겄어? 공부할 게 많다고 하던디?〉

“그래도 기댈 데가 법 말고 있어야 말이제….”

정화가 집에 들어오지 않자, 혜진은 저절로 집에 고이 모셔 둔 피아노에 이끌리게 되었다. 풍금도 아닌 무려 피아노였다. 물건들을 닦다가 만져진 건반이 그대로 끝나진 않았다. 잊고 단념하려 했던 과거의 기억도 피아노 소리엔 어쩔 수 없었나 보다. 그녀가 기댈 곳은 피아노밖에 없었다.

1968년 5월

봉철에게 유전은 어머니의 나병도, 봉식이와 자식에게 얽힌 게 아닌 제 아비의 술버릇이었다. 술에 취하면 그 아버지 하던 그 짓을 똑같이 반복하고 있었는데 그걸 본인만 모르고 있었다. 나머진 자신이 만든 의심이었고, 따지자면 남들을 괴롭힌 만행에 대한 당연한 인과응보였다. 그날도 경복은 잘 개어 옆에 두고 형석이와 형오를 무릎 꿇게 하고 일장 연설을 하고 있었다.

"니는, 니 동생만은! 반드시! 챙겨야 혀…."
"제가 형오 꼭 챙길게요."

봉철은 형석을 훈계하는가 싶더니 이내 멍한 표정으로 한참 동안 형석이만 바라보고 있었다. 형석이는 처음엔 큰아버지께서 약주를 과하게 드셨나 보다 생각하고, 형오를 잘 돌보라는 의미로 훈계하시는 줄 알고 있었지만, 봉철은 제정신이 아니었다. 아이처럼 손가락을 빨다가 점점 물어뜯으며 생채기를 내는데 눈 하나 깜짝이지 않고 멍한 표정 그대로 그렇게 팔을 여기저기 물고 있었다. 형오는 이미 나가떨어져 잠을 자고 있었고, 형석이만 두어 시간 동안 꼼짝도 하지 못했다.

"큰아버지, 다리가 저려요…."

묵묵부답이었다. 그는 멍한 표정으로 가만히 있었다. 빠져나올 수 없는 형석이만 오금이 저렸다.

"큰아버지, 저 화장실 좀…."
"응, 그래 가…."

갑작스레 든 정신에 자신도 당황했었던 모양이다.

'내가… 가장 듣기 싫었던 소린디….'

어머니 닮기도 싫었고, 아버지 닮기도 싫었다. 그리고 자식이 봉식이를 닮은 것도 싫었다.

"아, 그때 어르신이 뭔 변화가 어쩌고 했제? 아주 판박이구만!"

봉철은 거울을 보면서 자기 아버지 닮은 그 얼굴이 보기 싫어 거울에 침을 뱉었다.

"젠장, 얼굴도 똑같고 마누라 도망간 것도 똑같구먼!"

봉철은 그게 더 화가 났는지 다시 술을 마시면서 고래고래 고함을 질렀다.

"최첨식! 최첨식!"

닮은 것도 어르신의 점지가 아니었을 것이고, 오히려 닮지 말라 하셨던 가르침이었을 텐데, 봉철은 자신을 주체할 수 없을 때마다 꼭 최첨식에게 분노했다.

마당 한쪽에서 부모의 욕을 듣고 있던 혜진과 혜숙은 그날 일이 떠올라 치를 떨었고, 봉식이는 이불을 뒤집어쓰고 살려 달라 악을 쓰고 있었다.

〈아이들 데리고 어디 좀 갔다 와!〉
"이 시간에 어딜 가라고?"
〈아이들 듣기 민망시러워.〉
"알았어."

그렇게 나가려던 찰나, 봉철의 눈에 혜숙이가 들어왔다.

"어딜 나가? 너 이리 와!"

무섭게 날뛰며 혜숙을 붙잡으니, 혜진은 얼른 달려가서 아이들을 방으로 보내고, 봉철에게 있는 힘껏 매달렸다. 혜숙은 몸부림을 치게 되었고, 봉철은 그게 더 자극이 되었는지 혜숙의 옷을 찢어 버렸다.

"아아악!"

혜진은 저도 모르게 악을 쓰며 봉철에게 덤볐지만, 봉철의 주먹에 명치를 맞고 쓰러졌다.

바로 그때 정화가 나타났다. 봉철도 놀라 말문이 막히고, 혜숙도 놀랐지만, 정화는 정말 대수롭지 않은 듯, 눈으로 한 번 쓱 쳐다보고는 현관으로 들어갔다. 이 틈에 혜진이 얼른 혜숙을 붙잡고 방으로 들어가 버렸고, 봉철은 기가 막히지만 자기가 저지른 일이 있으니 잠자코 들어갔다.

다음 날이 되어서야 정화는 무슨 정신에선지 아침부터,

"나가! 이 집에서 당장 나가!"

심지어는 돈까지 줘 가며 나가라고 쫓아내는 것이었다. 그녀의 한 손에는 또 술병이 들려 있었다.

"참말로 알 수가 없네! 정신이 있는 거여, 없는 거여?"

혜진은 리어카를 하나 빌려 식구들의 짐을 실으니 딱 맞았다. 봉식이도 리어카를 끌어 보니 제법 괜찮아졌는지 오래간만에 웃으며 집을 나왔다. 정화가 준 돈으로 어찌저찌 철길을 따라 조선대가 바로 보이는 동네로 이사를 했다. 기찻길 옆 오막살이, 그 말이 딱 맞았다. 하숙을 치던 집주인이 착해서인지 처량한 4명을 거두어 준 것만으로도 다행이지 싶었다. 하숙집 오빠들에게 법학을 공부하고 싶다던 혜숙은 인기 만점이었고, 아들 형석이 역시 똘망똘망한 국민학교 1학년이니 귀여움을 독차지하고 살았다. 봉식 역시 웃고 사는 사람들이 많으니 표정도 많이 밝아지고, 하숙집 청소나 궂은일을 싫은 표정 하나 없이 성실하게 했다. 혜진도 가족 부양을 위해 그때부터 갈치를 떼어다 리어카에 싣고 다니며 장사를 시작했지만, 처음부터 잘될 일이 없었다. 말도 못하는 그녀에게 제대로 값을 쳐 주던 이가 없었던 것이다.

"아유, 새댁이…, 갈치 한번 줘 봐요! 오메, 비싸네!"
"말도 못 헌디 뭐 팔라고! 그냥 한 마리에 10원만 해도 되겄구만!"

떼어 온 가격이 10원인데 사람들은 그 가격으로 사길 바랐다. 두 마리에 30원이라고 써진 종이는 너덜너덜해지기 일쑤였다. 그래도 그렇게 손해를 보면서도 성실하게 내다 팔았다.

"우리가 너무 했네…, 어렵게 사는 거 뻔히 안디…."

사람들도 그녀에게 적잖게 미안한 모양인지, 그때부터 제값에 물건을 샀고, 단골들도 꽤 생겼다. 새벽엔 가게에 납품하고, 오후엔 봉식이와 함께 가정집 주변을 돌며 갈치를 팔았다.

"갈치가 왔어요, 갈치! 목포에서 잡아 온 먹갈치요, 먹갈치!"

혜진이가 적어 준 내용을 봉식은 열심히 읽었다. 내심 할 일도 생겼고, 운동도 되니 활기가 생겼다. 그래도 둘은 일이 없는 점심엔 꼭 봉철의 집에 들러 형오를 돌보며 집안일을 했고, 봉철이 퇴근하기 전에 마치고 나올 수 있었다. 형석이도 종종 와서 형오와 잘 놀아 주고 가기 때문에 형오는 형석을 형이라 부르며 가장 많이 따랐다. 학교에 갈 수도 없으니 혜진과 형석이 아니면 챙겨 줄 사람도 없었다.

"그 집은 언니가 돌보지 않으믄 진작 파탄 났을 것이네!"

혜숙의 말마따나, 그 집은 순전히 혜진의 희생으로 유지되고 있었다. 봉철은 이렇게라도 와 주는 혜진을 고맙게 여길 만도 했지만, 당연한 일처럼 여겼다. 물론 처음엔 자기 결정 없이 이뤄진 일이라고 또 악을 쓰고 정화에게 호통을 치고 폭력을 가했지만, 정화의 결정엔 변함이 없었다.

"니 주제를 알고 덤벼! 어디 그 어린 것에 손을 대? 동네방네 소문내 줘?"

봉철은 분을 이기지 못하고 현관문을 박살냈다. 그러거나 말거나 혜진은 열심히 그 집에 드나들었다. 순전히 형오를 돌봐야겠다는 열심뿐이었다. 그래도 일은 그런 와중에 벌어지기 마련이다.

여름방학이 끝날 때쯤, 형석이가 동명동에 혼자 와서 형오와 놀아 주다가 오후 시간이 되어 형오를 재우고 집을 나왔는데, 저녁 무렵 깬 형오가 형을 찾겠다고 집을 혼자 나섰다. 그 아이가 집을 나온 줄은 아무도 몰랐다. 정화는 형석이가 온 줄도 모르고 술에 취해 자고 있었고, 그 시간 혜진과 봉식은 장사하는 시간이다 보니 그 집에서 이루어지는 사정을 몰랐다. 그날따라 봉철의 퇴근 시간도 늦어졌다. 걸음걸이도 온전하지 못한 형오가 신발도

제대로 신지도 않고 걸어 나왔는데,

– 컹컹컹

어디선가 커다란 개 한 마리가 뛰어오더니 형오를 물어 버렸다.

“으아아아앙!”
“오메 오메! 미친개가 애기를 물어브렀시야!”
“저리 안 가!”

사람들이 물을 끼얹자 개가 도망갔다. 하필 공수병이라 하는 광견병이다.

– 삐익, 삐익

봉철이 멀리서 오다가 사람들이 모인 것을 보고 호루라기를 불며 뛰어왔는데, 피투성이가 된 아이가 아들인 것을 알고 깜짝 놀랐다. 당황한 그는 아이를 안고 병원으로 뛰었다.

“상처가 꽤 깊어서….”
“살릴 수 있냐고!”
“그건 잘….”
“아니 의사가 그것도 몰라?”

봉철은 호통을 쳤지만, 의사도 어쩔 수 없었다. 정화는 병원에 와서도 아직 술이 덜 깬 표정으로 코웃음만 치고 있었다. 봉철은 화가 나서 정화의 뺨을 쳤다.

“애나 보제, 니는 허구헌 날 술만 처먹냐?”

"왜, 이제 와서 아빠 노릇 좀 하실라고? 그럼 잘 좀 해 봐! 난 이 집구석에 있기 싫어!"

봉철은 화가 있는 대로 나서 경찰서에서 대검을 가지고 가, 온 동네를 뒤지며 그 미친개를 난도질했다. 예전 어르신 부부를 죽일 때와 같았다. 미친개를 죽이는데 미친 사람처럼 죽였다. 말릴 엄두도 나지 않았을 것이다.

"니가 내 아들을 죽였어!"

있는 대로 악을 쓰며, 개를 발로 차고 난리를 피우는데, 그 순간 먹구름이 가득한 저녁 하늘에 갑자기 번개가 번쩍였다.

– 쿠르릉 쾅!

천둥소리가 얼마나 크게 났는지 사람들 모두 고개를 수그렸다.

"이것이 벼락 소리여?"
"오메, 징허게 크네!"

그때 다시 한번 천둥 번개가 동시에 지나갔다. 봉철은 누구라도 찾듯 연신 두리번거리며 점점 창백해져 갔다.

"최첨식!"
"최첨식 어딨어!"

분노에 가득한 목소리로 그는 하늘을 향해 혜진의 아버지를 불렀다. 자식이 미친개에 물린 게 첨식의 저주 때문으로 받아들인 것이다.

– 쾅!

더 가까운 곳에 벼락이 떨어졌다. 그리고 비가 본격적으로 쏟아붓기 시작했다. 그 비에 더 성질이 나서 악을 쓰며 울부짖었다.

“내가 그런다고 무서워할 것 같어!”

병원으로 돌아와서도 그의 이상한 환청은 계속되었는지,

“유전이여, 유전.”

있지도 않은데 자꾸 정화의 빈정거림이 들렸고, 봉철은 초조해지고 불안해진 탓에 또 손가락을 괴롭히고 있었다. 커다란 몸집으로 잔뜩 움츠리고 앉아 계속 중얼거리며 자기 손가락을 물어뜯는 모습은 기괴하기 그지없었다. 술에 취한 그의 눈엔 자식의 물어뜯긴 코와 손가락이 한센병에 걸린 어머니와 오버랩되기 충분했다. 그는 도망치듯 그곳을 빠져나왔고, 한 달 동안 병원에 가질 못했다. 정화 역시 별로 돌볼 마음이 없어 아이에게는 혜진이만 들르게 되었다. 형오는 그렇게 한 달 정도 앓다가 광견병으로 죽게 되었다.

죽은 아들 사진 하나 걸어 두고, 향불 피우고 그렇게 장례를 치렀다. 정화는 아들이 죽으니 그제야 꽃단장을 하고 담배를 피우며 소파에 앉아 있었다. 소복도 아닌 검은 벨벳 정장에 빨간 립스틱이다. 봉철 역시 술에 취해 손가락만 또 열심히 물어뜯고 있었다. 아들에 대해 일절 언급도 없었을 뿐 아니라, 동료들과 별로 친한 사이도 아니었으니 아무도 오질 않았다.

“누가 오지도 않을 놈의 장례식!”

가장 슬프게 울었던 사람은 형석뿐이었다. 막상 혜진은 눈물도 나오지 않았다. 슬플 겨를도 없이 바쁘기도 했거니와, 아들의 죽음에도 슬프지 않은 매정한 부모에 대해 분노가 더 컸기 때문이다. 혜숙이 옆에서 언니의 감정을 적절하게 표현했다.

"참말로 키우던 개가 죽어도 이렇진 않았겠네!"

개보다 못한 죽음이란 말을 듣고 혜진은 예전 청승과부 신세가 되었던 새언니의 모습이 떠올랐다. 누구 하나 들어오지 못하고 문밖에서 통곡을 하던 오라버니의 친구들이 생각이 났다. 당시 아들의 죽음을 놓고 기둥을 붙잡고 슬퍼하시던 어머니의 모습이 아직도 눈에 선한데, 이 집 식구들은 아들의 죽음에도 별로 슬픈 표정이 없었다. 새삼스럽게 봉식이 옆에서 눈물을 흘리며 형석에게 말을 건넸다.

"우리 형석이는 오래오래 살아! 죽지도 말고!"

그 말을 들은 형은 동생에게 손에 잡히는 대로 물건을 던졌다. 봉식은 아들을 감싸 안으며 우두커니 맞고만 있었다. 놀란 형석은 울음을 그치고 아버지의 얼굴을 봤지만, 자식을 바라보는 표정에 전혀 변화가 없다는 것을 보았다. 그리고 얼른 아이를 안고 밖으로 뛰쳐나갔다.

두어 달 지나고 겨울이 되자 김두식으로부터 봉철에게 갑자기 전화가 왔다.

"아이, 내가 인자 결혼이라고 할라고 근디, 혜숙인 잘 있다냐?"

그러나 봉철의 대답은 횡설수설에 가까웠다.

"지가, 서울, 거시기… 워메 뭐여?"

"뭐라고? 혜숙이 잘 있냐니께!"

"응, 잘 있어!"

그리고 전화를 끊어 버렸다.

아침 비

1969년 2월

광주역에서 붙잡힌 후로 10년이 되었다. 혜숙인 동명동을 벗어난 다음에야 검정고시를 치렀고, 큰 어려움 없이 모두 패스했다. 스물다섯 나이, 하숙집 건너 이웃 총각들까지 구애 편지를 보낼 정도로 인기가 있었지만, 혜숙은 법대에 들어가 판검사가 되리란 뜻이 강해 모조리 외면하고 있던 차였다.

"하지만…."

현실이라고 해 봐야, 언니가 벌어 오는 생선 장수 일로는 대학까지 갈 형편이 되질 않음을 잘 알고 있다. 물론 말을 꺼내면 언니는 어떻게든 해 보려 하겠지만, 그 일로 조카에게까지 누를 끼치고 싶진 않아 검정고시 합격이란 말도 하지 않고 있었다.

"희망은…, 보이는 것을 말하는 건지, 안 보이는 걸 말하는 건지…."

그렇게 한숨만 늘어 갔다. 그러던 중에 김두식이 찾아왔다. 사실은 혜숙이 봉철에게라도 찾아가 돈을 빌려 달랄 요량으로 찾아갔었는데, 마침 전화로 봉철의 상태가 좋지 않음을 눈치채고 광주로 왔다가 봉철의 집 앞에서 혜숙을 만난 것이다.

"어떻게 된 거야?"

"전엔 술만 마시면 이상해지더니, 요샌 술을 안 먹어도 이상해요."

"언제부터?"

"모르죠. 성격이야 원래부터 안 좋았을 테고, 술을 마신 날부터 이상해진 거라면 꽤 오래 되었겠죠. 그나저나 짜장면은 참 맛있네요."

두식이 충장로에 있는 왕자관으로 혜숙을 데려가 짜장면을 사 주며 건넨 대화였다. 한 그릇에 30원 하던 시절이었지만, 혜숙은 그마저도 처음이라 비빌 줄도 모르고 떠먹으려 하는 것을 보고 친히 비벼 주기까지 하며 건넨 말이다.

"그래? 그나저나 이제 너는 뭐할 테냐?"
"전 대학 가려고 하는데…, 뭐… 좀…."
"돈이 필요하겠구나?"

두식의 재주는 사람의 빈틈을 잘 파고드는 것이었다. 혜숙의 곤란한 점을 보고, 은근히 자존심을 건들기 시작했다.

"아니, 대학 들어가겄어? 여자가? 공부도 잘해야 쓸 것인디?"
"무슨 말씀이세요? 저 공부 잘해요! 법대 들어갈 점수도 나와요!"
"오메, 그래야! 참말로 장하다잉. 그란디 시시껄렁한 법대 나와 가꼬는 암짝에도 쓸모없고 서울대는 가야 쓸 것인디?"
"저도 돈만 되면 서울대 가죠! 돈이 없지, 실력이 없겠어요?"

순간 두식의 눈이 반짝였다.

"그래? 그럼 서울 가서 공부해 볼래? 학원도 가고 그래야제. 광주서 혼자 공부한다고 되는 거이 아녀! 인맥도 서울대 나와야 인맥이 깔리는 것이여!"
"제가 거길 어디라고 가요?"
"아니, 내가 누구냐? 그 정도는 해 줄 수 있제!"

혜숙인 의심의 눈빛을 거두지 않았다.

"왜 그렇게 해 주시는데요?"
"나야, 니가 법대 간다니까 반가워서 그렇지…, 너도 알잖냐? 내가 숨긴 게 많은 거…, 판검사 쪽으로 내가 줄을 서지 않으면 내 목숨도 간당간당하니까 그라제!"
"아하! 그러면 그렇죠! 내가 아저씨 도움 받아 잘되면, 아저씨야 뭐…."

혜숙은 김두식이 누구인지 몰랐다. 자기 집안과 어떻게 연결되어 있는 줄도 몰랐다. 그냥 봉철이 꼼짝 못 할 정도로 높은 직책을 가진 사람이라고만 알고 있었다. 게다가 그날 처음으로 먹었던 짜장면이 맛있던 탓인지, 두식의 꼬임이 달콤한 탓인지 혜숙은 긴장을 풀어 버렸다. 두식은 그 길로 삼복서점으로 데리고 가, 공부할 책을 잔뜩 사 주고 차로 집에 데려다 주기까지 했다. 심지어는 용돈까지 거하게 넣었다.

"자, 이건 미래 판검사님께 드리는 뇌물이요!"
"하하, 아저씬 너무 재밌어요!"

두식을 믿지 못하는 언니에겐 회사에 취업한 걸로 서류까지 준비해 놓을 테니, 보름 후에 올라오란 이야기까지 함께 꾸몄다. 그렇잖아도 혜숙일 범하려던 봉철이 눈에서 피하는 게 상책이었다.

며칠 후, '옥구 주식회사'라는 회사에서 취업 서류가 왔다. 혜숙은 그 서류가 두식에게서 왔음을 알고 있었고, 그 서류에 도장을 찍고 언니에게 보여 줬다.

"언니, 나 여기 회사 취직하기로 했어. 거기서 못다 한 공부도 할 수 있게 해 준대!"

혜진은 혜숙을 끌어안고 울었다.

〈다행이다, 다행이야, 이제야 너를 내 품에서 보낼 수 있게 되었어!〉

"언니도 참, 내가 어린애야?"

〈내가 울 부모님헌티 얼마나 맹세했는디, 니는 반드시 목숨 걸고 지킨다고!〉

"이제 잘되었어, 주소는 하숙집도 낡아서 어찌 될지 모르니까, 동명동 큰집으로 해 뒀어. 거기서 편지 보도록 해!"

밤새 공부할 책과 옷 두어 벌 챙겨 두더니, 대뜸 언니가 쓰지 않고 숨겨 두었던 가방을 몰래 챙겼다. 대신 두식이 준 돈에서 어느 정도를 빼 언니의 옷장에 몰래 넣어 두었다.

서울로 올라가는 동안 혜숙은 꿈에 부풀어 있었다. 그리고 서울역에 도착하였을 때, 두식이 기다리고 있었고, 그의 차로 어딘지 모르는 굉장히 고급스러운 저택으로 갔다.

"여긴 어디예요?"

"이분이 사장님인데, 이분헌티 잘 보여야 해! 알겠지? 이분은!"

두식의 목소리가 벌써 흥분되어 있다. 경비와 보초들에게 신분증을 보여 주며 들어간 곳도 영화에서나 나올 만한 곳이었다. 두식은 건물 안에 들어가자마자 소파에 앉지도 못하고 바닥에 넙죽 엎드린 채 있었다. 혜숙은 두식이 하라는 대로 따라 할 수밖에 없었다. 마침내 집에서 편안한 차림으로 나타난 그를 향해 더 머리를 조아리고, 얼굴까지도 사색이 되었다. 옆에서 지켜본 바로는 부들부들 떨 정도로 긴장하고 있었다. 그런 모습을 처음 본 혜숙 역시 저절로 긴장되었다. 두식이 장군님이라고 하며 처음 들어보는 극존칭까지 썼던 사람은 두식보다 혜숙에게 더 눈길을 주었다.

"자네가 스물다섯이라고?"

"네…, 네."

"반반하네! 그래 고향은?"

"과… 광주요!"

두식은 잠깐의 더듬거림에도 눈치를 주고 있었다. 읽던 신문을 보다가 이내 흥미가 떨어졌는지 두식에게,

"그래, 자네 출신도 쫌 약해! 우리 각하께서 군인 출신이시다 보니, 자네 출신 때문에 미처 말씀을 못 드렸어. 그래도 내가 할 수 있는 데까진 힘을 써 볼 테니까! 정 국장 밑에서 잘 보필하고 있어 봐! 각하께서 정 국장을 신임하고 있으니, 멀리까지 내다보면 그만한 사람이 없어!"
"네, 장군님. 충심을 다해 보필하겠사옵니다!"
"그리고 이 아가씬…, 영어 좀 하나?"
"네? 네…."

배운 영어라고는 수험서밖에 없었는데, 제대로 들어 본 적도 없이 영어를 한다고 얼떨결에 말해 버렸다. 물론 영어 시험은 별로 어려운 게 아니었고, 그 당시 그만큼이라도 아는 게 어디겠는가? 하지만 두식과의 처음 약속이 취업은 아니었잖은가? 아리송한 표정으로 두식을 보고 있는데, 두식은 더 땀을 흘리고 있다.

이윽고 그 장군님이란 사람은 두식을 불러 귀에 대고 속삭였고, 두식은 혜숙을 잠깐 흘깃 보더니 이내 고개를 숙이며,

"네, 장군님! 그렇게 하겠습니다!"
대답했다. 떠날 때까지 고개를 들지 못하고 땀만 뻘뻘 흘리고 있는데, 혜숙의 입장에서는 대체 일이 어떻게 되어 가는지도 모를 답답함이 가득했다.

두식은 혜숙을 차에 태워 남산의 정보부 사무실에 데리고 갔다. 삼엄한 분위기에 날카로

운 인상의 남자들이 두식에게 경례를 했고, 두식은 고개만 끄덕이며 사무실에 들어갔다. 사무실에서 창밖을 보니 풍경이 좋았다.

"일단 거기서 사진 좀 찍자!"

"여기서요?"

"음, 거기 의자도 앉아서 찍어 보자."

"그럼 저 여기서 일하는 건가요? 여기도 좋은데!"

"여긴 아니고, 다른 곳으로 갈 텐데, 거기서 영어도 실컷 배울 거야. 미국 사람들한테 말이지."

혜숙은 사진 찍는 것도 어색해 어쩔 줄 몰랐다. 수줍은 표정이며, 어색한 시선, 그리고 가장 좋은 옷…. 시선이 옷에 쏠리는 순간, 아차! 싶었다. 10년 전 광주역에서 이런 좋은 옷을 입었더랬다. 그리고 그 옷이 처참하게 밟혔더랬다. 불안한 마음에 두식을 쳐다보려는 순간, 낯선 남자들이 문을 열고 들어왔다. 그와 동시에,

"혜숙아, 이제 가야지!"

두식은 사진기를 내려놓고 혜숙일 짧게 노려보고는 말을 뱉었다. 말을 내는 순간의 표정은 좀 전 다정한 삼촌 같던 표정과 완전 딴판으로 바뀌었다. 가벼운 손가락으로 데리고 가란 지시에 혜숙은 억센 남자들의 손에 끌려갔다. 그는 끌려가는 혜숙을 쳐다보지도 않고 담배를 물고 창밖을 바라보았다. 그의 외면 속에 혜숙은 또다시 포승줄에 묶이고 얼굴은 가려졌다. 놀라 비명을 질러도 소용이 없었다. 그곳은 원래 그런 곳이었다. 경찰 구치소보다 더한 곳이라는 중앙정보부였다. 혜숙은 어디론가 다른 방으로 끌려갔고, 가는 도중 여기저기 비명만 가득한 곳을 지나가게 되었다. 공포심에 다리에 힘이 풀려 주저앉자, 그들의 구타가 이어졌다. 그리고 바로 의식을 잃었다.

잠시 후 혜숙은 의자에 묶인 채 정신이 들었다. 어두운 공간과 빈 책상, 그리고 자기 가

방이 하나 나중에 던져졌다.

“가방엔 뭐가 들었나?”

가방을 쏟아낸 자리에 「청맥」이란 잡지와 함께, 반미 어쩌고 하는 내용의 삐라도 함께 나왔다. 분명 가지고 있던 적이 없던 책과 삐라였다.

“자백해!”
“뭐… 뭘요?”

기절하리만큼 억센 주먹이 훅 들어왔다. 숨도 쉬기 어려울 만큼이다.

“니가 빨갱이라는 거!”

그놈의 빨갱이, 언니와 함께 이를 갈았던 소리다. 불가촉천민은 살아 있기라도 하지, 빨갱이는 죽거나 아니면 반은 죽어야 하는 버러지와 같은 존재였다.

“저는 공부하러 서울에….”

이번엔 벽 한쪽에 달린 기다란 끈을 가지고 왔다. 무슨 용도가 될진 모르겠지만 매우 위험해 보였다.

– 삐

전화가 걸려와 다행이다 싶었다. 고문하려던 손을 멈추고 연신 대답만 했다.

"아니면 아니라고 진작 말할 것이지!"

이번엔 혜숙이 썼던 서류를 꺼내서 보고 있다. 기가 막히다는 듯한 헛웃음이다.

"니는 여기가 어딘 줄 알고 여기 간다고 도장 찍었나?"
"저는… 잘 모르는데요?"
"여긴 양공주 되는 데야!"
"양… 양공주요?"
"아니, 것도 모르나? 미국 놈들한테 몸 팔아 딸라 버는 곳이야!"

거짓 서류라 했던 그 서류가 무엇인지도 몰랐고, 그 거짓 서류가 진짜가 될 줄도 몰랐다. 읽지도 않았던 서류엔 아직도 뭐가 쓰여 있는지 몰랐다. 게다가 주식회사라는 허울을 쓰고, 그런 일을 하리라곤 꿈에도 생각지 못했다. 대통령과 함께 찍은 사진에 그 무수한 훈장까지 받은 사람이라고 입에 침이 마르도록 강조하던 두식의 말은 아무리 거짓 서류라지만 정말 취업까지 하고 싶을 정도였다.

"아가씨! 세상 공부 좀 하지. 이래 대학 가도, 또 당하고 살아!"

가방에서 혜숙이 공부하던 책을 펴 보며 하던 소리다.

"이젠 이런 거 필요 없겠네!"
"아녜요, 제발 돌려주세요. 저 끝까지 공부할 거예요."

혜숙은 뭐라 할 수 없을 만큼 분했다. 그렇게 당하고 살았으면서 또 당했다. 언니에게 실컷 잘살겠다 나왔는데, 10년 전 상황과 달라질 게 없었다. 양공주라니, 한두 번 지나가는 말로 들어 본 적이나 있을 뿐, 뭔지 생각해 본 적이 한 번도 없었다. 그런 곳에 가서 게다가 공부마저 할 수 없으면 아무 희망도 없이 죽어 버릴 것 같았다.

"풀어 주세요, 저 서울 말고 광주로 가서 조용히 공부만 할게요!"

혜숙인 눈물을 뚝뚝 흘리며 사정했지만, 듣는 사람들은 모두 한숨만 쉬고 있었다. 이윽고 다시 문이 열리며 억세게 생긴 아주머니가 들어오더니 그녀의 몸속에 뭔가를 집어넣었다. 반항할 수도 없이 몸은 억센 남자들의 손에 묶여 있는 상태로 꼼짝없이 당해야 했다.

"가만있어 봐, 좋은 거 넣어 줄게! 이걸 넣어야 임신이 안 되거든!"

손과 기구에 윤활제를 바르고는 루프를 자궁에 밀어 넣었다. 이 방에 끌려올 때 맞았던 것과는 비교도 안 될 만큼 큰 고통에 비명을 질렀다.

"처녀디 너무한 거 아닌가 모르겠네…."

간호사의 무심코 하는 혼잣말에 붙잡고 있는 사람들은 눈으로만 긴밀히 신호를 보내더니,

"입 닥치고 빨리 마무리나 하시오!"
혜숙은 무서워 더 울었다.

"흐어어엉, 언니…, 언니…."
"부를 사람이 언니밖에 없는가 보네? 부모도 없어?"

루프를 넣는 사람도 불쌍했는지 묻지 않아도 될 것까지 물어보았다. 조금이라도 동정심을 자극시켜 보고 싶었던 게다.

"나 참, 팀장님도 우리한텐 아주 악질이라더니, 이게 뭐야!"
"대충 내일 차에 태우면서 연락이라도 넣어 둬!"
"전 어떻게 돼요?"
"군산."

덤덤히 말했지만, 그들도 명령으로 움직이는 것이라 어쩔 수 없다는 뜻으로 고개를 저었다. 당시만 해도 외화벌이를 위한 성매매가 국가에 의해 공공연히 이루어지는 세상이었다.

"그래도 그나마 괜찮은 곳으로 보내 줄 테니까, 기회 봐서 적당히 도망가도록 해. 도망가더라도 살아 있는 흔적 남기지도 말고, 언니도 만나지 마! 하긴 언니 얼굴 보기도 민망할 거니까!"

그들도 그녀를 그곳에서 빼낼 방법이 없었던 터였다. 그래도 그들이 해 줄 수 있는 최선의 친절이었다. 다음 날 새벽에 그녀는 그 사람들 손에 이끌려 한참 어디론가 가더니 버스로 옮겨 타게 되었다. 버스에서 내린 남자들은 깍듯한 인사와 함께 혜숙을 비교적 편한 자리에 앉도록 했다. 이후 그 버스는 미아리로 가더니 짧은 옷을 입은 여자들을 여럿 태웠다. 담배를 피우고 치마를 걷어 올리는 등 조신하지 않은 모습에 겁도 났다. 도착한 곳은 서울에서 멀리 떨어진 군산, 아메리칸 타운이라는 곳이었다. 좁디좁은 방에 여러 여자들이 함께 짐을 풀었다.

"여기서 제가 뭘 하죠?"

묻는 혜숙의 말에 모두들 박장대소를 했다. 다들 무슨 일로 여기에 오게 된 줄은 뻔히 알고 있었으니 말이다.

"뭐긴 뭐여, 양놈들이랑 씹질하는 거제!"

"네?"
"하이고, 뭐헌다고 공부할 책까지 싸왔대?"
"여그서 공부한다고?"
"전 여기서 나갈래요! 언니한테 가서 다시 공부해야 돼요."

짐을 들고 나가려는 혜숙의 팔을 붙잡는 포주는 그녀의 뺨을 쳤다.

"여그는 맘대로는 못 나가, 병신 돼야 나가든지, 죽어 나가든지, 아님 나가 뒤져!"
"그라제! 여그는 왼종일 가랑이 벌리고 앉아 있는 곳이제, 다리 오물씨고 공부하는 곳 아녀!"
"영어 공부는 많이 허겄네!"

전혀 재밌는 소리가 아닌데 사람들은 박장대소를 하고 있다. 이윽고 자동차 한 대가 오더니 혜숙이 있는지 확인하고 사진을 찍고는 포주에게 뭐라 말을 건넸다. 포주는 그 사람이 나타났을 때부터 허리까지 구부리고 가증스럽게 웃는 얼굴로 저보다 나이도 어린 사람에게 존대를 했다.

"살펴 가입시오!"

그 사람들이 떠나자, 포주가 혜숙을 따로 불렀다.

"니는 가방 챙기고 이리 온나!"

훨씬 부드러운 태도로 바뀌었다. 그리고 방 한 칸을 따로 내 주었다.

"니는 여기서 그 짓 할라 하지 말고, 저기서 미군들 나오믄 살랑거리고 이리로 데리고 오는 일만 해!"

조금 더 누그러진 태도로 대했다. 속칭 펨푸라 불리는 호객꾼을 하라는 것이었다. 보통 남자아이나 아주머니들이 하기도 하지만 영어도 잘하고 사람들을 더 잘 모을 수 있으리란 기대였다. 당시 나라가 하도 가난해, 쿠데타를 일으켰던 사람들 중 한 사람이 이런 회사를 차리며, 미군들이 외화를 이런 곳에 쓰도록 한 것이다.

"빨갱이라고 그리도 죽여 대더니 이젠 빨가벗겨 놓고 돈을 벌게 하는구나!"

혜숙이 그 난잡한 지옥을 바라보면서 했던 말이다. 며칠 동안 그런 모습을 보고 이젠 자신도 그 일을 해내야 했다. 본 적도 없는 짧은 옷을 입고, 외박 나오는 군인들을 이곳으로 데려와 돈을 최대한 많이 쓰게 (하는) 그녀의 임무 말이다. 물론 그녀도 처음엔 도망 나가려는 마음뿐이었다.

"기회를 봐서 도망가!"

혜숙은 몇 번 도망가려고 시도를 했지만, 번번이 눈앞에서 경찰들에 의해 잡혀 온 사람들을 보고는 도망갈 맘이 사라졌다. 피투성이가 되어 포박당한 채 끌려와 대낮에 지나가는 사람들도 많은데 알몸으로 끌려다니기도 했다.

"대구는 자갈을 깐다고 하드라고, 맨발로 도망도 못 가게!"

이때도 역시 경찰들이 힘 약한 사람들의 편이 되어 주질 못했다. 도망가던 그녀들을 탈옥자들처럼 체포해서 끌고 왔다. 미군들과의 시비가 생겨도 역시 미군의 편이었지, 어느 누구도 그들의 편이 아니었다. 기지촌에 오는 미군들이 무슨 인권이나 친절을 베풀러 나오는 게 아니었으니, 참혹한 일상도 공포이며, 도망가는 것도 공포인 그런 곳이었다. 그곳에선 공포에 되도록 빨리 적응하는 게 더 나았을 것이다. 이미 익숙한 이들은 손에 쥐어지는 달러 만지는 재미에, 술과 담배에 그냥 익숙하게 사는 것이었지, 무슨 다른 변화를 위한 노력 따위엔 관심도 없었다. 자기 가게로 오는 손님을 빼앗았다고 싸움이 벌어져, 진흙탕에서 알몸이 되어 싸우는데도 그런 모습을 구경하느라 바빴다. 머리가 쥐어뜯기고, 옷이 다 벗겨지는 처절한 싸움도 그들에겐 웃음거리고 눈요깃거리였을 뿐이다.

혜숙은 그곳 언니들이 말한 대로 책을 한 번도 펼쳐 보질 못했다. 오기로라도 책을 편다고 공부가 되는 것도 아니었다.

"Hello!"

그 공포스러운 곳에, 한 미군 병사가 매우 친절하게 다가왔다.

"What's your name?"
"I'm Rose."
"No, no, your real name!"
"My name is…, Hye-suk."
"히에 썩?"
"하하하, 혜숙이라고요. 혜! 숙!"

처음엔 쭈뼛거리다가 조금씩 다가왔다. 그냥 단순히 웃음을 주고받는 사이는 아니었다. 그의 이름은 Jack이었고, 이름대로 행동이 빠르고 호리호리한 체격이다. 도망가지 못한 두 번째 이유가 바로 이 사람 때문이었다. 혜숙이 처음으로 몸과 마음을 준 사람이다.

"우리…, 같이 가…, 아메리카!"

잭이 먼저 미국으로 가잔 말을 했고, 도망갈 방법이 딱 하나 남아 있는 게 바로 결혼이었던 혜숙으로선 구원의 빛과도 같았다. 예전 철민 아저씨네가 가려던 그 미국이었다. 잭은 어눌한 한국어를 섞어 쓰며, 입버릇처럼 미국 같이 가서 살자고 했다. 자기 집은 로스엔젤레스에 있고, 그곳에 가면 높은 빌딩도 있으며, 미국으로 돌아가면 헐리우드에서 영화배우도 할 것이라고 했다. 미국에 가잔 말에 이미 절반 넘어가 버렸다. 그 땅이 얼마나 넓은지도 모르고 말이다. 미국에 가게 되면 금방이라도 철민 아저씨를 찾을 것 같은 느낌도 들었다. 어리석은 기대, 혜숙은 또 그것을 너무 믿고 말았다. 로스엔젤레스도 아닌 앨라배마 시골 작은 마을 출신으로 번 돈은 모두 집으로 보냈고, 혜숙을 이용해 실컷 놀았다는 게, 잭 고향 친구의 증언이었다. 혜숙이 몇 푼이나 번다고 그 돈을 자기 맘대로 쓰다가, 말없이 미국으로 떠나 버렸고, 혼자 남게 된 그녀는 그때부터 약을 찾았다.

"이거 좀 먹어 봐! 기분이 좋아져."
"오매, 혜숙이 이러다 죽겄네."
"여그 약 먹으믄 기똥차블제, 아무런 고통도 없이 편허게 누워만 있으면 그냥 아침이 되야븐단마시!"

같이 살던 언니들이 권하는 약이었다. 마약이나 되었을 것 같다. 그 약만 먹으면 종일 몽롱한 기분이었다. 혜숙은 무엇인지도 모르고 시작해 약에 취했고, 아무 남자와도 쉽게 잠자리를 가졌다.

'난… 틀렸어….'

도망가지 못하는 마지막 이유는, 자기를 아는 누군가를 마주 볼 용기가 없기 때문이었다. 하지만 그걸 이유로 인정하기 싫었다. 아직 잭에 대한 믿음이 남아 있었다. 취하면 항상 그녀는 편지를 썼다. 잭과 언니였다. 둘 다 주소를 쓰질 못했지만, 거짓말 반, 사실 반인 그녀의 편지는 계속 쌓여만 갔다.

그러다가 정말 술기운에 언니에게 편지를 한 장 보냈다. 어떤 편지를 보냈는지도 모른다. 아니, 그게 어떤 내용일 것인지는 알고 있었다. 거짓말로 쓴 편지, 그걸 보고 믿어 주길 바라는 마음과 거짓임을 알아주길 바라는 마음이 섞인 채로 썼다.

> 언니, 난 이제 미국 가서 살게 되었네. 미군 Jack인데 나한테만 Jacky라고 부르라고 하면서 만나게 되었어. 한국어도 잘한다? 우린 미국에서 결혼하고 아이도 낳고 잘살 거야. 나중에 언니도 미국으로 불러 줄 테니까, 언니 목도 수술시켜 주고, 그때 우리 행복하게 살자. 로스앤젤레스라고 들어 봤어? 나성 말야. 엄청나게 큰 빌딩이 많이 있다고 해. 난 거기서 신랑이랑 행복하게 살 거야.

어디까지나 희망 사항이었고, 잭의 거짓말이 혜숙의 거짓말로 되어 언니에게 간 것이었다.

혜진은 혜숙이 처음 올라간 날 두식이 찍어 보낸 발신인 불명의 사진만 받았는데, 갑자기 미국사람과 결혼한다는 말에 어리둥절했지만, 알 길이 없었다. 그저 잘살기만 기도할 뿐이었다.

1974년 6월

잭이 도망간 지 2년이 되었고, 얼마 후 그곳에는 성병이 돌았다. 소문은 빠르게 퍼졌고, 미군들도 몸을 사리느라 아무도 그곳에 가지 않게 되었다. 가뜩이나 일본이나 독일로 파병가길 기대했는데, 가난한 한국으로 온 것만으로도 불평불만이었는데, 게다가 성병이라니….

이 일로 다급해진 것은 정부였다. 정부는 외화벌이가 되지 않자 다급해지기 시작했다. 서둘러 그곳에 진료소를 마련하더니, 성병 검사를 하는 정성(?)을 보인 것이다. 검사 후 양성으로 판명된 사람들은 낙검자 수용소를 만들어 그곳에 모두 넣었다. 임시방편, 보여 주기식으로 급조된 그곳에 어디 인권이라도 있었겠는가? 처음부터 그들을 위해 마련한 게 아니라, 미군을 위해 마련한 것일 뿐이었으니, 비참함이 이루 말할 수 없었고, 그곳에 가면 이제 살아 돌아오긴 글렀다고들 하였다.

"수용소 가면 무슨 이상한 주사를 놓는데, 그게 얼마나 아픈지 맞다가 죽는대!"

매독 치료약이 얼마나 독한지, 맞으면 죽는데, 재수가 좋으면 산다고 할 정도였다. 혜숙인 주사를 맞아 본 적이 없어 더 무서웠는데, 소문이 더 무서워 검사를 피했고, 급기야 반점이 나타났어도 별로 아프지도 않은 것 같은 기분에 잘도 도망 다니게 되었다. 그렇게 한 달을 버텼는데, 하필 도망간 곳에 불시점검이 떴다.

"낙검!"

의사는 강한 어조로 말했고, 그 말 한마디에 혜숙은 억센 사람들의 손에 끌려갔다. 매독, 술과 약에 절어 언제 누구에게 걸렸는지도 모른다. 그녀의 기억에는 아직도 Jack과 보낸 밤만 남아 있었다. 낙검이란 말에 정신이 번쩍 들었지만, 뭘 어떻게 할 수 있는 곳도 아니고, 술과 약 탓에 반응이 느려지고 있었다. 하지만 여기저기서 들려오는 비명소리가 그녀의 감각을 조금씩 깨우고 있었다.

"으아악! 살려 줘!"

혜숙은 그 주사를 맞지 않으려고 발버둥을 치다가 주사가 들어가기도 전에 기절해 버렸다. 페니실린에 강한 알레르기가 있던 탓이다.

"버려, 주사가 아깝지!"
"반반하네요!"
"이상한 짓 말고, 걸리믄 아주 골로 가는 겨!"
"네!"

딱히 생명에 대한 책임이랄 것도 없는 대화가 오고 갔다. 그들의 말에 누군가 재빨리 혜숙을 수용소로 옮겼다.

"짜식이 시키지 않아도 일은 잘해!"

그 사람은 빈방으로 혜숙을 옮기더니 깨끗한 수건을 가져와 열심히 몸을 닦으며, 간호했다. 혜숙은 얼마나 누워 있었는지 모르겠는데, 누군가 자기를 유심히 쳐다보고 있음을 눈치채고 깜짝 놀라 일어났다.

"혜…, 혜숙아!"

걱정하는 목소리, 작은오빠 성현이었다. 주사 맞기도 전에 쓰러지는 사람을 많이 봤었고, 그 사람들의 처리를 담당하고 있었다. 그의 눈에 처참한 몰골의 혜숙이라니….

"어떻게 여기 왔어? 어…, 언니는?"
"여기 혜진이도 왔어?"

서로 통하지도 않는 대화에 혜숙이 다시 기절해 버리자, 성현은 의사를 찾아 동생의 상태에 대해 물어보았다.

"처음에 반점이 생겼을 때 주사를 맞으면 치료되었을 것을, 버티다가 이미 매독균이 많이 들어간 모양이야. 살기 어려워. 더군다나 페니실린 말곤 약도 없는데 저렇게 과민반응까지 하면 주사 맞다가 죽을 수도 있겠지!"

성현은 참담한 얼굴로,

"그럼 제 동생인데 어찌…."
"뭐야? 자네 동생이야?"
"제가 데리고 가면 안 될까요?"

의사는 한참 고민하더니 다시 말을 했다.

"어차피 죽을 텐데, 그럼 내가 사망진단서를 가라(가짜)로 써 줄 테니, 시체인 척 데리고 나가! 큰 병원에서 치료해 보면 어떨까 싶네."
"참말로 감사합니다!"

성현은 무릎을 꿇고 의사 선생님께 고마워했다. 의사의 말대로 성현은 혜숙을 거적에 싸고 밤에 몰래 자기 집으로 옮길 수 있었다.

"미안하다, 혜숙아!"

그는 16년 전 동생들에게 짐 하나 떠넘기고 도망가다가, 동생들이 체포되는 것을 보고, 양심의 가책을 느껴 지리산 인근 경찰서에서 자수해, 공비혐의로 징역 10년을 복역하다가 나왔다고 한다. 복역 중에 알게 된 사람들의 도움으로 종로 사창가에서 도망간 여자들을 다시 붙잡아 오는 일이나 하고 있다가, 1974년에 군산으로 오게 되어, 수용소 잡일을 하던 중이었다고 한다. 하우스보이도 아니고 감빵보이라고들 했다. 눈치도 빠르고 행동도 빨라 도망치는 사람을 잡아 오거나, 시체를 처리하는 일에 능숙하니, 그곳 사람들의 신임을 꽤 얻고 있던 터라, 혜숙을 빼내는 일이 그리 어렵지 않았다는 것이 그의 설명이다.

"하필 혜숙이라니…, 혜숙이 왜 이곳에…?"

성현은 자기를 쫓아오던 경찰이 봉철인 줄도 몰랐고, 동생들을 잡아간 경찰도 봉철인 줄 몰랐다. 그저 자신처럼 공비 출신으로 복역하다 어디 받아 줄 곳이 없어 이런 곳에 왔겠구나 생각해 더 미안해져서 어떻게든 혜숙을 돌보려 애썼다. 몸에 좋다던 약은 어떻게든 구해 왔다. 덕분에 쇼크에서 벗어난 혜숙도 하루가 다르게 호전되는 것 같았다.

"오빠, 나 병원 안 가도 될 것 같아. 이제 빨간 점도 없어졌어…, 고마워!"

나은 것 같았다. 기운 없고 몸이 불편하긴 하지만, 반점이 없어졌으니 피곤한 증상이야 좀 쉬면 나을 줄 알았다. 하지만 술과 마약 탓인지 몸이 쉽게 움직여지진 않았다. 가끔 금단 증상을 보이긴 했지만, 잘 견뎌 내고 있는 편이었다. 하지만 말이 느려졌고, 정신도 흐리다.

"혜진이는?"

"언니는 결혼해서 잘살고 있어, 아들도 낳고…, 아들 이름이 뭔지 안가? 형석이여, 형석이."

"그래? 나도 결혼해서 애기 낳으믄 형석이라 부를라 했는디, 혜진이가 먼저 했구나! 근디 혜진이 남편은 누구셔? 매부 이름이라도 알아야제."

"얼굴은 기억난디, 언니가 말을 못 한께, 내가 뭐 이름을 부를 일도 없고… 잘 모르겄네."

웃음을 유도하며 말을 건넸지만, 동생은 언제나 대답을 회피했다. 언니의 남편이 봉식이라는 사실이 알려지면 무슨 일이 일어날지 뻔하다는 게 그 힘든 정신으로 버티고 있었던 이유였다.

"오메, 답답헌그! 그믄 어디서 산지 그것 좀 말해 봐라!"

"돈 좀 벌라고 회사를 갔더니만 이리 되아브렀네. 울 가족 팔자가 이 모냥이여!"

"그 회사가 어딘디?"

"뭔 훈장까지 있는 높은 사람인디, 뭐라드라 옥… 뭐라 하든만!"

옥구 주식회사가 정말 기억에 없었는지 모르겠지만, 김두식이란 사람에 대해서는 알고 있다. 뼈저리게 아픈 경험이지만 미워할 이유가 별로 생각나질 않았다. 서울대란 말에 눈이 어두워졌고, 그딴 서류도 알아보지 못하고 서명까지 했으니, 누굴 미워할 힘도 없었고, 그럴 의지도 없었다. 봉철과 두식, 모두 상대하지 말고 피했어야 할 이들이었다. 어릴 때 기억이 별로 없었던 그녀는 그냥 동네 사람들처럼 쥐죽은 듯 고개를 숙이고 살았으면, 이런 일 따윈 생기지 않았을 것이란 회피 본능이었다.

"난 이놈의 나라가 싫어, 그냥 미국 가!"

도피할 곳은 미국뿐이었다. 어쩌면 자신은 Jack을 찾을 수도 있고, 철민 아저씨를 만나

언니의 형편을 전달해 줄 수 있겠다 싶었으니, 그리고 작은오빠도 공비 출신으로 평생 낙인찍혀 사느니 미국이 나으리라 싶어, 혜숙은 거짓말이 더 늘게 되었고, 성현은 혜숙의 이야기를 그대로 믿게 되었다.

"그럼 혜진이네 한번 가 볼까?"
"아녀, 나 폐 끼치기 싫어, 그 집에 군식구 늘어나는 것도 미안허제, 우리 미국 가서 살자!"
"그려, 미국 가자. 그라믄 내가 돈 10년은 모아야겄구만? 거기 가믄 전쟁도 없고 글겄제?"
"10년이믄 강산도 변하겄제? 그라믄 여그도 미국처럼 잘 살 수 있을랑가?"
"미국 따라갈라믄 멀었제…, 이놈의 나라는 썩어빠져 가꼬 안 뒤야. 그놈이 그놈이여…."
"우린 진짜 희망 없는 거여?"
"희망 없다고 다 절망이간? 살 놈 살고, 디질 놈 디지는 거제…."

김두식은 혜숙의 사망에 대해 보고를 받고, 봉철에게 소식을 알리려 했지만, 봉철은 그 말이 무슨 말인지도 모를 정도로 술에 절어 살았다. 술이 깨도 정상이 아니었고, 이제 어쩌면 술에 절어 있을 때가 나았을 정도로 지옥에서 살고 있었다.

1975년 2월

그날따라 비가 눈처럼 내리고, 눈이 비처럼 내렸다. 을씨년스러운 날씨에 어울릴 정도로 봉철은 아침부터 소리를 꽥꽥 지르며, 온 동네 사람들의 주일 아침을 다 깨고 있었다. 마을 사람들은 우리나라에서 나올 모든 욕을 다 듣고 있어야 했다. 혜진은 무슨 일이 일어났나 싶어 급히 집 안으로 들어섰다.

"정화 네 이년, 이 개 같은 년놈들!"

광분했다는 표현이 맞다. 추운 날씨에 속옷 차림으로 유리창을 깨부수고, 의자를 집어던지며 손에 잡히는 것마다 다 집어던지고 있었다. 혜진은 놀라 들어가려던 집을 다시 뛰쳐나왔다.

"어제 이 집 여편네가 차를 몰고 나가 죽었는데, 다른 남자랑 있었다는구먼!"

동네 사람들의 소문이 거의 같이 살던 혜진보다 더 빨랐다. 하긴 예전부터 정화는,

"나 서울 가! 남자 만나고 온다."

자랑하듯 떠나곤 했다. 말릴 수도 없었고, 말할 수도 없었다. 그들 인생사에 침묵하기로 했던 자신의 선택이 이런 결과를 낳았나 공연히 미안해져, 다시 봉철의 집으로 가서 문밖에 있었다. 그녀는 정화의 죽음에 눈물이 났다. 예전 자신이 다쳤을 때 가만히 등에 약을

발라 주던 고마움만 생각났다.

“오메, 천불난그!”

봉철은 마땅히 죽여야 할 이유를 찾았는데, 제 손으로 죽이지도 못하게 먼저 죽어 버린 게 가장 크게 화가 난 모양이다.(집에 몰래 보관 중이던 대검까지 들고 아내의 옷장을 열어 갈기갈기 찢었다고 한다.)

“시체라도 찾아서 다 찢어 버릴 꺼여!”

봉철이 했던 가장 잔인한 살인 방법이었다. 이걸 본 적이 있던 혜진은 도무지 들어갈 엄두가 나지 않았고, 정화가 그렇게 되지 않아 다행이란 생각에, 넋을 위로하는 기도를 드리고, 다시 장사하러 나갔지만, 봉철의 분노는 종일 계속되었다. 아침부터 저녁을 지나 밤새도록 욕을 하며, 말리러 들어오는 사람들에게까지 행패를 부리더니 새벽 동이 트고 나서야 잠잠해질 수 있었다. 혜진 역시 저녁에 다시 왔으나 봉철의 계속되는 고함에 다음날 새벽에야 들어갈 수 있었다.

‘인자 자는갑네.’

그녀는 안도의 한숨을 쉬며 문을 열고 들어갔는데, 봉철이 화장실 앞에 쓰러져 있는 게 아닌가?

“어어어!”

놀라 봉철을 흔들었지만 아무런 반응이 없었다. 죽은 사람을 만지는 손 느낌은 아니었다. 그녀는 옆집 사람들을 깨워 사정을 전했다.

〈옆집 사람이 쓰러졌어요!〉

그 사람들도 놀라 자기 집 차에 태워 다급하게 근처 조선대 병원으로 옮겼다. 꽤 긴 시간이 흘렀다.

"환자가 스스로 호흡할 수 있습니다."

의사의 말에 다들 안도의 한숨을 쉬고, 혜진은 그들 모두에게 연신 고개만 조아리며 감사의 인사를 했다. 의사의 멀어진 뒷모습에도 안 보일 때까지 인사를 하고 얼굴을 보러 들어갔는데, 죽이고 싶도록 미운 인간이 살아난 사실에 마음이 초조해졌다.

'정말 뭐라고 말이라도 했으면!'

어떤 마음이 먼저여야 할지 몰랐다. 죽이고 싶었는데 왜 살려 주게 되었는지, 마음이 약해서 그랬는지, 살아나서 다행이라 여겨야 할지 몰랐다.

"엄마, 짐만 늘었네요!"

형석이 누워서 며칠째 꼼짝 않고 있는 봉철의 모습을 보고 한 소리다. 자가 호흡이라도 하기에 살았다는 것을 확인시켜 줄 뿐, 먹는 것도 제대로 할 수 없었다. 그러다 어느 날, 갑자기 일어나더니 입원 환자들이 먹을 식사를 허겁지겁 먹고 있는 게 발각되었다. 오죽했으면 침대에 묶었을까, 묶였으면서도 계속 그는 몸을 움직이려 할 뿐이지, 간단한 대화조차 되질 않았다.

"아무래도…, 치매인 것 같습니다."

경과를 지켜보던 의사가 말을 꺼냈다. 뇌출혈로 뇌가 손상을 입기도 했지만, 그 전에 이미 알코올로 인한 치매가 진행 중이었다는 설명이다.

"다행히 빨리 발견하셔서 이만큼이라도…, 그래도 완전한 회복은 어려울 것 같습니다."

몸 절반은 움직일 수도 없고, 기억력은 거의 아이 수준이란다.

"치매는 점점 인지능력이나 기억, 운동 능력이 모두 떨어지게 됩니다."
〈달리 약은 없나요?〉
"네, 약은 없습니다. 그저 이러다 죽는 거죠."

혜진은 주마등처럼 봉철의 인생이 훤히 지나갔다. 다른 사람들을 불행으로 몰아넣은 그의 업보에, 그가 스스로 만들어 낸 질병까지 더해, 이제는 동생보다 못한 머리로 혜진의 도움이 없으면 아무것도 할 수 없는 신세가 되어 버렸다. 혜진에겐 주인처럼 군림했던 그가, 이젠 짐짝처럼 되었으니, 자신의 인생도 딱했지만, 한숨 한 번 길게 내쉬는 게 다였다.

이런 일이 진행되는 동안 혜진은 정화의 장례도 치러야 했다. 이웃이 도와주지 않았더라면, 뭘 어떻게 할지도 몰랐을 것이다. 몇 번이나 고맙다고 머리를 조아렸는지 모른다. 보다 못한 이웃이 한마디를 했다.

"아니, 왜 이러고 살어?"
〈어쩔 수 없었어요.〉
"그래도 너무했네…."
"그동안 아무런 도움도 못 주었는데, 차라리 그냥 죽어 버리게 놔두질 그랬어…."

그제야 보다 못한 이웃이 참견했다. 그동안 이 집이 어떤 줄 이미 눈치채곤 있었지만 두려워 아무 말도 꺼내지 못하고 살았다고 한다.

“뭔 일인지 모르겠지만, 저 집엔 저 두 자매만 정상이야.”

꽤 큰돈이 들었던 수술비 역시 먼저 내 주었고, 정화의 장례도 잘 치르게 해 주었다. 물론 혜진은 빚지고는 살 수 없는 성격이라, 이후 돈이 생길 때마다 찾아가 돈을 전해 드렸다. 가장 좋은 생선은 그 집부터 챙겨 넣어 드렸다. 그분들도 다른 식구 없이 적적하게 살다가 혜진을 거의 딸처럼 여기며 여생을 보내게 되었으니 선한 이웃 만나는 게 얼마나 감사한 일인지 새삼 느끼며 살게 되었다.

‘예전 미산도 이랬는데….’

아이들은 사탕 하나 가지고 싸우곤 했지만, 동네 민심은 후했다. 아무리 먹을 게 없어도 아무데고 들어가 밥을 달라고 해도 좋을 동네였고, 밥 먹고 가란 말이 흔해 빠진 인심 좋은 동네 미산이었다.

하지만 트라우마가 남아 있는 끔찍한 동네에 봉철의 처를 묻으러 간다는 건 정말 두려운 일에 두려운 일이 아닐 수 없었다. 봉철이 자신의 가족을 죽이는 데 모두 가담한 기억이 남았는데, 그 사람들이라고 봉철이에 대해 어찌 생각하는지 뻔히 알겠는데, 하필 그 반푼이 동생이 남편인데다, 봉철의 처를 삼인산에 묻겠다고 하면, 어떤 반응일지 소름끼칠 일이었다. 그 두려움에 동네를 지나지 않고 먼 쪽으로 돌아 삼인산으로 올랐다. 삼인산을 보고 올라가다 나오는 양지바른 곳이 봉철의 가족 장지였다.(옛적 삼인산 길에 봉철의 아버지, 최상갑을 평토장한 일이 있었는데, 봉철이 그 길옆에 봉분을 만들어 이장을 하고, 어머니의 시신을 추려 합분했고, 그 아래 작은 묘는 형오가 묻힌 곳이다.)

그런데 그 길은 조금만 더 오르면 혜진의 큰 오라버니 무덤이 있는 곳이다. 어린 시절 그녀는 종종 산에 올라가 오라버니께 하고 싶은 편지를 그의 무덤에 넣어 두고 오곤 했었으니, 그 기억이 선명했다. 하지만 찾아갈 수 없었다.

'오라버니, 죄송해요. 전 부끄러워서, 인생이 치욕스러워서 그짝엔 못 가겠네요.'

봉식도, 형석이도 데리고 오지 않아, 오래간만에 실컷 울 수 있었다. 그녀는 다 울고 난 뒤 수첩 한 장을 찢어서 정화의 무덤에 넣어 주었다. 더 길게 쓸래야 쓸 말도 없었다.

형님이라고 처음 써 봐요. 싫은 기억 다 버리고 좋은 기억 하나 남아요.
형님도 좋은 기억만 안고 가시길 바랍니다. 그곳에선 형오 좋은 엄마 되시길….

정화의 장례가 끝나고, 그동안 모아 두었던 돈으로 이웃에게 다 갚고 나니 할 일이 태산 같았다. 기껏 모아 두었던 돈은 다시 처음부터 모아야 했고, 이제부터는 두 집을 먹여 살려야 했다. 미운 정이라도 들었을까, 악마 같던 봉철과 정화가 있었던 빈자리가 너무나 크게 느껴졌다. 이제부턴 다시 봉철을 키워야 했다.

'아이들은 작기라도 하지….'

먹을 때 외에는 자리에 누워만 있었던 봉철은 쓸데없이 몸집만 컸다. 그 덩치가 욕창 나지 않으려면 그 징글징글한 몸뚱이를 씻겨야 했다. 그렇잖아도 얼굴 보기 싫은데, 그 인간의 대소변도 갈아 줘야 하고, 휠체어에 앉아 있는 그를 마당에도 데려가야 하고, 밥도 떠먹여야 했다. 불행 중 다행인 것은 봉식이 눈치가 생기기라도 했는지,

“내, 내가 해 볼게….”

어느 정도는 해 줄 수 있어서 그나마 다행이었다. 집안이 갑자기 조용해진 느낌이 들었다. 늘 싸우던 소리만 들리던 집이 뭔가에 홀리기라도 한 듯 조용해졌다. 이웃에선 이제야 집다워졌다고들 했다.

“그 집은 피아노 소리 날 때가 가장 좋아!”

봉식이 역시 기분이 좋아졌다. 혜진의 피아노 소리에 맞지 않는 춤이지만 정성껏 춤을 췄다. 그리고 형한테 가서는 이리 말했다.

“나, 형이 화 안 내니까 좋아!”

그러면서 그 큰 살덩어리를 휠체어에 태워 마당이라도 나가기까지 하니 얼마나 대견한가? 그럴 때면, 봉철은 “어, 어! 테, 테, 텐지…” 하며 기분 좋다는 소리를 냈다. 두 형제는 아무 생각도 없는 것 같았다. 어느 틈엔가 마당 한쪽 벽에 머리를 부딪히고도 멍하니 있는 봉철이나, 휠체어가 그리 된 줄도 모르고, 혼자서 개미 행렬 따라가는 봉식이나 정말 아무 생각도 없어 보였다.

‘그래도 넘헌티 폐는 끼치지 말고 살아야지.’

남에게 친절은커녕 폐만 끼치고 살았던 그들, 그들에게 가장 피해당했던 자신이 언젠가부터 그들을 돌봐 주고 있다. 말도 못 하는 주제에 남편 살려 보겠다 그리 뛰어다녔는지도 모르겠다. 시간이 지나고 나니 남편이 했던 일도 어느 정도 알 것 같았다. 정말 바보 같았던 시간, 천치 같던 세월이었다. 그러고도 이렇게 남아 떠나질 못하고 있다. 어쩌다 혜숙이 찾아와 주길 바라는 마음에 떠나지 못한다 스스로에게 미련을 남기고 있었다.

“그냥 형 집에 들어가 살면 안 돼?”
〈그건 싫어.〉

아직까지 봉철의 집에 살기엔 마음이 낫질 않았기 때문에 살던 집을 포기할 수 없다. 게다가 하숙생들의 도움으로 이렇게 아들도 잘 자라고 있는 게 아닌가?

1980년 3월, 형석은 집에서 가까운 조선대학교 의대에 입학했다. 다들 법대 가라고들 했지만, 그는 생각이 달랐다. 꼭 의대에 가야 할 이유가 있었다.

〈공부가 어렵단디, 괜찮여?〉
“네, 그래야 재밌죠.”

형석인 혜진에게도 비밀을 말하지 않았다. 빙긋 웃으며 돌려 말하기만 했다. 그렇게 시간이 여물어간 듯했다. 아직 익지 않은 과일처럼 시디신 인생이 이제야 익기라도 했는지, 좀 더 단맛이 났다.

‘혜숙이도 대학에 가고 싶어 했는데….’

혜숙이를 대학까지는 꼭 보내 주고 싶었다. 뒤늦게 발견한 혜숙이가 준 돈까지 장판 밑에 숨겨 두고 살다, 아들의 도움으로 저축이란 것도 하게 되었다. 그게 아들의 대학 갈 돈이 된 게 장하기도 했지만, 한편으론 혜숙에게 정말 미안한 돈이었다.

비가 갬

1980년 4월

한편 혜숙은 1969년 2월에 혜진의 집을 나와, 6년이 지나 성현의 셋방으로 겨우 들어오게 되었다. 편하게 있으란 오라버니의 말, 이젠 감시도 없고 경계도 없는 곳이라지만, 병들고 수척해진 몸을 들켰다간 동네에서 쫓겨날 게 뻔해, 다시 그 방에 갇혀 지내야만 했다. 전에는 밖에서 잠근 문을 이제는 안에서 잠가야 했고, 언니의 사정을 물어보는 오라버니의 집요함에 다시 입도 닫아야 했다. 말 잘하기로 유명했던 자신이 어느샌가 언니처럼 벙어리가 되었나 싶어, 우울증까지 더해졌다.

군산항과 가까운 집, 소금기 어린 습기가 집에 훅 들어오는 날인가 싶으면 여지없이 곰팡이가 장판 밑에서, 장롱 뒤에서 스멀스멀 기어올랐다. 혜숙이 온다고 성현이 꺾어 온 꽃에도 곰팡이가 꽃을 얼룩덜룩 덮고 있었다.

혜숙이 꽃을 보다가 갑자기 눈물을 흘렸다.

"언니 옆에선, 정말 판검사 되고 싶어 공부도 열심히 했는데…, 꽃이 제대로 피기도 전에 곰팡이가 슬었네. 잭 옆에선, 정말 미국이라도 갈 줄 알고 영어도 꽤 했는데…, 꽃만 꺾고 가 버렸나 봐."
"곰팡이가 슬었으면 버리지 왜 그걸 가만 놔둬?"
성현이 시든 꽃을 버리려 하자,

"날 보는 거 같아서…."
하며 다시 곰팡이 슨 꽃다발을 화병에 넣었다.

"그게 무슨 말이야? 니가 왜 곰팡이야?"
"날 보고도 모르겠어? 이 꼴이 영락없이 곰팡이지 뭐야, 살아서는 언니를 볼 수도 없고, 죽어서도 부모님 뵐 낯이 없어. 산 것도 죽은 것도 아닌 게 내 꼬라지잖아!"
"무슨 소리야, 그게? 힘내서 살아야지…."
"오빤 언니랑 똑같아. 나 살리겠다고…, 한데, 난 내 꿈이 짓밟혀지니까 이젠 살 힘도 없고 죽을 힘도 없네."

짓밟힌 꿈, 아니 밟혀 으스러진 꿈이 맞다. 손에 잡힌 것만 같았다. 어릴 때만 해도 가족의 꿈은 봉철이를 죽이는 것이었고, 지리산에선 뜨신 밥에 따뜻한 온돌에서 잠자는 게 꿈이었다. 언니와 아저씨네 들어갈 때만 해도 이젠 뭔가 될 줄 알았는데, 고아원에서 발에 돌 차이듯 막 살게 되었다. 겨우 벗어나려나 했더니 더 심한 봉철이네에서 학대받고 살았다가, 대학 입학을 앞에 두고 나락으로 떨어졌다. 잭도 사라지고, 그나마 성했던 몸도 망가졌다.

"내 꼬라지보다 더 속상한 건, 꿈을 모른 척하는 게 정말 살아 있는 자식 묻는 것 같아, 기분이 그래…."
"난 꿈이라곤 봉철이 죽이는 것밖에 생각을 안 해 봤어."
"오빤 왜 다른 꿈을 못 꾸었당가?"
"전쟁이 날 빨갱이로 만들었제, 그 빨갱이 한마디에 난 지금껏 시뻘건 괴물이 되어 가지고 살고 있고…, 지금은 너 하나 잘 키워서 미국 가는 것 말곤 없다. 나 시방 영어 공부도 해야!"
"그려, 오빠도 머리가 좋았제…."
"인자 6년만 돈 모으믄, 1980년 딱 그 해만 보고 살자. 그때까지만 기다려! 가서 세탁소 하믄 잘 산다고 하드라!"

"그게 또 꿈인가? 이것도 악몽일까 무섭네…. 나가는 길에 어디 노트라도 하나 사 주소, 나 뭐 좀 써 볼 게 있네."

그녀는 지금까지 살던 일들을 기록하려고 애를 썼다. 손가락에 힘이 들어가질 않아 연필도 자주 놓치고, 체력도 바닥이지만, 어떻게든 글 한 줄 더 써 보려고 애를 썼다. 말도 못하고 살았던 언니를 떠올리며 말이다. 자기 대신 구박받고 사는데, 그 언니가 말 못한다고 싫어하기까지 했다. 철이 너무 없었다. 막 철이 들려나 했는데, 그 언니는 또 철천지원수에게 끌려가고 있었다. 아무런 도움도 되지 못했고, 조카가 태어났을 때도 미역국조차 제대로 끓여 주질 못했다. 그런 주제에 공부하겠다고 했고, 몸까지 팔다 거의 죽을 듯 살아 있는 자신에 대한 미움이 가득했다. 그러면서 자기 죽을 땐 또 꽃에 둘러싸이고 싶다고까지 하고선, 부끄러워 마구 볼펜으로 그어 버렸다. 찢었다가 다시 붙였다 야단이었다. 그리고선 성현이 집에 돌아오기 바로 전에 노트는 다른 곳에 숨겼다.

성현은 종일 일을 해 돈을 벌었다. 하지 않을 일도 없었고, 하지 못할 것도 없었다, 돈이 되는 일이라면 무조건 덤볐다. 1980년 4월 초가 되니 이젠 미국으로 가도 될 만큼을 모았다.

"이제 미국 가도 될까?"
"뭔 미국?"

혜숙의 상태가 많이 달라졌음을 이제야 눈치챘다. 이때까지 돈만 벌다, 점점 흐려지는 동생을 보질 못했다. 늘 그랬다. 뭔가에 대한 집착이 눈을 가렸다. 혜숙은 미국 가겠노라 꿈을 꾸었던 것도 기억하지 못했다. 머리도 빠지고, 얼굴도 이전과는 달라진 게 이제야 성현의 눈에 보였다. 몸놀림이야 이전부터 약했지만, 기억력이 이리 나빠진 줄 모르고 살았다. 예전 혜숙을 빼 주었던 의사를 찾아가 물어보니,

"여태 병원도 안 데리고 갔단 말야?"

“다 나은 줄 알고….”

“어허, 이 사람이…, 이 매독균이란 게 다 나은 줄 알았다가 머리와 척수로 들어간단 말야…. 이제 손을 쓸 수도 없어! 말기야, 말기!”

“선생님 제발 혜숙이 좀 살려 주세요!”

“아니, 정말 큰 병원 가시게나…, 여긴 이제 안 되네….”

매독이 잠복기가 10년이 된다는 걸 알 턱이 없었다. 다 나은 줄, 그렇게 가만히만 있으면 되는 줄 알았다. 그러는 새에 치료의 기회를 또 잃고 말았다. 성현은 동생을 데리고 서울 병원으로 가려 했지만, 이번엔 혜숙이 말렸다.

“나…, 벼… 병원…, 싫어! 미산 집 가자…, 미산 우리 집 보고 싶어….”

성현은 치료가 먼저라고 해도 혜숙은 고개를 저었다. 어렸을 적 놀던 고향만 생각났다. 언니와 같이 살던 집, 햇볕 좋고 마당에 물도 들어오던 그 집 말이다. 자꾸 언니와 놀던 그 집만 생각이 났다. 근래의 기억은 떨어지고 옛날 일만 자꾸 기억나는 치매가 그녀에게 닥쳐 온 것이다. 그 말에 성현은 모든 세간살이를 트럭에 싣고 담양으로 갔다. 그 정신에도 혜숙은 노트를 놓치지 않고 용케 가방에 숨겨서 꼭 안고 갔다.

“오빠…, 나랑… 약속… 하나만 해.”

혜숙이 숨을 헐떡이며 말을 꺼내자, 성현은 무엇이든 다 듣겠노라 했다. 혜숙은 자신이 죽기 전에도 가방을 열지 말고, 죽게 되더라도 가방 열지 말고 꼭 자신과 묻어 달라고 했다. 정신이 조금이라도 온전할 때 약속하지 않으면 안 되니 기를 쓰고 약속을 했고, 성현은 그러마 약속했다. 그러면서 남매는 전쟁 후 한 번도 가 보지 못했던 미산 고향집으로 향했다.

“그려, 누가 살든 값을 치르고서라도 꼭 그 집을 다시 사자, 그리고 거기서 죽자! 우리 부모님도 형도 모두 그곳에서 죽었으니까….”

성현은 혼자 비장해져서 눈이 뜨거워졌고, 혜숙은 그 말에 안심이 되었는지 입가에 옅은 미소를 띠고 잠이 들었다. 성현은 몰래 가방을 열어 볼까 했지만, 동생이 오죽했으면 치매에도 그런 약속을 했을까 싶어 다시 가방을 닫았다.

그리고 봉철은 치매에 걸려 있음에도 손을 긁는 버릇은 여전했다. 휠체어나 침대에 있어도 곧잘 땅으로 내려와 땅을 얼굴에 대고는 싹싹 비는 버릇도 여전했다. 어쩌다 정신이 잠깐씩 돌아오기라도 하면 봉식을 불러 놓고 이것저것 알려 주려 애를 썼다. 봉식이가 알아들으려나 모르겠지만, 그는 어눌한 말로 이것저것 이야기를 하느라 애를 썼고, 봉식이는 알아듣지도 못하는 말에 헤~ 하고 있었다. 하루는 금고 여는 법도 알려 주고, 금고 속의 문서도 이것저것 설명을 해 주곤 했다. 그러면서도 혜진의 얼굴을 보면,

“우린 느그 때메…, 다 죽었다….”
눈물을 흘리고 손을 긁어 댔다.

‘술 때메 그랬제, 뭘?’

그녀는 미안할 게 없었다. 말이라도 꼭 해 주고 싶었지만, 그렇게 해 줄 입이 없다는 게 답답할 따름이었다.

그러던 중 김두식이 내려왔다. 누군가 쫓아오는가 잔뜩 신경을 쓰고도, 혜진에게는 눈길조차 주질 않았다. 차림이 예전보다 남루해졌고, 안 쓰던 중절모까지 눌러쓰고 급히 와서는, 봉철이 그리된 것을 한참 보더니, 커다란 가방 하나를 마당에 묻고 뭔가에 쫓기듯 다시 사라졌다. 사라지기 바로 직전, 한참 동안 혜진을 쳐다보고는 손가락으로 가방 묻은 자리를 가리키고는 떠났다.

'싱겁긴….'

그는 4월 14일 중앙정보부장 서리로 전두환이 취임하면서 정리, 해고되었다. 평생 줄서기를 잘했다 생각했는데, 혜숙을 군산으로 보낸 그분이 소개해 준 정 국장이란 사람 밑에 있다가 전두환의 세력이 아닌 이유로 가볍게 내쳐진 것이다.

그런 그가 마지막으로 행적을 보였던 곳이 바로 봉철의 집이었지만 그 일을 아는 사람은 혜진밖에 없었고, 그 후로 그의 모습을 본 사람은 없었다. 뒤늦게 봉철의 앞으로 사망조서가 도착했는데, '음주운전으로 인한 교통사고사'라고 쓰여 있었고, 생전 고인의 모든 재산은 국가에 귀속한다는 내용도 덧붙여 있었다. 조서를 받을 친지가 없는 관계로 유고를 봉철에게 전한다고 하였다.

그 조서를 읽는 혜진은 무덤덤하기만 했다. 가족을 죽인 원수의 죽음에 통쾌할 법도 했지만, 별다른 감흥이 없었다.

'그렇게 거머리처럼 살고, 악착같이 살았으면서, 결국 이렇게 죽는구나! 부질없네.'

5월 초가 되어 완연한 봄기운에 혜진은 기지개를 켰다.

'이제 봄바람 좀 불려나?'

그날따라 어디선가 봄꽃 향이 들어왔다.

그러나 세상에서 나는 냄새는 봄꽃 냄새와는 전혀 달랐다. 이미 1979년 박정희 대통령의 서거 이후 시작된 계엄령 속에 12.12 쿠데타로 다시 군부 정치가 시작되었다. 이에 맞서 전국적으로 시위가 계속되었는데, 이를 두고 일명 '서울의 봄'이라고들 하였다. 봄은 언제나 멀리 있었다. 사람들에게 그냥 때가 되었다고 찾아오는 봄이 아니었다.

이미 전쟁을 여러 차례 겪은 혜진도 불길한 마음이 들었다. 아버지께서 늘 말씀하시던 고상한 천기며 수화미제는 제쳐 두고라도 불길한 예감이 코끝을 스쳤다. 독재를 원하는 정권과 민주주의를 원하는 국민은 날마다 전쟁 속에서 살아야 했다. 그것은 적과 싸우는 게 아니라, 국민을 상대로 한 전쟁이었다.

5월 어느 날, 형석이 다니는 학교에 휴교령이 내려졌고, 학교엔 군인들이 들어오고 있었다. 형석은 시위에 나서기 위해 머리에 묶을 빨간 천과 플래카드 등을 챙기며 바쁘게 돌아다니고 있었다.

〈안 돼! 가지 마!〉

말로도 안 되는데 종이에 글을 써서 아들을 말려 보려 했다. 혜진이 느끼기에도 이번엔 정말 무슨 일이 벌어질 것만 같았다. 아들은 기어이 가겠다고 고집을 부렸다.

〈너네 외가가 그런 일로 다 죽었는디, 인자 니도 죽을려고 그러냐? 이건 사람 한둘 죽는 것으로 끝나는 게 아니다. 지금은 웅크려야 할 때야!〉

흥분한 작은 오라버니를 말릴 때 하셨던 아버지의 말씀 그대로다. "웅크릴 때"라는 말에 지금껏 웅크리고 울고 살았던 자신이다.

〈웅크려야 뛸 수 있어.〉

그 말을 아들에게 해 주었지만, 자신은 웅크린 채 굳어 버린 게 아닌가 싶을 정도다. 아들은 플래카드라도 주고 오겠다 했지만, 혜진은 그것도 못 하게 했다. 아들이 옥신각신하는 새, 무슨 생각에선지 봉식이는 아침부터 동명동 집으로 떠났고 아무도 이걸 몰랐다.

"휘~ 휘~"

늘 다녔던 길, 항상 같은 시간에 가는 길인데, 그날따라 기분이 좋았다. 휘파람과 콧노래를 섞어 부르면서 이리저리 골목도 구경하며 형 집에 도착했다. 집 문은 열려 있었고, 또 기분 좋게 들어갔다. 하지만 그날따라 봉철의 상태는 더욱 좋지 않았다. 침대 옆 구석에 쪼그려 앉아 뭔가 초조하게 입으로 손톱을 물어뜯는가 싶더니 피가 나도록 손가락을 물어뜯고 있었다.

"혀…, 형 뭐해?"

봉식이 물었지만 형은 미동도 없이 손가락을 빨고만 있었다. 이미 두 손이 피범벅인 것을 보니 밤내 이런 상태였나 보다. 며칠 전부터 들리는 사람들의 시위 소리에 봉철은 공포의 극한을 달리고 있었다. 그 소리는 아버지를 잡으러 온 마을 사람들의 소리였고, 혜진의 부모가 하늘에서 내는 죽음의 소리였으며, 지금까지 죽였던 이들의 원한 섞인 울음소리였다. 동생은 이런 형의 상태를 알 리 없었고, 형은 동생이 온 줄도 모르고 계속 그런 상태였다. 봉식은 금고를 만져 보았다.

"2…, 이쪽으로 45…, 또 이짝으로다가 13…."
"혀, 형아! 나…, 나도 이거…, 연다?"

그러도록 봉철은 눈 하나 깜짝하지 않았다. 마침내 그는 금고를 열었다. 그리고 가방을 하나 꺼내어 금고 안의 모든 것을 담았다.

"나, 이거 혜진이 보여 준다!"

"으어어어!"

봉철의 입에서 오래간만에 나온 말이다. 무슨 말인지도 모르고 대답했을 텐데, 봉식이 듣기엔 허락처럼 들렸다. 그는 더욱 신이 나 가방에 있는 모든 것을 주워 담아 문을 열고 나가 버렸다.

"앗!"

나오다가 마당에서 갑자기 뭔가에 걸려 넘어졌다. 보니 가방 손잡이였다. 예전 김두식이 묻어 둔 가방이었는데, 알 리 없는 그는,

"어? 여기도 가방이 있네?"
그 가방도 파서 가지고 왔다. 꽤 큰 가방 두 개를 짊어졌지만, 힘 하나는 장사가 아니었던가? 그는 신이 나서 갈 때보다 더 빠른 걸음으로 집에 돌아왔다.

"헤…, 혜진! 나 이거 가져왔어! 내가 열었어!"

혜진이 놀라 어리둥절해 있는데, 봉식이

"형아가 금고에 넣는 걸 봤어…, 이거…."
김두식이 묻어 두었던 가방을 꺼냈다. 혜진은,

'이거는 김두식이 숨긴 가방인데?'
생각했지만, 그의 가방 속에 있는 엄청난 금액의 돈을 보고 깜짝 놀랐다. 죽었다는 소식만 접했지, 그 가방은 정말 생각지도 못한 일이었다.

"어, 이게 아니네? 그럼 이거!"

그는 다시 다른 가방 속에 있는 것을 몽땅 쏟아부었다. 제일 먼저 눈에 들어온 것은 그녀가 봉철에게 잡혀 끔찍하게 고문당한 후 작성된 노예각서였다. 그녀는 가차 없이 그것을 찢었다. 수없이, 더 이상 찢어지지 않을 만큼 산산조각을 내었다. 그녀의 손은 마치 봉철을 죽이기라도 한 것처럼 떨리고 있었다. 그리고 쏟아진 돈과 종이들 사이에서 일기가 보였다. 봉철이 써 둔 일기, 대체 무슨 생각으로 살아왔는지 그걸 보고 싶었다.

일기의 시작은 자기 아버지의 죽음부터 기록되어 있었다.

> 마을 사람들의 죽창에 찔려 아버지는 돌아가시고, 경찰들은 낭떠러지에서 실족하여 대나무밭에서 사망했다는 마을 사람들의 말을 그대로 믿었다. 그날부터 맞지 않아도 되는 안도감과 함께 부모를 다 잃었다는 불행감 속에서, 아버지를 죽인 마을 사람들 앞에 웃으며 살았다. 이렇게 살아도 되나 싶은데 그렇게 살고 있었다.
>
> 성균 형님이 중매도 없이 결혼한다며 아가씨를 데려왔다. 마을 사람들이 수군거렸지만 내가 보기엔 너무 고왔다. 나는 장가나 갈 수 있을까? 까닭 없이 엄니가 보고 싶어졌다. 허연 얼굴이 그립다. 어머니 얼굴은 아니었다.
>
> 글공부가 싫었다. 요새 세상에 무슨 공부를 한다고 그러나? 이름 석 자만 쓰면 되지, 공부 말고도 살아가는 법을 배워야 한다. 내같이 못 배운 자들은 살아가려면 힘이 있어야 된다.
>
> 아버지의 폭력에 도망가셨던 어머니가 문둥병 때문에 그랬다는 사실을 알게 되었다. 봉식이를 성균 형님 댁에 보내고 집에 작은 방을 하나 만들어 어머니를 모셨다. 이제부턴 독해져야겠다. 마을에서 아무도 우리 가족을 업신여기지 못하도록 말이다.

어머니에게 갓난아이를 삶아 드리면 좋겠다. 문둥병도 나을 것이고, 아이는 또 낳으면 되지만 어머니는 돌아가시면 안 된다. 곧 형님의 아이가 태어날 것이다. 이 아이는 어머니에게 드리면 된다. 이게 효도이고 질서이다.

머리부터 발끝까지 고문을 했는데도 성균이 정신을 못 차리길래, 더 이상 끌 수 없어 몽둥이로 조졌다. 그리고 그 집에 가서 형수헌티 문안을 드렸다. 어째서인지 임신한 여자가 더 이뻐 보인다. 냄새도 다르다. 형 다음에 아우가 질서이므로…

"헉!"

기가 막히고도 숨을 쉴 수도 없이 원통했다. 그리고 무서워졌다. 예전에도 무서운 줄 알았지만 이제 보니 인간이라고 할 수 없었다.

'어쩜 이렇게 잔인할 수가….'

부모님만 돌아가시게 한 게 아니었다. 큰 오라버니도 죽음으로 몰고 갔다. 게다가 태어날 조카까지 없앨 계획을 하고 있었고, 이후 일기도 숫제 누군가를 고문하고 죽였다는 내용이었다. 반성이라곤 없었다. 양심 하나 묻어난 구절도 없었다. 변명처럼 써 있는 '질서확립'이 얼마나 잔인한 말이 될 수 있는지 여실히 보여 주었다.

'도대체 읽을 수가 없네.'

더 읽고 싶지 않지만 더 알아야 했다. 그의 거짓말이 어디가 끝인지 캐야 했다. 그리고 찾다 보니 비닐봉투에 싸인 편지꾸러미를 발견했다. 자신이 혜숙에게 보냈던 것들이었다. 불길한 예감이지만 그랬다. 혜숙에게 주마던 편지는 그대로 봉철의 금고로 들어갔고, 봉철은 혜숙이 글씨를 따라 쓰면서 잘 있는 것처럼 보냈던 것이다.

'뭐…, 뭐지?'

혜진은 다시 동생이 집을 떠난 날의 일기를 찾아보았다. 혜숙은 군산으로 보내졌다는 이야기가 나왔다. 아메리카 타운이 처음엔 뭔가 했지만 어떻게 살고 있는지 알 것 같았다. 낯익은 얼굴의 낯선 사진이 그 페이지에 그대로 들었기 때문이다. 부들부들 떨리는 손으로 그 사진들을 보다가, 문서 하나가 손에 잡혔다. 매독으로 사망했다는 이야기였다. 봉철의 상태를 모르는 게 아니지만, 두식은 그렇게 혜숙의 소식을 알려 주고 있었고, 봉철은 무슨 정신에선지 금고 안에 넣어 두었다가, 이내 마지막으로 편지를 쓴 게 이랬다.

> 기생의 자식이라 놀림을 받았다. 한데 어르신이 세상은 바뀐다고 참으라 했다. 그렇다! 어르신의 따님이 기생이 되어야 그게 순리다.

"으아아악!"

이젠 도무지 참을 수 없었다. 봉철을 붙잡고 뭐라도 해야 했다. 말도 통하지 않을 이라는 건 알지만 가만 놔둘 수 없었다. 막 집을 나섰던 그 순간,

– 타탕, 타타타탕

오후 1시, 시내 쪽에서 난리가 났다. 총소리, 대포 소리, 시끄러운 헬기 소리…, 전쟁이었다. 광주 민주화 운동(당시 광주사태)이 그렇게 시작되었다. 그 이전의 시끄러운 데모와는 차원이 달랐다. 이번엔 형석이가 혜진의 앞길을 막았다.

"인자 나가믄 죽응께 절대로 나가지 마시오!"

한바탕 혜진이 오열을 했다. 집 대문만 부여잡고 대문을 피가 나도록 때렸다. 형석이 그

런 어머니를 안고 들어오면 다시 대문으로 뛰어나가고 두어 차례 반복하다가, 이내 혜진이 잠잠해졌다.

'그때도 어머니가 이리 우셨제…'

생각해 보니 그때 얼마나 철이 없었는지 어머니의 피울음과 큰 오라버니의 죽음도 쉽게 받아들이지 못했었다. 그러나 시간이 지나고 보니 그 어머니와 같은 나이가 되어서야 어머니의 심정을 이해할 수 있었다. 당신이 큰 오라버니를 지키지 못했듯, 혜숙을 지키지 못했다. 혜숙은 죽음보다 더한 고통 속에서 죽었는지도 모른다.

"꺼어이… 꺼어이…"

목에서 우는 소리도 아닌 게 쇠를 긁듯 터져 나왔다. 어머니의 곡이 이랬을까, 동생의 비참한 죽음에 혜진의 목에서 피가 났지만, 더 큰 게 속에서 송장처럼 버티고 있었다. 아주 오래간만에 나온 목소리였지만, 총소리에 파묻혔고, 형석은 어머니를 끌어당기고 있었다.

"여기서 이러면 죽어요, 들어가요!"
"으아, 나… 주어!"

한참 동안의 실랑이 끝에, 예전 변소에서 동생의 입을 틀어막고 있던 자신의 모습이 떠올랐다. 형석이가 그 꼴로 땀투성이가 된 채 어머니를 끌어당기고 있었던 것이다. 차마 떠날 수 없어 형석이를 끌어안고 오열했다. 혜진은 그 자리에 엎드려 한참 동안 울었다. 형석은 어머니가 잠시 진정이 된 것을 보고, 가방에 있는 짐들을 정리하려고 방에 들어갔다가 낡은 사진 하나를 발견했다.

"이거…, 혹시?"

부모와 3명의 아들, 딸들이 찍힌 옛날 사진이었다. 1944년 일이니, 혜숙이 태어나기 1년 전이다. 혜진은 그 사진을 들고 또 한참 동안 울었다. 일본 아저씨라고 부르던 고쿠보 상이 찍었던 사진, 카메라 기사까지 시골에 데려와 가족사진을 찍어 준 것이었다. 어렴풋이 기억났다.

"제가 외탁했나 봐요…."

형석이의 말에 형석이와 사진을 보더니, 큰 오라버니, 아버지 그리고 형석이의 얼굴이 비슷비슷해 보였다. 그리고는 아버지에게도 사진을 보여 드리려고 불렀다.

"아버지!"

그런데 봉식이가 사라지고 없었다.

'어디로 간 거여?'

혜진은 그저 무사하기만 바라는 마음에 문도 제대로 닫지 못하고 문만 쳐다보고 있었다.

봉식은 가방을 옮겨 두고 혜진이 뭔가를 보면서 화가 나자, 자리를 도망가야겠다는 생각이 어렴풋이 들어 다시 형의 집으로 뛰어갔던 것이다. 그런데 그때부터 총소리가 나자 당황해서 얼른 형의 집으로 죽을힘을 다해 뛰어들어가서는,

"잘못했어요! 잘못했어요!"

처음엔 그렇게 베개를 뒤집어쓰고 잘못했다고만 하더니, 갑자기 휠체어에 형을 태우기 시작했다.

"형아, 얼른 도망가야 해…, 사람들이 우리 죽일라고 쫓아와!"
"으으으으…."

봉철의 말은 알아들을 수도 없었다.

"형, 그거…, 그거 알어? 전쟁 때 사람들이 쳐들어옹께 형이 나 버리고 먼저 갔잖아, 난 형 데리고 갈 거다!"

이런 기억은 좋았나 보다. 봉식은 봉철의 옷을 대충 입히고 휠체어에 태워 밖으로 나갔다. 총소리가 여기저기서 들려왔지만, 봉식은 아랑곳하지 않고, 계속 총소리가 나는 곳으로 갔다. 전남여고에서 전일빌딩 쪽으로 지나가려 하는데 사람들이 모여들기 시작했다.

"자, 우리도 용기 내어 갑시다!"

사람들은 그 두 형제를 보고 힘을 내었고, 봉식은 사람들의 응원에 또 기분이 좋아졌다.

"텐찌에 민나 교산또…."

예전에 형이 늘 해대던 소리, 그리고 자신이 서울에서 크게 외치던 소리를 이번엔 봉식이 덩실덩실 춤을 추며 노래까지 만들어 불렀다. 사람들은 총소리에 그 소리가 뭔진 잘 모르겠지만, 그렇게 군인들의 총에도 두려워하지 않고 춤을 추며 나아가는 봉식을 보고 박수쳤다.

"참으로 용기 있는 행동이오!"
"우리도 목숨 걸고 싸웁시다!"

그 춤은 또 혜진의 부모를 죽이러 마을 사람들과 횃불을 들고 찾아가던 그 밤의 춤과 같았고, 4.19에 일어난 시위를 진압할 때 추던 춤과 같았다. 총소리, 사람들 아우성에 옛 기억만 남고, 사리 분별이 되지 않았던 탓에 그만 큰소리로 노래를 불렀다.

"텐찌에 민나 교~ 산~ 또 데쓰~"

그리고 이어 형이 그 노래에 반응했다. 치매로 많은 것을 잊고 살았던 봉철이 그 말에 빙긋 웃으며 봉식이의 얼굴을 보고 말을 따라 했다.

"텐찌에, 민나, 교산또…."

– 탕탕탕탕!

어디선가 숱한 총알들이 날아와 봉철과 봉식의 몸에 박히거나 관통했다. 봉식의 팔 한쪽도 저만치 떨어져 나갔다. 주변 사람들도 역시 그렇게 죽었다. 도망가는 사람들을 향해선 군인들이 뛰어와 잡아 죽였다. 봉철은 자신이 그토록 하고 싶어 하던 말을 다 하지 못하고 휠체어에서 굴러떨어졌고, 봉식은 남은 한쪽 팔로 끝까지 휠체어를 놓지 않았다. 그게 그들의 마지막 모습이었다. 평생 군경의 이름으로 총과 칼로 사람들을 공산당으로 몰아 숱하게 죽였던 그였지만, 이제 군경의 총에 공산당이 되어 죽어야 했다. 판단 불가능한 뇌는 그것도 모르는지, 거친 숨소리와 함께 식어 갔다.

며칠 후 사태가 일단락되었다. 총소리가 들리지 않았을 뿐 공포는 여전했으며, 광주사태가 민주화 운동이라 복권되기까지는 더 오랜 시간을 기다려야 했지만, 그래도 잠잠해진 것만도 어딘가?

혜진은 형석이를 데리고 동명동 집으로 찾아갔다. 대문은 열려 있었고, 두 사람 다 보이지 않았다. 휠체어도 없었다. 그녀는 이웃집도 찾아가 보았다. 다행히 아무런 일 당하지 않고, 지하실에 숨어 계셨다고 했다. 그리고 다시 봉철의 집으로 왔다.

"어디 갔을까요?"

형석이는 집 여기저기를 찾아보았지만, 흔적을 찾을 수 없었다.

– 따르르릉

전화가 울려 형석이 받아 보니 최봉철, 봉식 형제가 사망하였다는 기독병원의 연락이었다.

"엄마, 아빠와 큰아버지 두 분 다…."
"끄으으윽"

울어야 하는데 목이 답답해 뭔가 걸린 소리가 다시 났다. 한쪽에 가서 그걸 넘겨 보려고 헛구역질을 해 봐도 나오질 않아 가슴만 치고 울었다. 죽일 놈 죽이지 못해 그런 게 아니라, 한 번도 남편에게 잘해 준 적이 없었던 게 미안해서였다. 원치 않는 결혼 생활 탓에 남편이란 생각보다는 그저 먹여 주고 씻겨 주는 정도였을 뿐이었던 게 한없이 미안했다. 봉철에 대해서도 마찬가지다. 복수라는 게, 그래 죽이고 싶었던 적이 아주 없다고는 말하기 어렵지만, 그렇게 비명횡사했으니 놀란 가슴이 진정되질 않았다. 혜진은 아들 형석이만 붙잡고 울 뿐이었다. 무엇보다 아빠 잃은 자식이 불쌍했다. 그 기분, 어릴 적 자신과 되풀이 되는 것만 같아서 너무 마음이 아팠다. 그들은 그렇게 함께 울었다.

형석이 경황이 없지만 어머니를 모시고 기독병원으로 갔다. 그곳엔 참 많은 시신들이 가족들이 찾아 주기만 기다리고 있었고, 또 많은 산 사람들이 시신을 찾아 애타게 이름을 부르고 있었다. 한쪽에선 곡을 하느라 정신이 나갈 지경이었고, 겨우 목숨을 부지한 사람들도 죽어 가는 마당에 처참함이 이루 말할 수 없었다. 가장 바쁜 사람들은 의사와 간호사들이었다. 쉼 없이 들어오는 시체와 환자들을 구분하고 치료하느라, 밥 먹고 화장실 갈 시간도 없었다. 시체를 검안하여 가족에게 인계하던 의사 역시 가운 여기저기 피 묻은 자국에, 지친 기력이 역력했지만 맡은 일에서 뗄 수가 없었다.

"최봉철, 최봉식 형제의 가족 되십니까?"
"네."
"신분증 보여 주시구요, 유감입니다."

형석이 경황없이 대답하며 주민등록증을 꺼냈다.

"최형석? 나랑 이름이 같네요."

그러고 보니 의사의 가운에 쓰인 이름도 역시 최형석이었다. 그는 주민등록증을 한 번 더 쳐다보았다. 당시엔 본적(本籍)도 기록되어 있었다.

"어? 본적도 저와 같은 담양 수북이네요? 전 한 번도 안 가 봤는데…."

그 말을 하며 의사는 그제야 얼굴을 들어 혜진의 아들 형석을 확인했고, 형석인 의사인 형석을 확인했다. 어머니는 정신없는 중에도 큰 오라버니와 비슷하게 생긴 의사를 눈여겨보았다. 둘이, 아니 그 셋이 분명 닮았다! 큰 오라버니와 그 의사와, 자기 아들이 닮았다! 그리고 그들의 이야기를 들으면서 뭔가 떠오르는 게 있었다. 그리고 황급히 글을 적었다.

〈어머니 성함이 혹시 허 금자, 선자?〉
"네 맞아요. 저희 어머니를 아시네요. 동향 분이신가 보네…. 조만간 올라오시니까 사태가 정리되면, 한 번 여기에 찾아와 주세요. 지금은 이 일이 많이 바쁘네요."

그였다! 그동안 생각지도 못했던 새언니의 아들, 형석이었다. 그는 사촌 동생 형석을 알아볼 수 없었지만, 혜진은 그의 얼굴에서 큰 오라버니의 모습을 봤다. 뭔가 집중해서 일하지만 차분하게 말을 하는 것도 똑같았다. 더 묻고 싶은 게 많았지만, 혹시라도 재혼을 하셨으면 큰 실수를 하게 될 것 같아, 다음에 다시 보자 인사하고 헤어졌다.

'저리 잘 컸을까?'

조카가 살아 있었다. 그리고 새언니도 살아 있었다. 죽음 속에 발견한 새로운 희망이었다. 기대도 하지 않았던 과거가 미래가 되어 성큼 다가왔다. 남편의 죽음이 이제 아프지 않게 될 만큼 말이다.

어쨌거나 혜진은 봉철과 봉식의 시신을 인계받아 담양으로 향했다. 총상에 성한 곳 없는 몸이라 금방 부패하니 장례할 겨를도 없이, 알코올 솜으로 피만 닦고서는 바로 형석의 친구들이 상여를 메고 담양으로 향했다. 하지만 곱잖게 볼 마을 사람들의 시선이 맘에 걸려 미산 들어가는 길목에서 해질 때까지 기다렸다. 친구들 몇이 산에 올라 구덩이를 두 개 파두고 내려오고, 인적이 드물어지는 걸 확인한 후에야 그들은 서둘러 산을 올랐다. 그리고 얼른 입관을 하려는데, 그러다 보니 실수가 생기고 말았다. 상여를 들던 한 친구 발에 뭔가 걸려 넘어지며, 미리 파두었던 구덩이에 봉철의 시신이 그대로 정확하게 굴러 들어가 버린 것이다. 반듯이 누운 게 아니라 엎드린 채로 말이다. 그런데 그걸 또 친구들이 확인하지도 못하고 서둘러 삽질로 메꾸어 버렸다. 밤눈이 밝은 혜진은 정확히 보았지만, 그렇다고 다시 꺼내라 하기도 늦어 버렸다. 어쩔 수 없었다. 그리고 다음 날 다시 몰래 와서 간단히 장례를 치렀다.

무덤이 총 다섯 장이다. 하나는 최상갑 부부 합분 묘가 있었고, 그 아래 정화와 봉철, 봉식이 그리고 그 아래 형오 것까지, 삼대가 다 묻히게 되었다. 그들의 말로가 이렇게 끝이 났다.

형석이 봉식의 묘 앞에 절을 하려고 했는데, 갑자기 혜진이 말을 꺼냈다.

"여기가 너네 아버지여…."
하는 것이었다. 형석은 깜짝 놀라며 재차 물었다.

"어? 엄마! 방금 뭐라고 말씀하셨어요?"
"이짝이 네 친아버지라고…."
"아니 엄마, 말할 수 있게 된 거예요?"
"그러게나 말이다. 인자사 말이 나오네."

어머니도 신기한 듯 말을 이어갔다.

"그동안 말만 하려고 하면 목구멍이 콱 맥혀 가꼬 말을 할 수가 없었는디, 인자 쪼까 편안허니 말이 나와야…."
"엄마!"

형석은 어머니의 품에 다시 안겼다. 평생의 소원이 이루어진 것만 같았다. 안겨 울던 형석은 다시 무덤으로 눈이 향했다.

"근데 이쪽이 그러니까…, 큰아버지가 제 친아버지라고요?"
"너네 아버진 참말이지 내 손만 잡고 잤어. 내가 느그 큰아버지헌티 그날 붙잡혀서…."

형석은 잠깐 깊은 생각에 잠겼다. 정신은 온전하지 않았어도 늘 자신에겐 웃어 주던 아버지는 진짜 아버지가 아니었고, 무서워서 얼굴조차 보지 못했던 큰아버지가 진짜 아버지란 사실에 잠시 말문이 막혔지만 곧 정리했다. 혼란스러웠던 기억이지만 간단하게 정리하려고 마음을 먹었다.

"제가 큰아버지에게서 진짜 아들로 살았으면 아마 전 살기 힘들었을 거예요. 아버지께서 절 이뻐해 주셔서 이렇게 큰 거죠…."

형석은 봉철과 봉식 모두에게 큰절했다. 그리고 나서 혜진은,

"어디 좀 들렀다 가자!"
형석을 데리고 삼인산을 더 올랐다. 한참 동안 오르니 무덤이 나왔다. 그런데 하나가 더 있었다.

"무덤이 하나만 있었을 텐데?"

혜진은 갸우뚱거리며, 큰 오라버니 위쪽으로 생긴 무덤의 묘비를 찾았지만, 아무것도 없었다. 한데 잡초도 잘 제거되고 해마다 잘 다듬어 놓은 흔적들이 있었다.

"누가 남의 산에다?"

혜진은 그 무덤의 주인은 찾지 못하고 오라버니 무덤을 어루만지다 예전에 넣어 두었던 편지를 찾았다. 이미 삭을 대로 다 삭은 천조가리만 남아 있었다.

"글씨는 모두 다 가져가신 게지…."

혜진이 상념에 빠진 사이, 때마침 누군가 올라왔다.

"거그 누구요?"

혜진이 일어서자, 할아버지 한 분이 올라오시더니 덥석 손을 잡았다.

"어이쿠, 니가 어르신 딸, 혜진이구나!"

본인 소개를 부모님 돌아가시고 다시 찾아와 시신을 수습하셨던 분이라고 하셨다. 혜진은 말도 못 하고 손만 잡고 엉엉 울었다.

"무덤에 묻어 주셔서 참말로…."
"그래도 내가 죽기 전에 가족들 찾을 수 있어서 다행이여…, 나가 그때 봉철이 그눔 눈 피해서 여그 너네 선산에 묻느라…."

혜진은 무덤을 끌어안고 오열했다.

"엄니, 지가 인자사 왔어요."
"그라제, 울고 싶을 땐 무덤이 최곤 겨! 인자 나도 무거운 마음 좀 내려 놀라네."
하며 먼저 내려가셨다.

그녀는 다시 주머니에서 수첩을 꺼냈다. 늘 사람들과 대화하던 수첩이다. 그녀는 부모님의 묘소를 향해 다시 한번 만가를 썼다.

> 이젠 이 수첩도 마지막이네요. 그동안 눈으로 차마 못 볼 것 보고, 귀로 차마 못 들을 소리 들으면서도, 입으로는 내 듣기 싫은 소리 넘한티 하진 않고 살았네요. 지가 아버지 닮은 아들꺼정 데리고 왔네요. 원했던 인생은 전혀 아니었지만 지나고 나니 이렇게 살아온 게 신기롭기도 해요. 30년이 지나 처음으로 왔는디 가지고 온 것도 없지만, 여기서 아래로 내려 보니 저 밑으로 봉철이 묘가 딱 보이구먼요. 잘못 묻어서 시신이 엎드려진 줄 알았는디, 인자 본께 부모님 묘소를 보고 납작 엎드린 거네요. 담에 올 땐 큰 손주 형석이랑 같이 올랍니다. 혜숙인….

그리고 그 수첩을 통째로 묻었다. 이젠 필요가 없어졌기 때문이었다. 그동안 말 못 하고 살며 적었던 글들이 고스란히 적혀 있던 수첩이었다. 남편이 형무소 들어가는데 사람들에게 도와달라는 말도 못 하고 적어서 보여 주기만 하고 살았던 세월이 고스란히 들어 있었다. 글을 쓰다 보니 가슴 아프게 생각나는 이름이 떠올랐다.

"혜숙아!"

그리고 군산에서 매독으로 사망했다는 동생 이름만 애타게 불렀다.

"엄니, 내가 동생은 못 지키고… 지 몸만 살아서… 이라고 형석이만 데꼬 왔어라!"

온종일 울다 지쳐서인지 형석의 부축을 받고 집에 겨우 돌아왔다. 이제 아들과 함께 여러 밀린 일을 해야 했다. 제일 먼저 군산으로 향했다. 혜숙의 시신이라도 찾아보려 했지만, 매독으로 죽은 사람들은 모두 화장해서 치워 버렸다는 게 그들의 설명이었다. 혜진은 허망한 표정으로 돌아왔다. 그리고 최봉철, 최봉식 두 형제의 사망신고를 하러 왔는데 뭔가 이상했다. 혜신은 혼인신고조차 안 되어 있고, 최봉철의 동거인으로만 되어 있었다. 말은 최봉식과 혼인이네 어쩌네 하며 혼인계를 등록한다 했지만, 제출조차 하지 않았던 것이다. 결혼조차 성립이 되지 않았으며, 형석은 최봉철의 자(子)로 올라 있었다. 그동안 학교며 병원이며 모든 서류를 도맡아 자기가 했던 이유가 다 자기 아들로 올렸기 때문이었다. 형석 역시 봉철의 소행에 혀를 내둘렀다.

"이 정도인 줄은 몰랐네요…. 그때 절 보고 자꾸 아들, 아들 하면서 동생 잘 키우라는 게…."

이제 와서 사실관계를 따질 수도 없다. 호적대로 하자면 형석은 봉철의 아들로, 혜진은 자유의 몸이 되어 버렸다. 아니, 이미 자유의 몸이었는데 속고 살았던 것이다.

"그래도 한결 시원허다…."

동사무소에서 돌아오는 길에 혜진이가 형석에게 말을 건넸다. 여름 뙤약볕이 뭐 그리 시원하랴만 형석 역시 그 마음을 알 것 같았다.

"미리 알았으면 좋았을 걸 그랬어요. 그랬으면…."
"니를 놔두고 어디 간다고 그라냐? 그래도 니를 이라고 키울 수 있어서 얼마나 감사하냐? 머린 좀 부족해도 맘만은 착한 느그 아빠 잠시 만나 보고 살았제."
"맞아요. 전 아빠한테 한 번도 혼난 적이 없었죠. 아빤 머리 나쁜 걸 늘 미안해 하셨어요."

그녀는 아들과 함께 봉철의 악행에 대해 사죄의 편지를 써서 봉철과 두식이 남긴 돈을 넣어 봉철의 손에 죽임을 당한 유가족들을 찾아갔다. 더러는 최봉철에 대한 원망과 불만, 저주를 들어야 했고, 또 이제라도 이렇게 사과를 받아 한결 좋아졌단 말도 들었다. 좋은 소리도 듣지 못할 선행인 줄 알았지만, 그들과 함께 눈물을 흘리는 것으로 마음이 좀 더 가벼워질 수 있었다.

혜진은 어머니로부터 물려받았던 대나무 피리와 머리끈을 찾아 아들과 함께 다시 병원으로 갔다. 그곳에 반가운 얼굴이 있었다.

"내가 얼마나 기다렸는 줄 알어?"
"새언니!"
"인자 애기씨가 아니라 아가씨네."
"아가씨는요, 뭘… 아줌씨죠."

정말 얼마 만에 불러 보는 이름인가? 울음, 그동안 울었던 눈물 중에 이렇게 뜨거운 눈물은 없었다. 그리고 피리와 머리끈을 전하자 다시 둘은 또 뜨겁게 울었다.

"이 피리는…, 형석이 아버지가 내헌티 만들어 준 거여…."

금선은 담양에서 봉철에게 당한 그날, 만삭의 몸을 움직여 부산 친정으로 피신했었다고 한다. 아이도 그때 그 피난길에서 태어났지만, 사람들의 도움을 받아 무사히 친정에 도착할 수 있었다. 그곳에서 또 열심히 살면서 6.25를 버티며 동생과 자기 식구들을 챙기며 살았다고 한다. 그녀 역시 과부로 지내면서도 아이를 잘 키웠고, 넉넉하진 않지만, 전쟁고아들도 도와주며 그렇게 살았다고 했다.

"어무이 그카 살아, 지도 마 광주까지 왔심더."

조카 형석이 웃으며 구수한 부산 사투리를 썼다. 어머니께서 어려운 이들을 돌보는 모습에 아들도 광주에서 난리가 났단 소식을 듣고 기독병원에 자원해서 간 것이었다.

"고마워요! 질 커 줘서…."

혜진은 말없이 조카의 손을 잡고 한참 동안 또 울었다. 아들 형석은 이름이 같은 사촌을 만났다는 게 어색했지만, 이내 서로 닮은 모습을 찾으며 반가워했다. 더군다나 같은 의대라니, 생각도 그리 닮았다.

"어머니 말하는 거 고쳐 주려고 했는데, 이미 고쳐져브렀어요."

이 한마디에 모두 울었던 울음을 정리하고 다시 웃을 수 있게 되었다. 이름이 같은 형석은 큰 석, 작은 석으로 불리게 되었다. 이후 금선은 혜진이가 사는 동명동에 이사를 와 자리를 잡았고, 말이 이웃이지 거의 한집에서 살다시피 하며 지냈다.

1981년 1월

끔찍했던 한 해가 그렇게 지나가고 새해가 밝았다. 이제 두 가족이 모여 고향에 갈 수 있게 되었다. 한 달 전에 미리 부모님 비석 제작을 맡겼었고, 3일 전에 묘비를 세웠으며 이제야 인사드리러 가게 된 것이다.

"온 가족 이름 다 넣고 싶어요."

당시만 해도 비석에 이름 넣는 일에도 여러 제약이 많았는데, 부모보다 먼저 죽은 자식, 집나간 며느리, 게다가 사위 이름도 없이 올라가는 외손자까지, 모두 규례에 어긋났지만, 혜진의 의견을 따라 제작되었다. 생사를 알 수 없는 성현과 혜숙도, 한자까지 똑같은 두 형석도 올렸다.

"뭐가 이리 복잡한 집안이여?"

석수도 투덜거릴 정도였다.

"작은오빠도 오믄 좋았을 것을…, 혜숙이 시신이라도 찾으믄 좋았을 것을…."

혜진이 성묘 가는 길 내내 했던 소리다. 담양 미산에 도착하니 마을 아이들이 낯선 사람들의 출입에 어리둥절해 여럿 모였다. 하나도 모를 아이들뿐이었지만, 동네 아이들에게 준비해 갔던 사탕을 하나씩 나눠 주었다. 봉식이 혜진에게 주었던 비오리 사탕은 이제 구할 수 없지만, 아이들에게 넉넉히 줄 만큼 사탕을 많이 챙겨 온 보람이 있었다. 저만치 사라지는 아이들을 보며 혜진은 눈물이 흘렀다. 어린 시절 살았던 집이 보였다. 혜진과 금선이 나란히 집 문 앞에서 옛날 그대로의 집을 한참 동안 바라보았다.

"그래 저기서 여기로 물이 흘렀지…, 아버진 책을 읽으셨고…."

집만 봐도 눈물이 났지만 누가 사는지는 모르겠다. 인기척은 없지만 제법 잘 관리가 되는 집이었다. 궁금하기도 했지만, 차례 지내는 게 더 급했다.

마침내 가족들이 모여 차례를 지냈다. 두 여인은 새로 쓴 비석을 어루만지며 펑펑 울었고, 자식들은 주변의 잡초를 뽑고 큰 오라버니 묘도 정성스럽게 가꾸었다. 내려오는 길에 봉철과 봉식의 묘 앞에서는 혜진과 형석이 잠깐 목례만 하고 지났다.

"앗!"

그게 잘못이라도 된 셈인지, 혜진은 바로 그 자리에서 그만 다리를 삐끗했다. 드러난 나무뿌리, 그러니까 봉철의 시신을 묻던 친구가 걸려 넘어진 나무뿌리가 다시 혜진의 발목을 걸었나 보다. 가벼운 부상이긴 하지만 두 형석의 부축을 받아 인근 병원에 들렀다. 금선의 가족 역시 대기실에서 기다리고 있었다.

막 접수를 하고 진료실에 들어가 누워 있는데, 의사가 다리에 깁스를 해 주면서,

"최혜진 씨? 예전에 제가 간호해 드렸는데 기억나세요?"
라는 것이었다.

깜짝 놀라 얼굴을 보는데, 보는 순간 눈물이 흘렀다. 그렇게 보고 싶었던 얼굴이었지만, 잊기로 했던 그 얼굴이었다. 혜진은 얼굴이 화끈거려 그만 얼굴을 돌리고 말았다. 이름을 보지 않아도 누군지 알 수 있었다. 김철규, 그를 여기서 만나게 될 줄은 몰랐다. 그의 눈에도 같은 의미의 눈물이 흐르고 있었다. 둘은 아무런 말도 없이 그렇게 눈물만 흘리고 있었다.

“잠깐만 거기서 그렇게 울고 있어 보세요. 누굴 좀 데리고 올게요.”

철규는 치료를 마치고 잠시 기다리라고 하고선 잠시 후 휠체어에 몸이 마른 여인을 데려왔다. 혜진은 휠체어가 들어온 순간 누구인지 직감했다.

‘혜숙이다!’
“혜숙아! 혜숙아!”

드디어 찾게 된 동생이다. 죽은 줄만 알고 있었다. 이 말에 대기실에 있던 가족들까지 모두 들어와 혜숙의 이름을 불렀지만, 그녀는 언니의 모습과 언니의 목소리에만 반응했다.

“으응….”

혜숙은 낼 수 있는 최선의 소리와 최고의 표정을 지었다. 신음과도 같았던 그녀의 표정을 보며, 혜진은 미안하단 말만 연신 했다.

“언니가 못 찾아서 미안해…, 정말 미안해…. 속고만 살았어! 가지 말라고 더 말렸어야 했는데….”

두서없이 하는 말에 진심이 가득했다. 철규는 일찌감치 병원 문을 닫고 혜진이 진정되기까지 기다리다 말을 꺼냈다.

"계속 울려면 쉬었다가 내일 우세요!"

금선도 혜진을 달래며 말을 했다.

"그만 울자, 웃어야 할 일에 어찌 그리 울어!"

웃자는 말을 하는 본인도 역시 울고 있었다. 철규는 혜진이 말을 할 줄 아는 것에 무척 놀라웠고 또 반가웠다.

"말을 하니 쫌 낫네!"

말은 익살스레 해도 옛 생각이 나, 철규의 눈에도 다시 눈물이 흘렀다.

"이게 대체 얼마만이야?"
"스무 년도 넘었네요."

혜진은 아직도 고개를 돌리지 못하고 혜숙이만 보고 말을 하고 있었다.

"근데 이분은…?"

사람들은 모두 철규가 누군지 궁금했다.

"네, 혜진 씨 예전 인연이라고만 해 둘게요."

철규가 먼저 말을 꺼내고 진료실로 갔다. 혜진은 얼굴이 붉어져서 제대로 말을 잇지 못했다.

"예전에 지리산에서 죽을 뻔했는데 저분들이 살려 줬죠. 평생 고마우신 분들이에요."
"어머니 은인이시네요."
"너희들도 저분들처럼 누군가의 구원이 되어 주길 바라. 가난한 사람, 병든 사람…."
"네, 당연히 우리도 그래야죠!"

철규는 가만히 혜진을 불러내었다.

"저기…, 많이 기다렸어!"
"결혼이라도 하시지… 저 같은 걸 왜…."
"정말 위험했지. 고아원에 찾아갔지만 다른 아이가 거짓말을 하더라고…. 그 말만 들었더라면 꼼짝없이 그 애랑 결혼했을 걸?"
"우린…."

혜진은 다시 목이 잠겼다. 역 앞에서 있었던 일, 부르려 했는데 끝내 부르지 못하고 봉철에게 잡혀 고역을 치른 일, 식모살이에 온갖 모욕을 당한 일까지 갑자기 터져 나오려니 말이 다시 나오질 않았다. 철규는 커피를 한 모금 마시게 했다.

"이제 차분히 말해도 되잖아. 그리고 혜숙이도 가끔 이야길 해 줬어…, 어느 정도 아니까 편안하게 이야기해도 돼!"

그녀는 한참 울기만 했다. 막상 하려니 하고 싶었던 말을 어디서부터 해야 할지 몰랐다. 만나기로 한 그날, 그렇게 새 옷을 꺼내 입고 만나려고 한 날부터인지, 아니면 미국으로 떠난 그 이후부터인지 알 길이 없었다.

"휴~"

정화에게 타 주기만 하던 커피를 이제 철규가 타 줘서 처음으로 커피 맛을 느껴 보았다. 커피가 흔들리는 그녀의 마음을 진정시켜 주었다. 그래도 뭔가 생각이 정리되는 게 두려웠다. 결혼하고 싶었던 사람을 놔두고 덜컥 다른 사람과 결혼했고, 또 다른 남자의 자식을 낳았다. 이건 그의 마음에 대못을 박는 범죄와도 같았고, 자신은 그의 앞에서 한없는 죄인일 뿐이었다. 고마움도 모르는 배은망덕한….

"전 고맙다는 말씀은 꼭 드리고 싶었어요. 이렇게 되어 정말 미안하구요…."

뭔가 씁쓸한 맛이 차분하게 해 주는 기분이 들어 말을 꺼냈다. 냉정하게 이 말만 하고 돌아서려 했다.

"알아, 그게 지금 돌이킬 수 없는 잘못이라고 생각하겠지만, 니가 원해서 그런 게 아니란 걸 알고 있어."

"전 비난받아 마땅한데요."

"누가 비난하지? 우린 그때 길이 엇갈렸을 뿐이고, 다시 이렇게 만난 거잖아. 널 놔두고 우리끼리 미국 가 버린 것도 길이 어긋난 것이고, 따지고 보면 그 시절이 좋질 않았고, 널 그렇게 만든 사람들이 잘못이지. 무슨 잘못을 했다고 그래?"

"전 잊으려고 했어요. 잊지 않으면 더 힘들까 봐…, 한데 정말 잊히진 않았어요, 주려고 썼던 편지도 다 버려서 얼마나 후회했는지 몰라요."

"하하! 잊으려 한 건 잘못 맞네! 하지만 그건 여기에 있어!"

"정말요. 아니 그게 왜…?"

"혜숙이 들고 왔지, 꼭 껴안고 왔어. 난 잊지 않으려고 애썼는데 너무하네!"

울음도 많이 진정되었지만, 얼굴이 더 붉어지는 것만 같았다. 하지만 이제 그의 얼굴을 똑바로 보고 이야기를 하기 시작했다. 두려웠던 기분도 두근거림으로 바뀌고 있었다.

"전 다시 만날까 두려웠어요. 전 정말 죄인 된 기분으로 살았어요. 하지만 이젠 꼭 그런 기분으로 살진 않으려고 해 볼게요."

"그래, 천천히 해!"

그는 정말 별일 아닌 듯 말을 해 주고 있었지만, 그동안 애가 닳던 때가 많았다.

"근데 여기엔 언제…?"

혜진과 만나지 못하고 거짓말했던 여자아이와 결혼할 뻔했지만, 원장선생님이 그간의 사정을 이야기해 주었다고 했다. 그리고 혜진이 원장님께 써 두었던 고향 이야기를 찾아 담양 미산에 작은 병원을 열었다고 했다.

"그러면 만날 줄 알았지…, 고향으로 언젠간 돌아올 것이라 믿었어. 마을 사람들도 기억해 주시는 분들도 꽤 있더라고. 정말 좋은 동네였고 좋은 어르신이었는데, 한 집이 모든 걸 망쳐 놓았다고 하던데?"

그동안 혜진이 어렸을 적에 살았던 집도 폐허가 될 뻔했는데, 다 보수해서 고쳐 살았다고 한다.

"집이 정말 멋지더라고!"

다행이었다. 다른 사람의 집이 아니었다. 이야기를 들려주고 싶었던 바로 그 사람이었다. 여러 군데 허물어져도 고치기만 했지, 기와 한 장도 옛날 것만 고집해 그대로 가꾸고 있었다.

"그런데 언젠가 누가 아픈 혜숙일 데리고 온 거야…, 잘 봐 달라면서…."

"누구였죠?"
"오빠라고 하던데? 이름은 말도 하지 않고 병원에 돈과 함께 맡기고는 휙 가 버리더라고…."
"아, 성현 오빠! 지금은 어디에 있어요?"
"모르겠어, 그날도 얼마나 바삐 사라지던지…."
"그랬군요. 항상 그렇죠."
"그런데 혜숙이 그렇게 되었으면서도 날 알아보고, 웃으면서 내가 혜진에게 주었던 손가방을 다시 주더라고…."

철규는 슬며시 혜진의 손을 잡았다. 부끄러워 빼는 손을 더 강하게 잡고, 부축한 채 병실 밖으로 나갔다. 그런데 그림이 몇 점 걸려 있었다. 그녀가 글로 썼던 마을 이야기며, 그녀 어릴 적 모습까지 모두 그림으로 그려져 병실 복도에 전시되어 있었다. 혜진은 넋을 잃고 쳐다보았다. 고급스런 유화 냄새와 그림이 너무 잘 어울렸다.

"그때부터 하루하루가 길어진 것 같아…, 그림이라도 그려야 시간이 가더라고. 그런데 언젠긴 정말 올 것 같더라."

혜진은 더 이상 듣기 부끄러워져서, 다시 보마 약속하고 서둘러 집으로 돌아오려 했다. 하지만 이번엔 가족들이 모두 반대했다.

"차가 너무 좁네요!"

운전하고 왔던 금선의 아들 형석이 말을 먼저 꺼냈다. 그러자 혜진의 아들 형석이 맞장구를 친다.

"그러게요, 이모를 누군가 돌봐 줘야 하지 않을까요? 혼자 외로울 텐데…."

금선까지 나섰다.

"이 차엔 나만 여자면 돼!"

차를 타려 했던 혜진이 당황하며 말을 꺼냈다.

"나 없으믄 우리 형석인 누가 돌보라고요?"
"형석이가 형석이 돌보믄 되지 뭔 걱정이여? 니는 니 동생이나 잘 돌봐 줘!"

마지막으로 금선이 한마디하고는 차가 휭 떠나 버렸다. 혜진은 졸지에 차를 타지도 못하고 다시 병원으로 들어왔다. 다시 돌아올 걸 알았는지 철규는 어느 틈에 혜숙의 병실에 따로 자리를 만들었다.

"혜숙인 제가 돌볼게요."

혜진이 철규의 얼굴도 안 보고 조심스럽게 말을 꺼냈지만, 철규는 빙긋 웃었다.

"그래서 또 지리산 들어갈라고?"

자신이 그렇게 아프면서도 동생 돌보러 지리산에 들어가겠다던 일이 떠올랐다. 그때도 어찌나 당차고 착해 보이던지, 이제 또 세월이 흘러 다 죽어 가는 동생을 돌보겠다고 한다. 정말이지 말릴 수 없는 각별한 관계였다.

그러면서 둘은 가끔 지난 일들에 대해 생각날 때마다 이야기를 꺼냈고, 어색한 시간이 흘러가자 차츰 자연스러워졌다. 그렇게 시간이 익어 갔다. 혜진이 살아왔던 시간들은, 누가 볼세라 파고들던 동굴 같았다. 세월이 자라며 숭숭 뚫린 구멍에 드는 바람이 싫었지만,

이제 구멍 새로 따뜻한 햇살이 들어오는 공간이 되었다. 그곳에 싹이 자라고 있다.

"누더기도 그런 누더기가 없어, 성한 곳보다 구멍이 더 많아…. 암튼 그 구멍으로 바람이 쑤웅하고 불어 들면 온몸에 물이 다 눈물처럼 빠져나오는데, 기가 막힌 건 그 구멍 틈으로 햇볕이 드는 거야. 좋은 계절 만나면 햇볕이고, 좋은 시간 만나면 별빛인데, 내 맘대로 할 수 없는 시간들을 살았던 게지. 바람을 막지 못하고, 추위에 별 도움 안 되던 그런 시간들 말야."

혜진이 나중 반백이 되어 한 소리다.

완연한 햇살,
그리고 만가

1982년 5월

"혜숙아! 혜숙아!"

부르는 사람은 애가 타도, 대답해 줄 사람의 반응은 없다. 송장 같은 얼굴에 시간마저 정지한 듯, 그녀는 사람들의 간절한 부름에 응답을 하지 못하고 있었다. 눈을 마주치는 것도 힘든 일인데, 이젠 살아 숨 쉬는 것도 얼마 남지 않았음을 보여 주고 있었다.

"치료약이 페니실린밖에 없었는데, 그걸 맞질 못했으니…."

철규도 안타까웠다. 누구 하나 잘했다 말해 줄 병은 아니었지만, 그는 예전 혜진을 간호할 때처럼 마음을 다해 치료했고, 혜진 역시 동생 곁을 거의 떠나지 않고 전념했다. 살아날 기대보다, 이렇게라도 살아 있는 시간이 좀 더 오래가게 하자는 심정이었다.

그러다 5월 어느 날, 기적과도 같은 한마디가 나왔다.

"언니, 미안해…."
"아녀, 절대 그런 말 말어!"

그녀가 언니의 손을 잡고 말을 했다. 그리고 마지막으로 힘을 내어 미소를 지었다. 이어 조용히 눈을 감았다.

"안 돼!"

혜진은 오열했다. 다른 누구의 죽음보다 동생의 죽음이 가장 마음 아팠다. 지켜 주질 못한 죄책감이 그녀를 더 슬프게 만들었다. 그렇게 비가 쏟아졌다.

"혜숙아, 미안해! 언니가 지켜 주질 못했어…. 언니가 미안해…."

그렇게 울고 있는데, 누군가 뛰어들어 오며 혜숙이를 불렀다.

"혜숙아, 혜숙아!"

혜진은 그 경황없는 때에 문을 벌컥 열고 들어온 낯선 목소리에 울음이 멈췄다. 누군지 단박에 알아보겠다. 그토록 미운 이름, 그러면서도 보고 싶은 이름, 성현이었다. 가족의 죽음에 이은 가족의 출현인지, 무슨 운명이 이리도 시간을 맞추질 못하는지 울면서 성현이를 때렸다. 성현은 슬프지만 아프진 않았다. 혜진이 때리는 이유는 다 그만한 사정이 있으려니 했다. 하지만 성현이 혜숙의 임종을 지키지 못한 것 때문이라 여기는 것과는 달리, 혜진의 주먹에는 부모님 돌아가실 때부터 지금까지의 세월이 고스란히 맺혀 있었다. 그러면서 고작 몇 대 힘없이 때리는 게 전부라니….

꼴에 주먹 몇 대 때리고, 또 혜숙에게 가서 그 손을 잡고서 우는 게 성이 차지 않았나 보다.

"오메, 우는 흥도 다 깨져브렀네!"

혜진의 한마디에 드디어 성현이 반응을 했다.

"아니, 넌 혜진이여? 참말로 혜진이여?"

성현의 어리숙한 반응, 알 것 같다. 그래서 웃음이 슬픔 사이로 날카롭게 파고들었다. 그러면서 어릴 적 맴생이라고 부르던 그 삐죽 머리카락을 이제 다시 보게 되니, 피식하고 웃음이 새어 나왔다.

"울기도 바쁜디, 그 와중에 내가 속없이 웃고 있어야!"

혜진은 기가 막히다는 듯 말했지만, 성현은 혜숙의 죽음에 대한 슬픔이 한 박자 늦게 찾아왔다.

"우리 혜숙이, 내가 미국 데꼬 간다 했는디, 인자 암껏도 못해 주겄어!"

그들은 울다가 서로를 보고 또 부둥켜안고 웃다가 정신이 없었다. 철규는 그 자리에 끼기 어려웠던 탓에 가만히 자리를 빠져나갔다.

"죽은 줄 알았던 오라버니가 살아 돌아오고, 살 줄 알았던 혜숙인 떠나고, 이게 뭔 조화여?"
"아니, 혜숙이가 끝까지 니가 살던 곳을 말 안 하드라고!"
"아니, 혜숙이가 동명동 집 찾아올 것 같아 그대로 거기 있었는디, 뭔 일이여?"
"혜숙이 병원에 델다 넣어 주고, 난 니 찾을라고 광주 시내에서 날마다 피켓 들고 서 있었다."

그 운명도 참 얄궂다. 그가 혜숙을 데리고 미산에 돌아온 날, 언니만 애타게 부르던 동생을 외면할 수 없어 병원에 맡길 셈으로 무작정 왔더니, 어찌된 영문인지 혜숙을 알고 있는 의사가 있었고, 혜진을 어디서 찾아야 할지 모르겠지만, 시내 가서 피켓 들고 있으면, 아는 사람이라도 만나게 될까, 그러고 있었단 말이다. 확실히 동명동이 시내 근처이니 가까운 곳은 맞았지만, 불과 10분 이내의 거리에 있었으면서도 이 또한 서로가 맞지 않았다.

그렇게 광주 시내에서 혜진이 이름 적힌 피켓만 무작정 들고 있다가, 언제부턴가 시위대와 함께 그 피켓 들고 시위에 참여하고 있었다고 하더랬다. 평생 복수심으로 살아왔던 인생이 군부 독재 반대 시위에 가만히 있을 리 만무했다. 그렇게 시위하다 붙잡혀 있다가, 82년 5월 석가탄신일 특사로 풀려나고, 나오자마자 바로 병원으로 달려왔는데, 한발 늦었던 것이다.

"그때 봉철이 그놈 시키를 본 것도 같은디…, 쫓아갈라고 했든만 어디서 총을 그렇게 쏴브러 가꼬, 차마 가찹게는 못 갔단 말여! 그놈 시키 내가 죽일라고 했는디…, 참말로 그리 못해서 미안허다. 내가 니 원수 갚아 줄라고 했는디…."

그는 봉철이 죽는 것을 보고 난 뒤에도 그를 제 손으로 죽이지 못해 아쉬워했다. 그런 그를 보고 혜진은 손을 꼭 잡았다.

"그려, 오빠는 항상 한발 늦었제…."

돌이켜보니, 한발만 빨랐어도 부모님과 함께 피난을 떠나게 되었을 수도 있다. 한발만 빨랐어도 광주역에서 만나지 않고 지나칠 수 있었다. 한발만 빨랐어도 혜숙의 임종을 볼 수 있었다. 한발만, 그렇게 한발만….

"아니, 오빠는 거기서 한발도 안 움직였어. 늘 그 자리였어."

별안간 혜진이 잡았던 손을 뿌리치면서 하는 말이다. 미움과 원망이었다.

"그게 무슨 말이여?"
"큰오빠 죽었을 때부터 오빠는 늘 그놈의 봉철이였어, 지리산에서도 그랬고…."

들어 보니 혜진의 말이 맞았다. 시대가 변하건 말건, 언제나 봉철에 대한 복수심 하나만 고집하고 살았었다. 이제야 혜진이 손을 뿌리친 이유도, 자기를 때린 이유도 알 것 같았다. 미운 건 봉철이 아니라, 자신이었음을 이제야 알 것 같았다. 혜숙의 임종으로 나오기 시작한 눈물이 혜진과의 만남으로 얼룩지다, 드디어 자기반성으로 울리기 시작한 것이다.

"그려, 내는 언제나 철이 들랑가 모르겄어…, 형님 돌아가실 때도 이러더니만…."

성현은 30년 전 큰형이 돌아가신 날, 동생들 보고 철이 없다 잔소리를 했었다. 하지만 정작 지금까지 철이 들지 않은 건 자신이었다. 필요나 위로가 되어 주질 못한 자신의 존재가 부끄러웠다.

"철들려면 뭘 해야 쓰까? 너무 멀리 와브렀어."
"어쩌긴 뭘, 손에 쥔 힘 빼고 살아야지."

성현은 그러마고 약속을 하고, 혜진과 함께 혜숙을 정성껏 염했다.

"형님 돌아가실 때는 그리도 못 하겄든만, 인자는 수월해야! 맘에 묻는 게 어렵제…."

그는 능숙한 솜씨로 천을 덮고 손만 넣어서 시신을 닦고 입에 쌀도 넣어주며 염을 마쳤다. 혜진은 그 솜씨에 무슨 일을 어떻게 하고 살았는지 십분 알 것도 같았다.

가족이 모두 묻힌 삼인산, 가장 양지바른 곳에 혜숙을 눕혔다. 전날 비가 내려 땅도 파기 좋았고, 오늘은 맑은 하늘로 바람마저 선선했다. 쓸쓸한 풍경도 아니었다. 죽었다 생각한 이들이 꿋꿋하게 살아남아 자식도 낳고, 뿔뿔이 흩어졌던 가족들이 끈질기게도 살아남아 다시 만났기 때문이다. 이젠 울 수 없었다. 평생토록 따라다닌 울음이 그녀의 자신감 앞에 납작 엎드렸다. 이젠 울지 않아도 괜찮았다. 동생의 죽음 앞에서 그 울음을 밟고 일어선 기분이 들었다. 이제야 그 산에서 마을을 내려다보았다. 아버지가 그리 못 떠나시던 곳, 미산 마을이 눈에 오롯이 들어왔다. 곱디고운 바람이 불었고, 햇살이 지치지 않을 만큼 따사로웠다.

그녀는 혜숙이가 가장 아꼈던 수첩에 만가를 써서 품속에 넣어 주고는 시를 한 수 읊었다. 혜숙이 썼던 시였다.

요즘엔 궂은날이 더 많다.
맑다가 이내 쏟아지는 비,
그리고 요란한 천둥소리.

맑은 날이 언제였는지 기억도 나지 않는다.
매일 반복되던 궂은날에
맑은 햇살을 꿈꾸다 꿈꾸다

또 비를 맞고 말았다.

꽃도 피지 않을
축축한 곳에 끼어든 곰팡이는
비에도 씻기질 않는다.

난 그래서 양지바른 곳이 좋다.

내 무덤엔 잡초라도 잡초라도
제발 꽃이 피어 있으면 좋겠다.

혜진은 그 시를 읽고서는, 무덤 주변에 꽃을 심었다.

"꽃상여로 했으믄 되았제, 죽은 사람이 뭐 볼 게 있다고…."

상여꾼들이 핀잔을 주고 돌아갔지만, 그녀는 굴하지 않고 꽃무덤을 다 만들었다. 막 만든 무덤을 마지막으로 쓸어 주고 일어서 돌아가려는데, 갑자기 어디선가 뻐꾸기와 박새 울음소리가 요란하게 들렸다. 그녀는 그곳을 찾아 떨어진 박새 새끼들을 주워 왔다.

"못된 뻐꾸기들 같으니라고…, 박새 새끼들은 다 죽이고 자기 새끼만 키우라고…."

철규는 그 말을 듣더니 풀을 엮어 박새 둥지를 만들어 가지고 왔다. 세심한 관심이 없으면 지나치기 쉬운 혜진의 행동에 그는 발 빠르게 행동했다. 그리고 온 식구가 이전에 다 같이 살던 미산 옛집으로 들어왔고, 그는 처마 밑에 둥지를 만들어 새들을 올려 주었다.

혜진은 어머니의 한이 담긴 기둥을 한참 쓰다듬었다.

"그때, 어머니가 이 기둥을 얼마나 섧게 치시던지…."
"인자는 더 이상 칠 일이 없으면 좋겠네!"

그녀의 말을 듣고 있던 성현이 함께 그 기둥을 만지며 하는 말이었다.

"오늘은 내가 오래간만에 밥을 할라니까, 다들 들어가 있어!"

금선은 신이 났다. 옛날 가족들은 둘 남았지만, 금세 불어난 새 가족들에게 밥 한 번 맛있게 지어 주고 싶었다.

"오메, 참말로 그대로 있어야…."

예전 살림살이 그대로였다. 창고를 개조해 신혼방으로 쓰던 곳도 그대로였고, 부엌도 그랬다. 바뀐 것이라곤 가스레인지와 밥솥, 그리고 난방을 위한 시설 정도였다. 혜진은 집 여기저기를 돌아다니며 두 형석에게 어릴 적 기억을 꺼내 주었다.

"그래, 어느 날엔가 집으로 물이 조금밖에 들어오질 않아서 물줄기를 열심히 파면서 찾아갔더니, 아 글쎄 호박 한 덩어리가 거기 딱 끼어 자라고 있던 거야! 나는 정말 그게 얼마나 웃겼던지…."

그리고 예전 혜숙이와 같이 살던 작은 방에 들어가 분합문을 살짝 열어둔 채 턱을 괴고 누워 보았다. 딱 그 모습으로 1949년 그해 어머니의 모습을 신기한 듯 바라보고 있었던 자신이었다. 30년이 넘은 이제 어머니의 모습은 사라졌지만, 다시 가족이 생겼다. 철규는 마당을 쓸고 있었고, 성현은 망치를 들고 다니면서 집안 여기저기를 손보고 있었다. 금선 언니는 밥을 짓고 있었으며, 두 형석은 집 한쪽에 쌓인 책을 보느라 정신이 없었다. 마침내 시끄러운 아기 새들의 지저귀는 소리에 저 멀리서 박새 어미가 찾아왔다. 그리고 구름 위로 해가 힘 있게 솟아올랐다.

— 끝 —

발문(跋文)

謝 사례할 사

사전에서 "사례하다."라는 뜻으로 나온다. 모르는 뜻을 찾고 싶었는데 고약스럽게 더 어려운 말로 풀이했다. 우리말 사용을 보니, "감사합니다.", "사과합니다."에 이 말이 쓰였다. 영어의 thank와 sorry가 분화되지 않고, 고마울 때나 미안할 때의 마음이 바로 이 謝에 담겨 있다.

47세의 나이에 느끼는 마음의 짐, 누군가 내게 친절을 베풀면 고마움과 동시에 그의 수고에 미안함이 남겨 마음에 남는다. 나의 잘못으로 누군가에게 폐를 끼치면 미안함이, 그리고 나의 잘못을 받아주는 것에 고마움이 느껴진다.

이 이야기는 어머니의 기억으로 시작했다. 쓰다 보니 아버지의 기억도 들어가게 되었다. 40년 전부터 들었던 그 이야기가 이 글의 모티브가 되었고, 여순 사건, 빨치산, 바심재 사건으로 순국선열하신 분들로, 5.18 희생자분들까지 모두 이 謝의 마음으로 다시 보게 되었다. 7살 무렵 총탄이 겁이 나 이불을 뒤집어쓰고 겪었던 5.18을 다 안 것처럼 쓴 게 아니니, 여순 사건이나 6.25 등의 사건은 들은 게 다일 뿐, 내가 경험한 사실이 아니다. 직접 찾아가기도 만나 보기도 하면서 4년 동안 여러 차례 고치며 글을 써 보았다. 그럼에도 뭐가 부끄러운지 3년을 더 고치고 고치다가 글을 냈다. 역사의 기록에 남건 남지 않건, 모두에게 謝의 마음을 전한다.

출판사를 비롯해, 이 글이 나오기까지 친히 지도해 주신 분들께도 謝의 마음을 전한다. 많은 분들의 도움과 지도, 편달을 더 받았어야 함이 옳은데도, 그렇게 하질 못해 또 謝의 마음을 전하고 싶다. 사랑하는 가족과 친지들, 교회와 가르침을 주신 분들과 동료들, 동기들, 그리고 제자들 모두에게도 같은 마음이다. 팔이 짧아 몸통으로 버둥거리며 이 마음을 전한다. 이 글에 공감해 주시는 모든 분들께도 말이다.

그날의 만가

초판 1쇄 발행 2020년 11월 9일

지은이 이산
펴낸이 이기봉
편집 좋은땅 편집팀
펴낸곳 도서출판 좋은땅
주소 서울 마포구 성지길 25 보광빌딩 2층
전화 02)374-8616~7
팩스 02)374-8614
이메일 gworldbook@naver.com
홈페이지 www.g-world.co.kr

ISBN 979-11-6536-932-3 (03810)

이 도서의 국립중앙도서관 출판예정도서목록(CIP)은 서지정보유통지원시스템 홈페이지(http://seoji.nl.go.kr)와 국가자료공동목록시스템(http://www.nl.go.kr/kolisnet)에서 이용하실 수 있습니다. (CIP제어번호 : CIP2020044706)